2024年广西外国语学院"汉语言文学"学科建设成果
广西外国语学院学科建设经费资助出版

人文天地秀 山川草木新

大学人文教育的诗词情怀

（上册）

陆世宏 著

上海财经大学出版社

图书在版编目(CIP)数据

人文天地秀　山川草木新:大学人文教育的诗词情怀/陆世宏著. -- 上海:上海财经大学出版社,2025.
1. -- ISBN 978-7-5642-4469-9
Ⅰ.I227

中国国家版本馆 CIP 数据核字第 2024C2V351 号

□ 责任编辑　徐　超
□ 联系信箱　1050102606@qq.com
□ 封面设计　贺加贝

人文天地秀　山川草木新
——大学人文教育的诗词情怀

陆世宏　著

上海财经大学出版社出版发行
(上海市中山北一路 369 号　邮编 200083)
网　　址:http://www.sufep.com
电子邮箱:webmaster@sufep.com
全国新华书店经销
苏州市越洋印刷有限公司印刷装订
2025 年 1 月第 1 版　2025 年 1 月第 1 次印刷

890mm×1240mm　1/32　18.5 印张(插页:4)　412 千字
定价:98.00 元(上、下册)

自 序

人文教育是大学素质教育的重要内容,是提高大学生人文素养的重要环节。那么,怎样提高大学生的人文素养?毫无疑问,诗词的学习尤其是格律诗词的学习是提高大学生人文素养的重要途径,因为诗词特别是格律诗词是中华优秀传统文化的重要内容。因此,学习诗词、鉴赏诗词进而创作诗词是大学生素质教育不可或缺的环节,是传承中华优秀传统文化的重要举措。这方面,从事大学教育教学工作的大学教师责任重大。

本诗集所刊载的 300 多首以格律诗词为主的诗词是本人在学习和鉴赏唐诗宋词、近现代革命诗词基础上,为了提高大学生人文素质而创作的。这些诗词的形成不是一蹴而就的,它们是在相关场合与广大学生分享、交流、学习和讨论过程中,逐渐修改和完善的。本诗集的诗词主要从自然生态变化、节庆文化特色、民族传统礼仪、人物情感交流、风土人情特点、家国情怀、快乐人生和校园之歌等方面培根铸魂、抒发情感、启迪人生、展示思想的。

本诗集是继《春风化雨 滋润心田——大学思想教育的诗词

情怀》和《蓝天白云下　跃马放豪情——思想政治理论课教学的诗词情怀》之后的第三部。三部诗集合起来共有600多首诗词。通过600多首诗词的创作,作者对诗词创作有了一定的心得体会。唐代诗人白居易曾在《与元九书》中写道:"诗者,根情,苗言,华声,实义。"其意思是说:诗这个东西,感情是它的根本,语言是它的苗叶,声音是它的花朵,思想是它的果实。因此,诗词的创作,要用情感思维、形象思维和抽象思维等几方面来把握。

　　首先,要用情感思维。这点,古代名人都有记载,《左传》的"诗以言志"、《尚书》的"诗言志,歌咏言,声依咏,律和声"就是诗言志的表达。当代诗人艾青说:诗的特点是发自感情,又善于抒发感情,从而使人们喜欢与厌恶某种事物,使人生活得更聪明,使人们的精神向上发展。

　　其次,要有形象思维。毛泽东同志说过,"诗要用形象思维,不能如散文那样直说。"[1]就是要通过形象思维,才能表达好作者的意境和想法。

　　第三,抽象思维不可少。诗词的创作要通过抽象思维,把握好那些似乎看不见、摸不着但是又确实存在的东西,此时抽象思维就凸显它的重要价值。曹雪芹说:"诗的好处,有口里说不出的意思,想去却是逼真的。有似乎无理的,想去竟是有理有情的。"[2]曹雪芹讲的就是抽象思维,看似没有的东西,现实似乎确实存在。这就是诗词的妙处。在诗词创作之时,这些思维方式就会自然流露在诗词的创作过程当中,体现在诗词作品之内。

---

[1] 《毛泽东书信选集》,人民出版社1983年版,第608页。
[2] 《红楼梦》第四十八回。

当然,诗词的创作一定要遵循诗词创作的规律,否则,就难以达到诗词的要求了。因此,写诗填词就是抒发情感和遵循诗词规律的统一。下面要谈的,是本人有关创优诗词涉及的相关内容。

一、创优诗词的个人内在素质

创优诗词的个人内在素质有哪些?仁者见仁、智者见智。从诗人词人的角度看,以下几方面的素质是创优诗词的重要内容。

1. 生活阅历。诗词来源于生产实践,来源于生活体验,来源于对现实情景的感悟。生产实践丰富的人,就有各生产实践领域的阅历、经验和现实感受,写诗词的题材就多;生活阅历丰富的人,风土人情、人文关怀、世俗观念等都有深刻的感悟,写诗词的素材丰富;对生活体验深刻的人,就对生活各环节、生活各方面都有丰富的感性认识,这样,对诗词的把握就深刻;善于观察思考社会生活的人,写诗的点位就多;善于比较的人,写诗的角度就多;等等。诗词写作是这样,鉴赏诗词也是这样。

2. 知识结构。知识结构合理、内容丰富,写出的诗词就生动、深刻。因为,有多学科知识体系的人,写起诗词来,就能够融会贯通。每一学科都是来源于生产实践的,是在实践中产生的。因此,每一学科的历史发展素材、学科体系、知识体系等生产实践素材都是写出好诗词最原始的原料。学科知识内容丰富的人,决定了他在这方面具有丰富的素材,写诗词的点多、面广、视角宽。知识本身的结构以及应用该学科知识进行生产生活实践的广度、深度、角度等都为该类诗词创作提供了基础。特别是人文地理知识、生态文明知识、人文历史知识(诸如对历史事件的把控、历史人物的处理)等,都会在诗词中经常表现出来。所以,历史科学、人文地理、生态文明等方面的知识对作诗填词所起的作用,是不能缺少的。

3. 逻辑推理。逻辑推理主要的就是逻辑关系,这是写文章必须注意的、必须要熟练掌握的。诗词在逻辑推理方面,就更加讲究,因为诗词简短,内涵深刻,如果结构不合理的话,就根本不能表达作者的思想。好的文章就必定有好的逻辑推理,好的诗词更需要逻辑推理的准确、严密和表达。要做好逻辑推理,就得反复推敲、比较、思考、练习,才能形成能合理的逻辑结构形式。

4. 人文素养。诗词的优劣与人文素养有极大的关系。人文追求至善!因此,人文素养事关诗词品味问题、品质问题,其中的体验、感悟、欣赏、吸收、借鉴、评述等人文要素相关内容,是以引导人们向上向善为目标的。体验、感悟、欣赏、吸收、借鉴、评述等的正确导向是写好诗词的必备素质之一。人文素养高的人,诗词水平当然就不一般了。

5. 人生境界。诗词是体现诗人的人生境界的。即诗词创作体现出诗人创作诗词的出发点。在社会主义时代,诗词创作出发点就是为人民服务,为社会主义服务,为民族复兴服务。显然,诗词表现的就是诗人的人生三观内容。在诗词的字里行间,肯定会透出作者个人的人生境界、人生理想的。这一点与文章、讲话是有些不同的。

诗词的创作与写学术文章、说话交流是有很大区别的。学术不端的行为是为人所不耻的。但是,在现时代,学术不端现象时有发生,一些学术成果并非出自著者的独立创作。说话交流也不一定表达自己真实思想的,一些违心的话语时常出现,似乎很正常。为什么?因为这都是台面应付别人的,即使说了,自己本来就不当一回事,别人就更加如此了。何必在意呢?在不负责的人那里,这种情况是司空见惯的。

然而,诗词是很难代笔的,唯有诗词作者本人,经过思考才能写出代表自己思想的诗词。所以,诗词一般只能是作者自己创作,自己修改,而且主要靠自己修改,①特别是那些发表在正规刊物上的高质量诗词,就更是这样了。文章上出现的不耻行为,在诗词方面来说,那是不可行的。因为,有时,哪怕只改动一个字,就有可能导致整个诗词词义的根本变化,所以,诗词不好改,别人就更加不能帮改了。诗词简明扼要,是表达个人思想境界的,因此,每一首诗词都是自己精雕细琢,才能成型的。经过自己打磨过的诗词,自己就能很好地掌握。别人代写的话,那就说不出个子丑寅卯来,就会出丑。同时,作诗填词的人是很有骨气的,不可能为别人写诗填词的。所以,一般情况下,也不指望别人为自己代写诗词。

当然,不排除有人偷窃他人诗词的行为,但是,诗词简短,代表一种气势、一种立场、一种素养、一种格局、一种志向、一种境界、一种情趣,一眼就能够辨别真伪的。文章比较长,要审视相关的问题,相对是困难的。这也就是为什么文章的枪手盛行的原因。如果单从文字来判断一个人的品行、修为的话,诗词是排在第一位的,其他的诸如在他名下的文章、讲话等都要放诗词之后。

6.善于听取批评意见。这是不言而喻的。毛泽东同志指出:"虚心使人进步"。不论事前想得多么完美,但是,欠缺始终都是存在的。因此,诗词写好后,虚心听取他人的批评意见,这对于诗词

---

① 毛泽东:诗要改,不但要请人改,而且主要靠自己改。见潘强恩主编:《毛泽东诗词全集详解》,延边人民出版社2001年版,第340页。

的修改以及下一首诗词的创作所起到的作用都是很有帮助的。

综上所述,要写好诗词,我们就得从知识体系、生活阅历等方面着手,积蓄力量,这样的话,何愁写不出好诗词？如果再从自己的感悟中,拓展视野,捕捉美妙的瞬间,那么,优美的诗词就会源源不断地创作出来。这是时代的需要。

二、诗词表达的特点

写诗填词就是要给读者读的,让读者了解自己的思想和情操,丰富读者的知识和情感,并给读者以美的享受。为此,在写诗填词的时候,润色诗词是不可或缺的。一般来讲,润色诗词可以从以下几方面来思考。

一是,通俗易懂,不落俗套。我们的诗词就是要让读者一看就明白、一看就兴奋才行。如果人家看不懂,诗词就不能发挥它的作用。诗词一般是体现高雅的,俗里俗气的东西很难登大雅之堂。以此观之,诗词不能落入俗套,不能在诗词中表达一些俗里俗气的东西。我们的诗词就要着眼于给读者欢快优雅的感觉、有提升素养的氛围、有涵养品德的情趣。

二是,琅琅上口,百读不厌。好的诗词是琅琅上口、百读不厌的。这里就是要提倡押韵优先,遵循诗词押韵的要求。如果读起来干涩难咽,谁还会去阅读啊！如果是那样的话,诗词就难以推广。

三是,淳朴厚道,贴近生活。诗词里面表达的东西要体现社会生活的主题,反映社会生活大众化的要求,从中提炼出有生活价值的东西,为人们所了解、关注和遵循,弘扬正能量,祛除负能量。所以,诗词要体现出淳朴厚道的精神。淳朴厚道精神是中华文化的核心精神之一,是人类主要精神追求之一,在诗词要得到体现、赞美和弘扬。

四是,增长知识,提升能力。一首诗词肯定要体现相关知识的。我们不能强求读者对每一首诗词都能全部把握,但是,对他们熟悉的学科知识的诗词,我们要尽量在自己的诗词中为他们提供一些相关辅助知识,让人家读起来有些收获。有收获就激发他们思考,结果就会增长他们的知识,提升知识应用的能力。

五是,突出志向,启迪人生。诗词很重要的因素就是突出作者的志向,体现作者的思想,以此启迪读者人生智慧的。通过丰富的人生哲理,激发读者的人生追求。

六是,言辞典雅,获得美感。诗词是简短的,但表达的意思确实是深刻的,因此,在用词上,就是简而又简,要精准无误。这里就不能用含糊不清的词语来表达,更不能用生僻的词语来表达,否则,很容易引起读者的反感。这里的用词要着眼于典雅、明了、精准和优美。通过诗词写作,作者自己得到提升与滋润;读者通过读诗词,获得美感与享受。

七是,严守道义,涵养美德。诗词传播道义、输出能量、涵养美德、提倡公平、倡导正义等,在这方面旗帜是鲜明的,不能有任何含糊的。开篇写诗,就要申明大义,提倡公正,尊重道德;同样在读诗词的时候,也要从这些方面作出衡量、鉴赏和感悟,思考一下我们是否从中获得相应正向的精神因素。

八是,直抒胸臆,隐喻得当。读诗词最忌讳的就是读到一些转弯抹角的诗词。有些诗词由于隐喻太深,读者半天都走不出来,这是不好的。因此,写诗词要尽量直抒胸臆,简单明了表达自己深刻的思想。当然,这需要长期的凝练、思考、练习才能到达。难归难,但是,坚持就是胜利。

九是,气势磅礴,激发热情。诗词要有一定的气势,表达作者的心情。最好能够气势磅礴,一泻千里,如果达到这样的境界,这样的诗词就能够激发读者热情向上,奋勇前行。这里是对豪放派诗词讲的。如果是婉约诗词的话,那就要婉出情感、婉出深意、诱发联想,达到沁人心扉、催人遐想、引起共鸣的效果。

关于诗词创作的一些基本体验,在本诗集的"十五、人文叙事:2.南歌子·写诗填词"等篇幅里还有一些浅显的认识,供读者们鉴赏,并急待着大家的批评意见。

三、怎样对待自己的诗词?

一首诗词,就是一篇短小精细的文章,是表达作者就某一问题的思想精髓的,即诗歌为事而作。用简单明了的言语,充分表达自己的思想,体现人生哲理,给人以启迪,助人进步。这是诗词的出发点,是诗词的境界。当然,境界当中,有初始境界、高级境界。好的诗词,就有好的境界,一般的诗词,就只能是初始境界。

自己的诗词作好了,我们怎样对待自己的诗词?

第一,大声朗读。我们创作某一首诗词,最起码就要达到初始境界。之后,再经过打磨,慢慢提升品味,达到高级境界。因此,对待自己的诗词,自己要大胆朗读,反复琢磨。自己的诗词,当然要大声朗读。如果自己都怕读,那就别谈要别人来读了,更谈不上提升品味了。这与文章是一样的。文章也是要打磨,反复修改,才出精品的。毛泽东同志说得好:诗要改,而且主要是自己改。诗词要反复修改、润色,才能达到诗人词人的心意。

第二,传阅评鉴。所谓传阅评鉴,就是要发表,要传给人看,欢迎读者评鉴。就是说,诗词写好后,锁在柜桶里或是存在自己的电脑里都是不可取的,正确的做法应该是大胆地请别人批评,提出意见。这些意见就是我们下一步修改的依据之一。①

评鉴是检验诗词的方法之一。诗词要经得起时间的检验。这是进行诗词创作的基本要求。我们的诗词要给读者以实实在在的一些东西,诸如前面所讲的那样,要在丰富智慧、启迪人生、提升素质、涵养品德等方面有贡献才行。要经得起当下的检验,特别是经得起时间的检验。如果只是一些打油诗,只是一些顺口溜,那就没太多意义,就经不起现实的检验,就更加经不起时间的检验。

第三,激发争论。毛泽东同志指出:"诗贵意境高尚,尤贵意境之动态,有变化,才能见诗之波澜。"②所谓激发争论,就是诗要体现出意境高尚,要给读者以很高的艺术想象空间。这是高要求。能够激发社会讨论的诗词,那就是意境高远的诗词。没有质量的诗词根本不值得读,更别说争论了。参与争论的诗人词人,那都是高水平的诗人词人。我们希望我们的诗词能够激发争论!我们欢迎行家对我们的诗词提出批评意见!我们会从这些争论中,得到真知灼见;我们会从这些批评中,吸收营养。

诗词的含义与意境有关,不同的意境会有各自相对的意义。本诗集及注释部分是作者创作时最原始的形象表达、抒情思考和

---

① 我所创作的诗词,先是在微信群、QQ 群发给群里的朋友讨论,有时利用会议、上课时间分享。编成册子之后,组织朋友们讨论,提出意见,经过修改后,最后才发给出版社出版。
② 见潘强恩主编:《毛泽东诗词全集详解》,延边人民出版社 2001 年版,第 339 页。

激情展望,提供给读者批评、借鉴、吸收!期待着能够读到读者对本书的意见。谢谢!

陆世宏
2024 年 3 月于广外邕江河畔

目　录

上　册

一、春风春雨

1. 盼春光 / 003

2. 秀春 / 004

3. 春闹 / 005

4. 爆竹迎春 / 006

5. 春光一夜新画面 / 007

6. 新春 / 008

7. 春色动 / 009

8. 卜算子·春悟 / 010

9. 卜算子·春分 / 012

10. 好春景 / 013

11. 诉衷情·春耕话繁忙 / 014

12. 南歌子·北京的初春 / 015

13. 早春的乡间 / 017

14. 喜迁莺·南方春来早 / 018

15. 寒潮袭春 / 020

16. 春雨 / 021

17. 渔歌子·满山李花开 / 023

18. 人与油菜花 / 024

19. 卜算子·油菜花世界 / 025

20. 南歌子·春赏油菜花 / 027

二、木棉花开

1. 木棉花香引鸟飞 / 031

2. 忆秦娥·说木棉花 / 032

3. 唱响红棉新格局 / 034

4. 春潮涌动看木棉 / 036

5. 鹧鸪天·绣木棉 / 037

6. 木棉新赏 / 039

7. 参天古树展新姿——为雷皇庙大江边大红木棉树而作 / 041

三、夏日时光

1. 浣溪沙·巧遇之恩 / 047

2. 调笑令·知了的一天 / 049

3. 三伏颂 / 050

4. 六月观鸟飞 / 052

5. 乡村处暑时节挂彩虹 / 054

6. 十六字令三首·热的三种形态 / 055

7. 眼儿媚·山间旧路的新魅力 / 056

8. 夏季降雨 / 058

9. 下雨 / 059

10. 水循环 / 060

11. 捣练子·久旱喜雨 / 061

12. 鹧鸪天·洪水论 / 062

13. 秀大江 / 064

四、秋冬景色

1. 秋日恋 / 069

2. 冬日南湖 / 070

3. 相见欢·晚秋赋 / 071

4. 惜冬 / 072

5. 鹧鸪天·秋飞双彩虹 / 073

6. 秋夜蟋蟀声 / 075

7. 蟋蟀闹山村 / 076

8. 思远人·回家过年 / 077

9. 新年煮酒论诗画 / 079

10. 虎年迎新 / 080

11. 田园秋景 / 081

12. 龙门水都秋游随想 / 082

13. 走太行看雪景 / 083

14. 冬季采花蜜 / 084

15. 赏晚冬 / 085

五、花草树木

1. 菩萨蛮·火焰花赋 / 089
2. 漫步火焰花路 / 091
3. 三角梅论 / 093
4. 鹧鸪天·风铃花开好春景 / 095
5. 雨水节气看江南公园黄花风铃木花 / 097
6. 诉衷情·鲜桃赋 / 098
7. 鹧鸪天·茉莉花 / 099
8. 蝶恋花·品芦荟 / 100
9. 北方白杨树 / 103
10. 樱花迎春 / 105
11. 秋月夜·南粤秋果 / 106
12. 卜算子·大花紫薇颂 / 107
13. 野草 / 109

六、元宵夜话

1. 元宵论月 / 113
2. 元宵月话 / 114
3. 南歌子·元宵漫话 / 115
4. 南歌子·元宵话团圆 / 116
5. 卜算子·元宵汤圆情 / 117

七、清明祭祖

1. 清明踏青 / 121

2. 清明节有感/ 122

3. 清明节祭祖/ 124

4. 清明情/ 125

5. 浪淘沙·虔诚祭祖/ 126

6. 忆秦娥·从容祭祖/ 128

7. 临江仙·青山清明/ 130

8. 清明/ 132

八、中秋月话

1. 南歌子·月饼与嫦娥/ 135

2. 忆江南·中秋共赏月/ 137

3. 采桑子·中秋月情深/ 138

4. 中秋月迷人/ 139

5. 捣练子·情人话中秋/ 141

6. 中秋月正圆/ 142

7. 邀明月/ 144

8. 人比神仙好/ 146

9. 月夜回乡度中秋/ 147

10. 明月与情人/ 148

11. 颂月/ 150

12. 鹧鸪天·嫦娥情感/ 151

九、乡村风貌

1. 乡村闹秋景/ 155

2. 秦岭山脉颂 / 157

3. 鹧鸪天·回望大秦岭 / 159

4. 漫卷山村好风景 / 161

5. 中华盛景 / 166

6. 家乡新变化 / 168

7. 乡村市貌 / 169

8. 西江月·古村巨变 / 171

9. 漫步云盘山 / 172

10. 家乡风貌 / 173

十、家族情怀

1. 满江红·咏陆氏家族 / 177

2. 临江仙·先祖创业 / 179

3. 祖母赞 / 181

4. 公正严明的一生 / 183

5. 淳朴厚道的一生 / 185

6. 蝶恋花·母子情深 / 187

7. 一剪梅·孝心论 / 189

8. 国难当头舍小家 / 190

十一、红豆情谊

1. 虞美人·红豆情 / 195

2. 长相思·豆春情 / 197

3. 虞美人·彩宏情 / 198

4. 彩宏太阳星 / 200

　　5. 宏彤情怀 / 202

　　6. 念奴娇·彤星成长 / 204

十二、情深义重

　　1. 鹊桥话七七 / 209

　　2. 菩萨蛮·七夕 / 211

　　3. 诉衷情·一往情深 / 213

　　4. 怜嫦娥 / 214

　　5. 话感知己 / 215

　　6. 长相思·五二〇 / 216

　　7. 诉衷情·望眼穿 / 217

　　8. 粽子清香 / 218

　　9. 旅途的问候 / 219

　　10. 长相思·梦中人 / 221

十三、校园之歌

　　1. 江神子·小学堂 / 225

　　2. 少年游·凤山县中学求学 / 227

　　3. 南歌子·80级高中生 / 229

　　4. 求学有感 / 230

　　5. 感念恩师 / 232

　　6. 北上展宏图 / 234

　　7. 开心最优先 / 236

8. 新人新秀 / 238

9. 出水芙蓉 / 240

10. 虞美人·爱心 / 241

十四、快乐人生

1. 游天安门广场 / 245

2. 乡土乡音情难忘 / 247

3. 雁南飞 / 249

4. 种蔗 / 251

5. 蔗与人生 / 253

6. 种水稻 / 255

7. 浪淘沙·奋进之歌 / 257

8. 树根论 / 259

9. 俊杰论 / 261

10. 纾解国难情更急 / 262

11. 行车驾驶 / 264

12. 菩萨蛮·珍爱人生 / 266

13. 人生树 / 267

14. 重阳人生 / 268

15. 雨中花慢·品味人生 / 269

16. 身体机能 / 270

17. 金子 / 272

下　册

十五、人文叙事

1. 南歌子·诗词夜话 / 275

2. 南歌子·写诗填词 / 277

3. 诗词关系杂谈 / 279

4. 写文章 / 280

5. 画图画 / 281

6. 汉字魅力 / 282

7. 文笔山 / 284

8. 童真童趣——六一晚会有感 / 286

9. 六一笑开怀 / 287

10. 嘻语熊猫 / 288

11. 家庭幼儿教育 / 289

12. 言语魅力 / 291

13. 阮郎归·赶早市 / 292

14. 早市漫谈 / 293

15. 早市叙话 / 295

十六、名人故事

1. 浣溪沙·姜子牙人生 / 299

2. 论夫子 / 301

3. 浣溪沙·端午变迁 / 302

4. 五月五吃角黍有感 / 303

5. 玉楼春·端午情意重 / 305

6.满江红·智慧化身诸葛亮/ 306

7.大漠英雄——霍去病/ 308

8.鹧鸪天·苏武牧羊/ 309

9.鹧鸪天·张骞出塞/ 311

10.昭君恋/ 313

11.貂蝉人生树/ 315

12.贵妃笑/ 317

13.诗人李白/ 319

14.李白诗絮/ 321

15.诗酒仙兄弟/ 323

十七、荧屏视野

1.真情对话女儿国/ 327

2.女儿国国王/ 329

3.两心伤/ 330

4.晓旭与黛玉/ 331

5.感念陈晓旭/ 333

6.捣练子·国色天香/ 335

7.邱姐与嫦娥/ 336

8.捣练子·恋张瑜/ 338

9.大圣/ 339

10.鹧鸪天·赛西施/ 341

11.捣练子·沈傲君/ 343

12.看电视剧《神医喜来乐》有感/ 344

十八、体育境界

1. 鹧鸪天·谷爱凌自由式滑雪大跳台惊天翻转获金牌/ 347
2. 北京冬奥会健儿/ 349
3. 张雨霏 200 米蝶泳夺冠/ 350
4. 观全红婵惊天一跳/ 351
5. 观伊藤美诚比赛/ 353
6. 水车助秋分跑马/ 355
7. 与跑友晨练相遇/ 357
8. 南歌子·篮球比赛/ 359
9. 棋逢对手之境界/ 361
10. 跑马的神气/ 362
11. 秋登高山/ 364
12. 鹧鸪天·心系跑马/ 366

十九、茶酒饮食文化

1. 十六字令三首·喝酒的三境界/ 371
2. 十六字令三首·酒的三功用/ 372
3. 渡江云·酒文化/ 373
4. 踏莎行·喝早茶/ 375
5. 迎风闻茶/ 377
6. 满庭芳·年夜饭菜谱/ 378
7. 捣练子·清纯鱼/ 380
8. 渔歌子·茯苓面/ 381

二十、魅力广西

1. 红水河／385

2. 放飞广西／388

3. 鹧鸪天·放歌广西／389

4. 梦幻广西／391

5. 浪淘沙·游青秀山／393

6. 忆秦娥·南疆一脉／396

7. 三江村庄／398

8. 八角寨歌／399

9. 江桥情结——三江风雨桥／400

10. 公园风雨后／402

11. 游览药用植物园／404

12. 鹧鸪天·寿乡盛景／406

13. 美丽南方／408

14. 姑婆山／410

二十一、相思湖畔

1. 天仙子·相思湖名称来历／415

2. 水龙吟·相思湖内涵／417

3. 蝶恋花·相思湖魅力／419

4. 蝶恋花·相思湖岸边景色／421

5. 踏莎行·心系相思湖／423

6. 赞乔木——赠2002级法学1班同学／425

7. 重聚相思湖／426

8. 畅酒论千秋 / 428

二十二、同窗情谊

1. 广西农学院农学八三级相遇四十年聚会有感 / 433

2. 忆秦娥·同学聚会话语亲 / 435

3. 鹧鸪天·高中同学聚会 / 436

4. 聚会情谊浓 / 438

5. 同学见面互猜 / 439

6. 离别后期待 / 440

7. 回首相聚 / 441

8. 闯市场 / 443

9. 无为谷葡萄园 / 445

10. 水稻与水果 / 447

11. 减字木兰花·无为谷葡萄园新印象 / 449

二十三、民间风情

1. 游览滕王阁 / 453

2. 更漏子·三月三 / 455

3. 三月三民歌潮 / 456

4. 壮行天下阔 / 457

5. 醉太平·婚姻之约 / 458

6. 菩萨蛮·婚宴 / 460

7. 春光好·魅力东方 / 461

8. 飞机飞行 / 462

9. 飞行历程/ 464

10. 好事近·劳动改变命运/ 466

11. 长相思·五一话劳动/ 467

12. 结善缘/ 468

13. 五台山行/ 469

14. 五台山颂/ 470

15. 喜迁莺·俯瞰南海/ 472

二十四、东北印象

1. 鹧鸪天·八月玉米禾床相/ 475

2. 菩萨蛮·玉米芳香/ 477

3. 玉米雄蕊/ 478

4. 北大荒变北大仓/ 479

5. 黑土地/ 481

6. 东北大平原/ 482

7. 水草伴鹤/ 484

8. 白桦姑娘/ 486

9. 上天垂幸镜泊湖/ 487

10. 长白山天池/ 489

二十五、梦幻太空

1. 太空游/ 493

2. 梦幻瑶池/ 497

3. 地球和月亮/ 500

4. 日月运动 / 501

5. 漫步苍穹 / 503

6. 一天 / 505

7. 乡间问月 / 506

二十六、大千世界

1. 台风"山竹"礼物 / 509

2. 更漏子·浦东机场夜景 / 511

3. 浣溪沙·城市快速环道的夜景 / 513

4. 王者风范——狮子 / 515

5. 捣练子·中国虎 / 516

6. 狮子与鬣狗 / 517

7. 蜻蜓 / 519

二十七、生态篇章

1. 大雾追思 / 523

2. 阮郎归·人类的走向 / 525

3. 爱生物就是爱自己 / 528

4. 卜算子·生境在无为 / 531

5. 感念种树人 / 533

6. 鹧鸪天·保洁身影令人赞 / 534

7. 顶蛳山上游乐园 / 536

8. 巨龙盘山断穷根 / 538

9. 仲夏雷雨 / 541

10. 青山换来风水清 / 542

11. 澄江水妖娆 / 544

12. 澄江水鲜花 / 545

二十八、对联之窗

1. 诗旅对白 / 549

2. 风声对话 / 550

3. 江流云灿 / 551

4. 寿景同源 / 552

5. 虎牛畅春 / 553

6. 年关别恋 / 554

一 春风春雨

一、春风春雨

1. 盼春光[1]

2022年2月27日

春雨时节雨霏霏,
丝丝线线生娇贵。[2]
远望千山烟雨雾,[3]
大地生灵盼春晖。[4]

[注释]

[1]立春为春天的开始。立春特别是雨水以来,细雨霏霏,下个不停。气温陡降,观看大地的各种生灵,诸如树木的枝和叶上,都有含苞待放的芽苞,等待着和盼望着春日阳光的到来。有感于此,写下本诗。

[2]细雨丝丝线线飘洒在空中,看起来很是娇贵,不可多得。这是近看给人的视觉与感觉。

[3]方圆千里,会怎样?眼前万里千山,雨雾缭绕,滋润着大地,为春天禾苗、树木等生灵蓄足春天生长的水分等。

[4]现在,大家都在等着春光的降临,到那时,阳光充足,大地生灵均各自舒展自己的优势和特色,共同促进大千世界的繁荣发展。

2. 秀 春[1]

2021年春节

春风春雨迎面吹,
大地生灵喜上眉。[2]
逐梦青春从此始,
秀美人生秀山水。[3]

[注释]

[1]2021年,按照中国的历法,属牛。牛是传统农家最重要的财产之一。牛年春节期间,抒发春天的梦想。

[2]春节到了,春风伴着春雨吹来,大地生灵喜上眉梢,以自己最佳的姿态欢迎春天的到来。

[3]大地生灵在春风春雨的滋润之下,开始解冬眠,速成长,以自己嫩绿的叶子、艳丽的鲜花、丰硕的果实,秀美自己的人生。同时,在各时期,均以自己优美的姿态,装点山川大地。

一、春风春雨

3. 春　闹

2022 年 2 月

低温伴春雨,
微风大地行。[1]
草木欢喜闹,[2]
春光解风情。[3]

[注释]

[1] 2022 年立春较早,温度较低,春雨伴随微风慢慢飘洒在空中。

[2] 这里的"闹"有三重意思:一是高兴,因为春光即将来临;二是草与木之间、草木内部株与株之间暗中较劲,就是为了展示自己嫩绿的、旺盛的生命活力;三是,一株草木本身的枝叶嫩芽的生长点密集,含苞待放,由于春光未到,生长缓慢,各生长点之间相互争夺空间。所以,大家都在"闹"。要解决这里的"闹",大家就一起等春光的到来。

[3] 春光明媚了,草木各自舒展自己,快速生长,各自的优势和特色都发挥出来了。大家都满意了。

4. 爆竹迎春

2022 年春节

鞭炮声声又一春,[1]
天女散花送福勤。[2]
微风拂面伴春雨,[3]
润泽大地万物新。[4]

[注释]

[1]鞭炮在地上响,表明春节的到来,春天的到来。

[2]烟花在天空如天女散花,飞艳夜空。

[3]在这春天到来的时候,微风拂面,春雨飘洒,带来舒爽。

[4]春风、春雨、春露和春福齐聚,唤醒或润泽世间万物,解除冬眠状态,大地焕然一新。

一、春风春雨

5.春光一夜新画面
2019日2月5日

昨日树枝赤条条,
今朝新芽满树梢。[1]
深闻细品晨风味,
昨夜春光已来到。[2]

[注释]

[1]2月4日是狗年大年三十,2月5日是猪年大年初一。大年初一早上起来,发现昨天还赤条条的梨树,今早新芽挂满树梢。

[2]忽然想起昨天夜里已经立春。早间的微风里,春天的气息很浓,催芽就是一夜之间的事情。

6. 新 春[1]

2019日2月5日

春风拂面把尘洗,[2]
万树曼舞迎旭日。[3]
山间群鸟嘻嘻语,
喜闹春宵瑞登极。[4]

[注释]

[1]2月4日晚至2月5日早的子时,是一年的立春时刻。2月5日正是大年初一,早上起来,看见整个山间焕然一新,有感而发。

[2]立春之后,几个小时,春风吹来,吹掉了万事万物面上的尘埃,好像给大家都洗了脸。

[3]初一一大早,大千世界所有的树木迎风曼舞,迎接太阳的到来。

[4]山间的各种鸟类都欢歌笑语,庆祝春宵的祥瑞。

7. 春色动

2022 年 2 月 28 日

雨水时节连绵雨,[1]
线线垂滴累眼睛。[2]
风吹细雨春色动,[3]
万物更新始于今。[4]

[注释]

[1]早春雨水节气里,细雨连绵不断。

[2]雨水一直这样,持续了两个星期了。眼前的景色都有点厌倦了。

[3]今天,微风徐徐吹来,细雨开始停了下来。气温慢慢回升,春光已经到来了。

[4]春天从现在开始,新枝新叶开始繁茂而出。

8. 卜算子·春悟[1]

2020年2月

黎明天色暗,
山间鸟飞鸣。[2]
一夜春风吹梦醒,
一片好心情。[3]

起身窗外看,
早有路行人。[4]
云雾山中忙春耕,
无言胜有声。[5]

[注释]

[1]2020年春天,由于受到新冠肺炎疫情爆发的影响,很多农村青壮年劳动力在家务农,抓紧春耕。这是多年来未有的景象。2月10日早晨立春,黎明时,山中群鸟满山鸣笛,高声歌唱。本人随即早起,从窗口向外看去,道路上和田野里早已经留下早行人的足迹,在这大雾弥漫的乡间,忙于春耕。这种景象怎么不让人有所感悟呢?怎能不叫人有所奋发呢?本词就是表达这样的心情。

［2］黎明时光,天色还是暗淡的。此时,山间的各种鸟类开始鸣叫和飞翔,报晓一天的开始。

［3］此时,一阵春风吹起,把我从梦里吹醒。由于春天来了,心情很愉快。

［4］醒来之后,马上起床,朝着窗外看去,发现屋外的大路上早已经有人往来走动,忙于春耕生产了。

［5］在这大雾弥漫的乡间,一些青壮年劳动力,已经开展春耕备耕了。他们的春耕备耕先行举动,胜过千言万语的鼓动号召,引领着乡村的春耕备耕工作。农村兴旺发展是完全可期的。

9. 卜算子·春分

2020 年 3 月 20 日

春风洒灵气,
春雨解春渴。[1]
春分时节春光和,
花草飙新多。[2]

一年一度春,
物候在春播。[3]
春分大地着绿装,[4]
春鸟放春歌。[5]

[**注释**]

[1]春风吹来灵气,春雨送来雨水,解决春播所需的水分。

[2]春分时节阳光明媚,气温回升,花草树木嫩芽嫩叶如雨后春笋,竞相生长。一派新气象。

[3]最令人惊奇的是物候变化,就是春播开始带来的变化。

[4]春播过后,大地万物生长,万事万物都换了绿装。

[5]鸟声时时在山间回响,歌唱春天,赞美春天。

10. 好春景[1]

2022年4月2日

春光明媚万花鲜,
湖泊新景尽悠然。[2]
蜂蝶飞舞润春色,
美女伴花花艳天。[3]

[注释]

[1]一位美女同事在群里发了一组春光的照片,景色怡人,令人向往。本人刚好在户外郊游,深有同感。写下本诗表达春天情感。

[2]春天到来,万花盛开,特别是湖边的风景很诱人。为什么?那就是湖光山色,山水相依,风和日丽,环境诱人。人们在湖边尽情享受这美好时光。

[3]湖边蜂蝶飞舞,增加了春天的美感。更有甚者,湖泊四周,一群美女在欢歌赏花,增添湖边花朵美感。美女相伴花朵,色彩艳红了天边。

11. 诉衷情·春耕话繁忙[1]

2020年2月

大雾散去日当头,千里看神州。[2]
一派繁忙景象,春耕抢眼球。[3]

田地里,丘陵坡,万山沟。
男男女女,青壮少年,勤奋铁锹。[4]

[注释]

[1]2020年春耕时节,由于受到新冠疫情的影响,外出打工受阻。农村的青壮年劳动力就在家开展春耕生产。本词记录了当时春耕生产的生动画面。这是一幅何等的春耕景象!值得赞扬。

[2]春耕时节,雾气很大。在雾气散去之后,阳光灿烂。人们的视野一望千里。

[3]进入眼帘的是春耕繁忙的景象。

[4]在整个乡村区域,在所有能够开展春耕的地方,春耕工作都如火如荼地进行。"勤奋"按照"勤"和"奋"两个词来解。"奋"就是扬起铁锹奋力开展春耕。

一、春风春雨

12. 南歌子·北京的初春

2016年2月

太阳露东方,地上雪风霜。[1]

树上群鸟悦耳唱。[2]

人行急、车流畅、创业忙。[3]

事业千万行,行行助成长。[4]

春夏秋冬抢春场。[5]

拓行脉、聚人气、跨海疆。[6]

[**注释**]

[1]北京初春的早上,太阳从东方升起,地平线上雪风吹拂,霜层盖地,寒冷刺骨。

[2]树上的小鸟高声唱着歌声,迎接新一天的到来。

[3]人们早起创业,忙碌奔跑在路上,车流量大且顺畅流动。好一派繁忙的景象。

[4]现代行业繁多,就业、创业机会多,只要奋进有为,这些都有助于人们的成长。

［5］一年之计在于春,一日之计在于晨。春天来了,要在春天里为一年的发展打基础,所以,春天的抢春、占春非常重要。

［6］怎样抢?拓行脉、聚人气、跨海疆等几方面着手规划,就可以打开局面了。

13. 早春的乡间[1]

2018 年 2 月 20 日

> 细雨毛毛下,
> 春光蒙蒙洒。
> 山林绿油油,
> 田地齐飞花。[2]

[注释]

[1]早春细雨蒙蒙,阳光昏沉,走在乡间的山间和田埂上,观赏稻田春雨的景色,别是一番风味。故写下本诗。

[2]得到细雨的滋润,山间给人的总感觉是绿油油的;稻田和旱地里,各种绿肥正在开花,花艳遍地;草莓红果遍地,有绿叶衬托,煞是好看;田埂边布满野花,花开蜂蝶至,繁忙一片。

14. 喜迁莺·南方春来早[1]

2017年4月

南风吹,室内凉,
鱼鳞挂满墙。
露珠满地晶晶亮,
早春热南方。[2]

花叶艳,花蜜香,
鸟蜂蝶传粉忙。[3]
大雾乔迁见太阳,
万物速生长。[4]

[注释]

[1]南方温度回暖时间早,因此,比起北方来说,南方的春天来得较早。

[2]"回南天"通常指每年春天时,气温开始回暖而湿度开始回升的现象。暖湿气流遇到一些冰冷的物体表面后,就开始在物体表面凝结成水珠。回南天时,屋子墙体冷,屋外热,开窗、开门后,热气进入室内,呈现水珠,它们挂在墙上,像鱼鳞一般;它们挂在天

花板上、墙体上和地板上,晶莹剔透,闪闪发光,很有特色。

[3]春天来到了,花朵开放,叶色娇嫩,各种花蜜等,清香诱人,鸟蜂蝶等快速地采集和取食各种花蜜。

[4]春天早间的雾气较为浓厚,太阳出来之后,这些雾气慢慢升上天空,得到阳光的照耀,万物生长更为迅速。

15. 寒潮袭春

2019 年 3 月 21 日

春分好时光,
万物催新忙。[1]
寒潮偶来袭,
枝叶缓生长。[2]
矢志心不移,
信物流通畅。[3]
光照开心路,
岁月好荣光。[4]

[注释]

[1]春分时节,温湿有度,草木快速生长。这是一般规律。

[2]今年春分时节,寒潮袭来,枝叶生长放慢。

[3]对于大自然的生物来说,这不值得大惊小怪的。只要决心、意志不改变,生物生长的信息流、物质流等都会流畅,不会因为偶然的寒潮就会改变的。

[4]寒潮一过,阳光高照,温度回升,生物生长就会迎来大好的发展时光。

16. 春　雨

2023年2月4日

一场大雨送春来,[1]
舒展筋骨洗尘埃。[2]
大千世界清透亮,[3]
万物生灵乐开怀。[4]
春光照耀风水秀,[5]
万紫千红唱时代。[6]

[注释]

[1]今天立春,下了一天的大雨。这场大雨仿佛是为春天而来的。

[2]大雨到来,世间万物正好活动筋骨,洗去身上的尘埃,迎接春天的到来。

[3]经过大雨的清洗,大千世界空气新鲜,非常舒爽、清凉。

[4]世间万物呢？大雨到来了,春天就要到来,世间万物真是乐开了花。

[5]春雨过后,在春光的照耀之下,山山水水恢复了活力与生

机,显得格外诱人。

[6]春天里,春暖花开、万紫千红!祖国的花朵们以饱满的热情,唱响万紫千红美丽歌声,歌颂伟大的社会主义新时代。

17. 渔歌子·满山李花开

2023 年 2 月

李花满山放眼开,[1]
串串前伸闯未来。[2]
左右笑,上下嗨,[3]
一片汪洋雪皑皑。[4]

[注释]

[1]春天花开正旺时节,李花竞相绽放,游客眼前满眼李花。

[2]"闯"的意思是每一串李花都沿着自己伸展的方向往前延伸,闯出自己的天地。整株李树上下左右枝条的节位上,都开满了李花。一株连一株,满山遍野都是一样,李花满山,好一派春天气息。

[3]串串李花之间的感情表现。左右同行之间,都互相看见,互送笑脸,表达心情;同一串李花的上下位花朵之间、同一棵李树的上下串李花之间由于看不见,大家只能放声歌唱,嗨声起浪,共同庆祝春天的到来。

[4]满山遍野好似一幅波浪起伏的海洋,好似大雪刚过,披上白雪皑皑的雪装。

18. 人与油菜花[1]

2023年3月

望远千里漫天青,
大地黄花分外情。[2]
花间秀处花飞语,
护花使者格外亲。[3]

[注释]

[1]2023年早春2月,到田野观看油菜花,当时就想写几首诗词,但是一直没写。后来,我的一个学生发来她观赏油菜花的照片,煞是好看,就依据自己观赏油菜花的印象和学生发来的照片,一起进行思考,写下这首诗。

[2]蔚蓝的天空万里无云。与此相对应的是,早春大地上,油菜花茂盛绽放,好像黄金洒满大地,逗人喜爱,分外情深。

[3]在这盛春时节,春光明媚,我伴随微风,走在花间道路上,欣赏油菜花的美景,并不时停下来认真观赏油菜花,与它交谈,它告诉我,油菜花最喜欢护花使者。这是不言而喻的。因为,花的美丽固然可供人欣赏,但是,人们不爱花,美景从哪里来?这里的花之所以美丽,是因为大家爱花的结果。所以,观花、爱花、护花是所有人的责任和义务。

19. 卜算子·油菜花世界

2023 年 3 月

油菜花开放,
一年一度春。[1]
万里黄花布春景,
声名天下行。[2]

游人晒姿态,
蜂蝶鸟调情。[3]
花间处处闹春语,
花醉人欢欣。[4]

[注释]

[1]春天才有油菜花,其他时节是没有的。所以叫做一年一度春。

[2]现代社会里,油菜花是在冬天里大田栽培的,成片成片的,并且花期一致,春天绽放之时,万里黄花,展现春天田野最壮美的春景。因此,油菜花的美名传遍天下。

[3]油菜花开放之时,帅男靓女慕名来到这里观赏旅游,摆出

姿态照相,把自己美丽帅气的身影借着美丽的鲜花留下来。这是外出旅游的人之常情。蜂蝶鸟不断在油菜花田地里飞来飞去,采集花蜜、传播花粉和调情打闹。所以,蜂蝶鸟聚集采蜜等自然奇观与油菜花景色融为一体,美不胜收。

　　[4]"闹春语"就是闹出春天语言。俊俏男女多姿态摆拍,蜂蝶鸟全方位飞舞采蜜,给油菜花春景增添了春的语言。真可谓"花间处处闹春语",让人感觉在油菜花的世界里,花看人陶醉,人赏花欢欣。"闹"是自然春风的闹,人的摆姿态、赏花、欢笑、唱歌等动作产生的闹,蜂蝶鸟采蜜、飞舞和欢唱等等动作产生的闹。这一"闹"就会闹出春天语言,这是必然的。这里的"人"包括现实的人,以及采蜜的蜂蝶鸟等"访客"。

一、春风春雨

20. 南歌子·春赏油菜花[1]
2023年3月

春来花开放,花开万物春。
油菜花开田野新。
大地一片金黄,望不尽。[2]

风吹花争艳,色香味比拼。[3]
蜂蝶采蜜鸟欢心。
走在花间秀处,数风情。[4]

[注释]

[1]春天,整个田野上,由于油菜花开的缘故,人们开始亲近田野、赏花、赏春,怡然自得。

[2]油菜花的花期集中,一齐开放,展现春天田野油菜花最壮美的春景。所以,在油菜花开放的时节,田野遍地金黄,望不到头。

[3]田野里,微风吹来,油菜花尽情开放,相互斗艳,展示自己艳丽的色泽、香气、味道,争取人来观赏,蜂蝶来采蜜,以及鸟的欢欣歌唱。

[4]广袤的油菜花田野上,蜂蝶采蜜忙,鸟类放声歌唱,喜悦的心情溢于言表。人呢？走在田野花间美丽的地方,谈风论情,摆美显俊,无不心旷神怡。

二 木棉花开

二、木棉花开

1. 木棉花香引鸟飞
2021年2月

万千群鸟嬉语飞,
风闻好事紧跟随。[1]
红粉枝头鸟欢笑,
花开木棉闹春归。[2]

[注释]

[1]早春的清晨,在江边散步,忽然,一群嬉戏飞鸟从头上飞过,似乎是有什么好事发生一样,一拨又一拨紧紧相随。

[2]本人好生奇怪,便顺着鸟飞的方向看去,并赶过去,发现它们聚集在木棉树上。原来,木棉树上有些木棉花已经开始绽放,红粉妖艳,为其他树木的开花,创造了氛围。看来,春天真正地开始了。

"闹":一是春天来了,花快速开放,互相挤占空间,它们暗中较劲,即"闹";二是花开了,招引蜂蝶、鸟类、知了齐聚花开之处,放声歌舞,即"闹"。

2.忆秦娥·说木棉花[1]

2016年3月

春光灿,
木棉花开红烂漫。
红烂漫,
百鸟放歌,
春意盎然。[2]

威严挺拔帅气足,
花蕊花瓣芳菲艳。[3]
芳菲艳,
蜂蝶簇拥,
风流向前。[4]

[注释]

[1]仙葫大道两旁特别是靠近邕江两岸的木棉花盛开非常艳丽,不能不激起人们的诗情画意。写下本词。

[2]木棉花花朵诱人,各种群鸟聚集,它们载歌载舞,盛赞美好的春天盛景。

[3]木棉树挺拔高大,帅气十足,耸立在邕江两岸,过路的人们都会停下脚步,留下美好的倩影。

[4]木棉花的花瓣和花蕊艳丽多姿,成批成批的蜜蜂、蝴蝶聚集采蜜、传粉,由此而形成风浪,将木棉花的芳香推向四方。

3. 唱响红棉新格局

2016年6月

红棉花开红万里,红水河畔歌声起。[1]
歌声响起人奋进,山川处处飘红旗。[2]
红旗催花花更艳,招蜂引蝶花着迷。[3]
于今红棉格局新,新株景秀出平泥。[4]
近看城乡各显色,远观大势成一体。[5]
前歌后曲一起唱,春暖枝条花满枝。[6]

[注释]

[1]这两句是《红棉花开红万里》歌曲的第一和第二句。木棉花是岭南区域特有的高大树种。红水河两岸布满了木棉花。新中国成立之后,广西各族人民就用木棉花开放所蕴含的意义表达广西各族人民对毛泽东同志的热爱,对中国共产党的热爱,对社会主义的热爱。

[2]唱响红歌,人们心潮澎湃,积极参加社会主义建设,山河大地处处红旗飞扬,福满大地,人民福祉倍增。

[3]木棉花似乎也受到人间福气的熏陶,花朵更艳丽,更迷人。芬芳遍及人间各地,无边无际。于此,蜂蝶成批成批地到来,采蜜

场景十分壮观。

[4]现在,社会主义进入新时代,城市建设都按照规划布局来进行建设和发展。木棉也是一样啊。木棉花按照城市的规划,进行科学布局和栽种。岭南区域的城市、郊区、农村等各区域,木棉花的格局与传统的格局不一样。历史上的木棉主要是原生态的,生长在山川河谷等地,是自然生长的,没有规律。现在,城市木棉格局就不一样了,它是人为规划而形成的,它生长在人工平整过的平泥里,特别是南方城市道路的绿化带等区域,以移栽种植为主,株距、排列有规定,人工淋水、施肥、修剪等更是常事。

[5]近距离观看木棉格局的话,城市与乡村不一样;但是,从整个大格局下看,它们是朝着城乡一体化方向发展,即整个木棉的格局是原生态与人为规划种植格局共同构成,二者相辅相成。

[6]木棉有新格局的情况下,我们要写出更多更好的诗词、歌曲,盛赞艳丽的花朵和木棉新格局、新天地。由于木棉的格局是原生态的格局与人工设计格局的统一,因此,我们在高唱木棉红歌的时候,不忘历史,前后的红歌都要一起高唱,以此推动木棉花展现勃勃生机和崭新姿态,花朵满枝,木棉精神代代相传。本诗词是层层递进,句意相应,一气呵成。

4. 春潮涌动看木棉

2021年2月

立春过后日日变,[1]
转瞬献出新容颜。[2]
一览新叶新枝条,
春潮涌动看木棉。[3]

[注释]

[1]立春过后,花芽、叶芽开始分化,花草树木内部萌动,时刻都有新变化。

[2]稍微不注意,新叶、春花展露出来,以一种新的面孔展现在你的眼前。

[3]但是环顾南方花草树木,真正引领春潮涌动的,木棉花是最早的,至少也是最早之一。木棉花姿态优美,火红一片,有鸿运当头的美称,十分诱人。

二、木棉花开

5. 鹧鸪天·绣木棉
2021年2月

红棉枝条凌空架,[1]
节节平展五方发。[2]
主枝直立向太阳,[3]
层层枝条作护法。[4]

花俊秀,红喇叭,
春暖花开花挺拔。[5]
无叶枝条无数花,
一树红花一红霞。[6]

[注释]

[1]木棉树在各个高度的树种中,都有一种凌空飞架的感觉,加上红花朵朵迷人的缘故,显得非常特别。

[2]主枝上每一节点上,分化出像人的手指一样的五个枝条,向外延伸,大多与主干呈垂直状态。

[3]随着主干的向上生长,低位枝条会自然脱落,所以,木棉树一般是直立向上,匀称挺拔。

[4]据观察,木棉树生长过程中的各阶段,相对低位的枝条会自动脱离,保留的都是几个层次的高位枝条。高位枝条中,最底层的面积最大,向上逐层慢慢变窄,最上层多是嫩枝,面积最小。犹如宝塔一样,宽窄不一样,上面的窄一些。这样的规律也会体现在侧枝身上,只是侧枝上的没有主枝条那样明显。树木长到应达高度之后,主干生长缓慢,侧枝就会迅速向外生长,宝塔形就会有所改变。如果受到外力的影响,主干枝条折断了,侧枝就发达起来,几个方向都不断延伸,形成覆盖面巨大的冠状形态。这一点都是相似的。宝塔具有镇妖的作用,木棉是具有革命精神象征的树种,这种引申具有正能量的意义。

[5]木棉花朵硕大,像喇叭或钟一样,潇洒无比,即使掉落在地,依然不改它的形状,向阳展示。

[6]木棉是先开花,后长新叶的,赤裸裸的枝条上开满朵朵硕大的红花,非常具有吸引力,极具观赏性。这一点与世间绝大多数物种是不一样的,加上它花朵硕大、红粉吉庆的缘故,作为迎春花最为妥当。一树红花就是一处红霞,招引着蜂蝶传粉嬉戏、凤鸟云集高歌,场面壮观。密集状态下,更有魅力。

二、木棉花开

6. 木棉新赏

2021年2月

鸿运当头木棉花,[1]花叶嫩壮迎春发。[2]
漫步树下赏春景,展望一年好年华。[3]
枝条献瑞献花朵,朵朵向阳显潇洒。[4]
花绣枝条到跟前,起手祝福学菩萨。[5]
芬芳花朵飘落地,细心捡起带回家。
感念成花艰辛路,温馨泡好木棉茶。[6]
春叶嫩绿花飞尽,新叶满枝育花芽。[7]
人人都做护花者,来年春花满枝丫。[8]

[注释]

[1]木棉花傲立林中,枝条上的红色花朵迎春绽放,红及一片,犹如鸿运当头。

[2]木棉花是人间珍贵的树种,花朵的开放塑造春天喜气,犹如大自然的迎春花一般。

[3]木棉花开时节,人们喜欢聚集在木棉树下,赏春景、捡春花、放春情、展未来,期盼一年的好光景。

[4]在木棉树下、四周,木棉枝条送来的是俊美的朵朵木棉花,

鸿运当头,吉祥如意。木棉花花朵向阳绽放,无论是聚集的,还是独立的,都是一样。

[5]如果枝条向你伸来俊俏的花朵,请向菩萨学习,双手合掌胸前,表示谢意,表达祝福。不能顺手摘取。

[6]在风吹的情况下,木棉花会自然脱落,掉在地上。花朵不改俊态,十分鲜艳迷人。可以把花捡起来,带回家。或是把它切分几块,用开水泡木棉鲜茶;或是用烘箱烘干木棉花,存放。需要时候,泡制木棉茶饮用。味道宜人。

[7]春天到来,新叶长出来了,木棉花花期就过了。要赏花就只能等待明年了。新叶也就开始成长,孕育着下一年的花朵。

[8]面对自然界的各种植物及其花朵,特别是我们珍爱的木棉花,现代人应该怎样做呢?我们要做护花使者,爱护木棉,往来各地,看见木棉花等自然界的各种花草树木,我们要做有利于花朵生长的工作。对于那些不利的行为,要敢于亮剑制止。这样,来年才有更多更美的花朵绽放在枝条上,给人们带来鸿运、吉祥。

二、木棉花开

7. 参天古树展新姿——为雷皇庙大江边大红木棉树而作[1]
2020年2月

一树临江秀风景,

千百年来我独尊。[2]

仙桥飞架从肩过,

不改江山不改姓。[3]

春开红棉花万朵,

人在花中花留影。[4]

春夏秋冬千重色,

献给世间万般情![5]

[注释]

[1]参天古树生长在大江边,千百年来人们只是从地上观赏它的大致神态,至于它的空中景色就无能为力了。现在,由于现代高速公路的缘故,仙桥凌空飞架,从参天大树的"肩膀"而过。漫步仙桥上,人们能够欣赏参天古树过去没法欣赏的空中景色。当人们站在参天古树的"肩膀"周围展示自己的姿态时,心情是难以言表的。所以有感而发。这一景象在好多地方都出现,只要留心观察,相近的"桥""树"合态都会出现,景色新亮点层出不穷。

〔2〕这颗木棉树高大,是这一带最靠近大江边的一颗,有千百年的历史。与附近其他的木棉花树相比,这棵树的木棉花花朵红色较深。在这一带的木棉树中,算是独树一帜的,是标志性的木棉树。

〔3〕为了扩建仙湖大道,加宽了道路,人间仙桥就架设到这棵树的旁边。庆幸的是,这棵树离大桥大道还有好几米,所以,这棵树得以保存下来。这棵树的各种风采依旧,挺拔依旧,习性依旧。在现代化城市建设、道路建设、桥梁建设等项目中,遇到高大的树木、古老的树木,要持菩萨心肠,不杀生。要知道,培育一颗古老高大的树木,要成百上千年。稍微不注意的话,砍倒一颗古老高大的树木,就是一砍杀千年!

〔4〕由于大桥从木棉树的肩旁穿过,无形中拉近了人与花的距离,高大木棉树树冠层面的各种特色与魅力为人们更进一步认识。人与树枝"高空"握手,人与树枝上的木棉花同框秀美!过去,谁能够想象到大树顶端近距离去欣赏木棉花和木棉大树顶端的神态呢?桥梁的架设实现了人们的梦想。特别是初春的时节,木棉花盛开,硕大的花朵和深红色的花色吸引着千百万人来这里观树、赏花、散步、照相,留下多少人在木棉花中的倩影,木棉就更为人们所认识。人们看有木棉花的照片时,往往只关注照片上的木棉花,至于其中的人是谁一般就是其次的了。当然,除了主人公本身和亲人之外。也由于人的爱花和爱自己之故,木棉花的神态才得以留存下来。所以有"人在花中花留影"之说。这种优美景象被一传十、十传百,往后每年都会有更多的人去欣赏这高大的木棉树和木棉花了。这真是:人树和睦,相得益彰。

二、木棉花开

[5]除了初春的木棉花之外,春夏秋冬木棉树展现的各种神态为人们带来了多少喜悦,没有人能够完全描述出来。所以,一年四季都有大量的人来这里欣赏大桥、木棉、其他树种、花草等给人类带来的美景美色。

三 夏日时光

三、夏日时光

1. 浣溪沙·巧遇之恩[1]

2021 年 7 月

门生午歇翠竹轩,
潮湿闷热满脸汗,
梦里翻身难入眠。[2]

仙鹤闻讯招同伴,
轮流展翅来打扇,
折翅重生梦魂牵。[3]

[注释]

[1]这是一个美丽的传说。一只仙鹤不幸受到折翅的伤害,一位门生正好与之相遇。门生随即设法救了它,帮它医治伤口,调养健康后,就放飞奔前程了。

[2]几年之后的春闱时节(此处的春闱是指春夏之间进行的会试),门生从南方赴京考状元,在翠竹林歇息。由于天气太热,气候潮湿,蚊子又多,满身是汗,翻来覆去睡不着,睡了又醒,醒来又睡,很是着急。因为,睡眠不好,一定会影响考试的。

[3]当年救助的情形历历在目!仙鹤当即招来同伴,轮流展翅为门生打扇,在徐徐凉风的吹拂下,门生的睡眠状况得到很好的改

善,最终圆了状元之梦。之所以有这样的事情出现,就是当年的折翅的情缘,仙鹤不能代替门生去考状元,但是,可以为门生的状元之梦做些力所能及的事情。

2. 调笑令·知了的一天

2020 年 6 月

知了,知了,
盛夏树上逍遥。[1]
饮露振翅争鸣,[2]
天明忙到月明。[3]
明月,明月,
梦游知了世界。[4]

[注释]

[1]知了在盛夏时候,一天在树上逍遥不停。

[2]在树上放歌之时,也在饮露汁、振翅膀、争鸣声,是振翅、饮汁、争鸣三者的统一。

[3]知了从早到晚,一直忙个不停,即从黎明开始,到月光出现,还在树上忙碌。

[4]在月光之下,知了在树上休息。月光就借着知了的美梦,到知了的梦里世界畅游一番,给知了带去好梦。

3. 三伏颂

2020 年 7 月

伏光之下叶深沉,[1]
纹丝不动赏伏经。[2]
虫不串门鸟飞尽,[3]
更难闻到风雨声。[4]
莫道三伏热难耐,
三伏时节热分明。[5]
白昼伏光洒活力,
光合万物强身心。[6]
夜来伏漫花露水,
花叶舒展水灵灵。[7]
天道有灵识人性,
大地嫩绿报伏情。[8]

[注释]

[1]在三伏天之时,树木的叶子沉甸甸的,纹丝不动。

[2]好像在细心欣赏、学习伏经典一般。伏经典:论述三伏天下,生物开展各种活动,促进生物生长发育的经典。

[3]太阳太大,气温又高,所以,虫子们和鸟类都在阴凉之处,

乘凉休息。所以,看不见虫子爬行和鸟类飞翔。

［4］同时,人们闻不到、看不见风雨声。

［5］应该注意的是,三伏天是热难耐,但是,三伏天并非没有益处,三伏天在各时段通过不同的表现展示自己的作用。

［6］白天的光线强烈,表明太阳光的活力强。这时光合作用强烈,叶子同化光合产物的能力强,这对于植物的生长发育是有利的。

［7］夜间,由于叶子特别是肥厚的叶子温度稍微低些,热气就会聚集到肥厚的叶子上,形成露珠,就是花露水吸附在叶子上。

［8］自然规律与人性还是相通的,只要人们遵循自然规律,大地就会以嫩绿的形式报答三伏天的关怀,植物就会快速生长,满足人们的需要。

4. 六月观鸟飞

2019 年 6 月 23 日

观景亭上群鸟飞,
疏解热浪争作为。[1]
振翅飞行风打扇,
热量散发多方位。[2]
展翅滑翔炫美态,
逆行盘旋比智慧。[3]
人若有翅该多好,
翱翔蓝天鸟跟随。[4]

[注释]

[1]6 月天气热,鸟类在天空中飞来飞去,热闹非凡,本人站在本人房子的观景台上,仔细观察了它们。原来它们不停飞翔的主要作用在于展示自己疏解热浪等方面的成效。"争"在这里有比的意思,因为大家一起飞翔,显示自己优秀。

[2]鸟类飞行过程中振翅不停,犹如风扇扇风一般,这样,散热快。当然,它们还从多方面、多角度进行散热工作。

[3]展翅翱翔其实也是在炫耀自己的俊美和潇洒。在逆风的情况下翱翔盘旋,那更是智慧、水平、胆量的较量。

[4]看鸟类的飞翔展翅,真是令人羡慕。我想:如果人类能够腾云驾雾,那该有多好啊！由于人类智慧高超的缘由,人类展翅飞翔一定会比鸟类飞得高、飞得远、飞得更有技术水平,那时,鸟类一定会随人一起飞翔,飞向更远的天空。

5. 乡村处暑时节挂彩虹[1]

2020 年 8 月下旬

太阳悬天空,
山肩挂彩虹。[2]
风飘雨欢笑,
草木醉意浓。[3]
处暑好时节,
山间起凉风。[4]
漫步仙境地,
岁月好从容。[5]

[注释]

[1]处暑时节,在乡间采风,阵雨过后,在太阳的照射之下,山间挂起一轮彩虹。有感而发。

[2]彩虹从大山的肩膀通过,仿佛披挂在大山的肩膀那里。

[3]在彩虹出现的时候,微风伴随着毛毛细雨,微微吹来,山间的草木随风飘动,醉意绵绵。

[4]在处暑时节,山间刮起凉风,这是很好的自然景象,不可多得。

[5]在这样的仙境漫步行走,从容不迫,很是欢欣和愉快!

6. 十六字令三首·热的三种形态

2019 年 8 月

热,高温高湿光无色。闷情重,坐立心难噎。[1]
热,早出晚归光焰烈。无风雨,满身挂汗液。[2]
热,光线强烈劲直射。温差大,身心俱和谐。[3]

[注释]
[1]春热。特别是回南天,光线暗淡,闷热,坐立不安。
[2]夏热。无风雨,满身汗。也不大好受。
[3]秋热。多汗,但是昼夜温差大,风大,散热快,舒爽。

7. 眼儿媚·山间旧路的新魅力

2020 年 9 月

高速路上车如流,堵车几时休?
挪动一步,钟点伴奏,人见人愁。[1]

山村公路尚可走,车行不停留。[2]
左弯右转,坡浪引路[3],风爽心头[4]。

[注释]

[1]高速路上行车,速度快,但是遇到堵车的话,心理烦躁、焦急与无奈,这是人所共知的。特别是在炎热高温的情况下遇到半个小时才挪动一步的情景,那就更别说了。

[2]高速公路建成之后,一方面,原先的山村二级公路走的车辆少了,尤其是大车、重车少了,路基没有受到过重的碾压,因此,路面平整。另一方面是人们对它的关怀少了,公路两旁的花草树木自然生长,草木茂盛,给人有一种荒凉的感觉了。但是,这种荒又是美丽的,诱人的。尽管小车走的是二级公路,没有高速路那样快,但是,在车辆高峰时期,高速路堵车严重,有上公里的长车队,这种情况下,原先二级公路的存在,就无形中帮助了有急事的人解决交通的问题。

[3]公路盘旋在山岭之间,山峦起伏,岭坡相连,山岭的波浪起伏预示着道路大致所在位置。

[4]有凉风爽身,有山岭养眼,所以,在坡浪的山间公路上行车心情舒爽无比。

8. 夏季降雨

2017年6月

户外强光照,树叶静悄悄。[1]
风雷雨恭候,玉帝下行诏。[2]
热浪蒸腾急,热压高难熬。[3]
冷流传诏书,风雷雨逍遥。[4]

[注释]

[1]三伏强光之下,辣热,无风,树木和树叶等都是静悄悄的,准备下雨。这是盛夏三伏天现实状况。

[2]风、雷、雨几位大神,正静候玉皇大帝的下雨诏书,准备随时下雨。

[3]太阳光越强,热压就越高,云雾越来越密集,下雨就更为急迫。

[4]温度越高,聚热越强,热浪上升越高,就会在天空遇到冷空气。一旦接触到冷空气,风雷雨形成磅礴之时势,乌云就会聚雨而下。诏书就是冷空气。

9. 下　雨

2017年6月

云雾先密布，
风雷来开路。
滴滴答答响，[1]
生灵齐欢呼。[2]

[注释]

[1]这是下雨三环节的概述，即先是云雾天空聚集，后风雷就跟着来，最后就下雨。

[2]世间万物得到雨水的滋润，自然就高兴。这是常识。

10. 水循环

2019 年 6 月

蒸腾成云雾,
气压催泪哭。
欢乐飘洒地,
沿江河回府。[1]

[注释]

[1]水循环有三个循环环节,即水蒸气天空聚集,气压增大;雨点掉落地面,润泽万物;后通过江河路径,汇集于水的故乡——大海。然后,又开始新的循环。

11. 捣练子·久旱喜雨[1]

2019 年 5 月 2 日

燕子绕,蜻蜓飞,[2]
乌云密布要打雷。[3]
风吹雨来鸟归巢,
乡村生灵洒热泪。[4]

[注释]

[1]已经有差不多一个月没下雨了。大热的天气,突然变化,预示着一场大雨就要来临。

[2]下大雨之前,燕子围绕房屋前后低飞,转来转去。蜻蜓在低矮处,水上"点水",陆上嬉戏。

[3]天空乌云密布,一会就电闪雷鸣。

[4]风吹雨来之时,鸟及时归巢,避雨。雨水沿着叶子等器官往地上流动。形象的说,就是:得到雨水的大地生灵洒下热泪。

12.鹧鸪天·洪水论

2019年7月

洪水滔滔卷浪花,
前浪开步后浪打。[1]
削刷河堤堤面破,
岸边大树连根拔。[2]

几瞬间,河堤垮,
汪洋淹没千万家。[3]
绿化群山疏河道,
来年洪水听人话。[4]

[注释]

[1]7月的大雨天气,洪水暴涨,汹涌的洪水巨浪滔天,一浪刚开步,另一浪又打过来,令人胆战心惊。

[2]巨浪沿着河堤冲过来,河堤表面不牢固的覆盖物被刷破,河边的大树被连根拔起,倒在巨浪中。

[3]巨大的洪水在几瞬间就把河堤冲垮,河岸两边房屋淹没在涛涛的洪水之中,一片汪洋。

[4]洪水过后,我们该干点什么?那就是绿化群山,疏通和加宽河道,这样,往后,洪水就会乖乖地按照人的要求,沿河道流动,恩泽世间万物。

13. 秀大江

2019 年 7 月

大江洪水浪滔滔,
激流漩涡领风骚。[1]
一泻千里脚下过,
站立岸边心惊跳。[2]
故作姿态秀江景,
人在画中乐逍遥。[3]
浪涛翻滚龙戏水,
舒展筋骨卷浪潮。[4]

[**注释**]

[1]洪水季节,站在大江边上,洪水流动卷起滔滔巨浪,更为风骚的是,层层巨浪形成的巨大漩涡,雄壮有力。

[2]洪水一泻千里从人的脚下通过,对于普通人来讲,站立在江上桥梁的安全之处,都有心惊肉跳的感觉。

[3]这两句是讲一般人在洪水前的表现,以洪水为背景,做一些动作,照照相,开开心。即:站在桥梁上的人们,不停地照相,这是借助洪水巨浪,展示自己的美态,使得"自己"俊美的姿态留在巨浪中,达到"人""江""巨浪"合一,即既秀美江景,更是秀美自己。

往后,打开照片,"人在江中"回味无穷。

[4]上面讲的是普通人在大浪前的表现。巨龙会怎样?巨龙会在浪涛翻滚的大江大河中,浪里戏水,卷起巨大浪潮,迎风斩浪,来消解洪水的破坏。

四 秋冬景色

1. 秋日恋

2021 年 11 月

满眼苍穹一片蓝,[1]
旷野处处是青山。[2]
阳光灿烂秋风爽,[3]
诱人出巡伴游玩。[4]

[注释]

[1]秋天阳光灿烂,苍穹一片蔚蓝。

[2]大地原野处处是青山。

[3]阳光之下,秋风舒爽。

[4]在这美好的天气里,宜人的气候诱人外出,陪伴美好秋风玩游。

2. 冬日南湖

2021 年 12 月 1 日

午后湖边走,[1]
花草伴我行。[1]
冬日当头照,
风爽人欢欣。[3]
蓝天白云下,
大雁戏风筝。[4]
碧波湖面上,
鱼飞水动情。[5]

[注释]

[1]午饭后,两三点钟,就到南宁市场的南湖边游览、参观。

[2]在南湖周边,到处是花坛和草坪,清洁舒适干净,很有魅力。

[3]冬天里,太阳高悬在人的头顶上,微风不时吹来,舒爽无比,欢欣无比。

[4]大雁与风筝在蓝天下互相嬉戏、衬托,别具一格。

[5]南湖水面上,又是另一番景象。鱼儿腾空飞起,湖水波动,鱼水情深,情谊交融。

3. 相见欢·晚秋赋

2019 年 10 月下旬

秋霜树叶纷飞,惹人醉。[1]
嫩枝新出,鲜花傲雪蕾。[2]

晨风爽,霞光艳,夜秋凉。[3]
物候百态,秀慧枝条美。[4]

[注释]

[1]秋天树叶变黄脱落,飞在空中,煞是好看。

[2]秋叶脱落,也有许多新枝长出,绽放秋冬的花朵,它们在秋冬季节傲视风雪。

[3]秋天里,晨风舒爽,早晚时光,霞光艳丽,惹人喜爱。夜里,伴随秋风,天气干燥,人们都感觉到秋凉。

[4]在秋天里,大自然万物百态,树木枝条展现秋天的神态,美不胜收。

4. 惜 冬

2017 年 11 月 25 日

气温陡降身不爽,[1]
细雨绵绵愁断肠。[2]
腊梅顶风傲霜雪,[3]
一扫愁容抢阳光。[4]

[注释]

[1]这些天以来,气温陡降,寒冷,身心都感到不舒畅。

[2]更令人不爽的是,近半个月里,都是连绵阴雨天气,天气就更冷了,心里盼望着能够见到太阳。

[3]忽然,看到窗外的腊梅,顶风傲雪,触动很大。

[4]赶快做自己该做的事情,不要怨天尤人。

四、秋冬景色

5. 鹧鸪天·秋飞双彩虹[1]

2022年8月下旬

雨后天晴飞彩虹,
首尾藏在山谷中。
单飞彩虹群山艳,
双飞彩虹艳天空。[2]

山溪水,响叮咚,
诱发彩虹露真容。[3]
千万群山千万相,
彩虹常飞仙景峰。[4]

[注释]

[1]暑期8月下旬,立秋已过已是秋天,回家度假,雨后天空飞出两条彩虹,千载难逢,令人惊奇。随即写出这首诗词。

[2]一条彩虹飘在山间,群山艳丽,这是肯定的。如果是有两条彩虹同时同向飞架在天空,那可以说是千载难逢的事。人们不仅高兴,而且竞相争看。从观察的角度看,一条彩虹挂在山间,清澈可见,很是鲜艳,但对天空的影响有限。两条就不同了,两条高挂在天空,双倍的色彩能够起到1+1>2的聚集作用。所以,两条

彩虹不仅艳照大地,而且光艳天空,引人注目。

　　[3]彩虹的形成主要是山间美好生态所带来的。山间生态保护得好的话,彩虹常在,双彩虹也有可能发生;反之,就难说了。今天之所以能够看见两条彩虹飘在空中,证明乡村的生态环境是不错的。

　　[4]千万群山构成地球天然形相。在这千万群山世界里,哪些地方会有彩虹飞升的现象发生呢? 只有那些自然环境古朴优美的地方,在那里,山清水秀,灵气十足,彩虹才会不断涌现。正所谓:彩虹常在有青天。这样的地方更是神仙修炼得道的理想场所。因此,人类的改造活动只有遵循天体运动规律,优美的生态环境才得以保持。如此,彩虹甚至同向飞出两条的彩虹就会常态化,由此,也决定了人类对生态环境保护的重大意义。

6. 秋夜蟋蟀声

2022 年 8 月下旬

秋夜山间静悄悄。
唯听蟋蟀唧唧叫。[1]
原汁原味悦人耳,
配以风声更美妙。[2]

[注释]

[1]天黑之后,山间静悄悄的,唯有听到蟋蟀的声音,而且是整个夜晚。这是山间奇特的现象。

[2]这声音是原汁原味的,没有夹杂任何其他声响,悦耳动听。不时,微风袭来,原汁原味的声音借凉风伴奏,它们的声音更加美妙动听。

7. 蟋蟀闹山村

2022年8月下旬

秋夜通宵蟋蟀叫,
唧唧哇哇悦逍遥。[1]
凉风微吹心更喜,
一声更比一声骄。[2]

[注释]

[1]秋天的山村,天黑之后,"唧唧哇哇的"蟋蟀声叫个不停,而且是整个夜晚,它们之间好像在比赛一样,声音越大就越逍遥。

[2]每当凉风吹来,蟋蟀似乎更加高兴,它们鸣叫的声音更加大声,更加来劲,更加骄傲。

四、秋冬景色

8. 思远人·回家过年[1]

2017 年 12 月 22 日

旧时冬至望江南,
心人几时还?
相距百里,
行船稀少,
只怕等年关。[2]

而今里程千百万,
思念扣心弦。
翻山跨海疆,
朝发夕至,
准时共春晚。[3]

[注释]

[1]人世间变化太快的感悟。通过冬至起步回家过年的时间变化表现出来。

[2]过去,冬至开始回家过年,但是船只少、速度慢,到年关三十夜才到家。百来公里的路程,一般都要半个月。

[3]现在怎样？就是千里万里之外，朝发夕至，几个小时就可以到家，准时与家人共享年关之乐，特别是晚八点准时开播的春晚节目。

9. 新年煮酒论诗画

2022 年 1 月

新年相聚茶香楼,[1]
叙诗论画览九州。[2]
直抒胸臆心欢悦,
未尽余言杯中流。[3]

[注释]

[1]2022 年新年到来之时,与研究生时期的老师们、广外的同事们在茶楼欢聚,庆祝新年的到来。

[2]在喝茶当中,叙诗论画谈论国家大事是迎新的主要内容。

[3]直接对诗词、书画、书法发表意见,交流对时局看法。议题较多,尚未谈论的议题,就留在酒杯中慢慢体会。

10. 虎年迎新
2022年春节

爆竹声声虎年新,
畅谈虎威别有情。[1]
今春虎啸伴日月,[2]
虎虎生威利于行。[3]

[注释]

[1]与往年相比,2022年的虎福虎威就别有情怀,有新的内容。至于是什么,要靠大家自己去感受。

[2]2022年是虎年,每一天都是瑞虎伴随日月运行,守护生灵。

[3]有虎虎生威的老虎做保护,非常有利于人们开展工作。

11. 田园秋景

2022 年 10 月

光照天气暖，
云来有水声。[1]
山川田园秀，
凉风爽上身。[2]

[注释]

[1]这是自然规律。在太阳光下，天气暖和；云雾带来水汽，有云雾就有可能下雨，滋润大地万物。

[2]有光、有热、有水等条件，万物生长就茂盛。山清水秀，大地绿油油，麦稻金黄，瓜果飘香，清爽的凉风时时都会吹起，陪伴着我们左右。

12. 龙门水都秋游随想

2022 年 10 月

寂寞成常态。[1]
道路满青苔。[2]
山泉飞瀑布。[3]
盼春早归来。[4]

[注释]

[1]疫情爆发以来,游客太少,各种游乐园、动物园以及贴近山体建设的附体特色宾馆和酒店等都静悄悄的,寂寞成常态。

[2]道路及周边到处是青苔,车辆来往少了,人员走动少了。

[3]山间泉水成瀑布飞流而下,煞是好看。

[4]整个水都均盼望人员往来如初,事业如初,热闹起来。

13. 走太行看雪景

2023 年 1 月

太行飞雪雪柔和,[1]
装点群山神态多。[2]
迎面飞来雪瀑布,
喜从心来唱赞歌。[3]

[注释]

[1]太行山的雪花飘在空中,漫天飞舞,雪景悠扬。

[2]飞雪聚集在地表的各种物件上,由于物件形状本就不相同,加上雪厚度、角度不一样,就自然呈现出多姿多彩的形象。

[3]在游玩时,忽然一座雪瀑布展现在游客的面前,让游客很是惊讶和高兴。心里不知不觉地唱响赞美歌声。

14. 冬季采花蜜

2023 年 1 月 1 日

花开千重色,艳引鸟蜂蝶。[1]
飞歌畅心语,悦耳舒味觉。[2]
风吹冬太阳,人生几回得?[3]
精气神神气,采蜜不停歇。[4]

[注释]

[1]各式各样的花朵,布满山村。花的艳丽和芳香,迎来山间千万的鸟、蜜蜂和蝴蝶。

[2]振翅采蜜之时,发出嗡嗡叫声,好似唱歌一般。同时,振翅之时,不时弹飞花粉,播洒香气,促进香味的传播。

[3]冬季有太阳,并伴随冬风,很是舒爽。这种好季节,人生当中,确实太难得。

[4]好时光是短暂的,舒爽之时,更要积极采蜜,不负好时光。

15. 赏晚冬

2023 年 1 月 1 日

坡领花草俊,放飞蜂蝶魂。[1]
河畔林竹深,云集天下人。[2]
冬日阳光下,风流伴歌声。[3]
暖冬花育早,花开万物春。[4]

[注释]

[1]好日子到来了,放飞梦想了,人也是一样。新冠疫情造成多年的封闭,野外看花的时光很少!今天出来特别有感触。

[2]在山坡、领地上,聚满八方游客。

[3]蜂蝶采花声,解封后人的歌声。这些声音都是喜悦的声音。风流:冬天风吹频繁,但这风很舒爽;讲人的心情,高兴。

[4]今年冬天暖和,花芽分化早,花开的日子就会提前。1月22日就是春节了。在人间吉祥之地,春花开了,春天就到来了,万物复苏,展示春天的神态。今年还有特别的意义,全国取消封控后,表明大病走到了尽头,美好的春天就要来到了。

五 花草树木

1. 菩萨蛮·火焰花赋

2016 年 12 月 22 日

娉婷玉立似嫦娥,
恩泽人类千万多。[1]
冬催新叶发,
初春花灯硕。[1]

孕育有良方,
足月子饱和。[3]
若有疑难事,
惠顾解疑惑。[4]

[注释]

[1]火焰花树是乔木,高大,俊俏,站立自然,娉婷玉立,美丽无比,好似嫦娥一般。现在作为风景绿化的树种,栽种在南方城市道路两旁,为城市的绿化美化做出贡献。据研究,它对人类的作用很多。

[2]它的新叶是晚冬里生长的,初春时节开花。它的花朵像花灯,朵朵花灯宛如金字塔间隔层次排列,闪亮耀眼。

[3]火焰花育子很有特色,很有效果。火焰花种子在春天才成

熟,排列有序,籽粒饱满。

［4］火焰花药用价值很高,可医治好多疾病。据传,民间有一种说法,凡是坐在火焰花树下,人的烦恼就会消散,各种疑难杂症都可以得到解决。

2. 漫步火焰花路

2021 年 3 月

一树百花灯,灯花黄色新。[1]
春来花灯艳,春去花留影。[2]
嫩叶坠落生,一叶两排兵。[3]
叶绿晒四季,春秋色分明。[4]
展示全景像,十米度分经。[5]
单树花叶秀,成行更有神。[6]
眼前万米路,百米向前伸。[7]
风行大道上,梦幻天河行。[8]

[注释]

[1]火焰花树花朵呈现花灯样子,粉黄色,朝上,好似路灯一般。一颗树上的花灯分层布局,呈金字塔一般,基层花多,往上逐渐减少。一棵树有上百盏大灯分层挂在树上,每一盏灯里又有好几盏小灯。所以,一棵树就是一大金字塔灯柱。

[2]春天来了,花灯艳丽。春天离去了,花朵的影子还在。这里的影子是花灯结出的果实给人以回忆起花灯的样子,以及我们拍下的花灯美好的照片。

[3]嫩叶羽状复叶,每一片叶子由 12 张小叶组成,小叶成对排

列,就是两排,每一排有 6 片。嫩叶展开时瞬间抛洒下垂,仿佛与大地非常亲密一般,甚是好看。

[4]火焰花树叶子茂盛,四季绿色。春夏叶子嫩绿,花朵满身;秋冬时节叶子丰厚、结实,老的叶子不时有些掉落在地。

[5]这是种植火焰花树时要注意株距问题,火焰花树高二十米左右,属于路树中高大的树种。十米种一株,即株距十米。这样才能展示火焰花树的真实株型和魅力。太密的话,植株之间推挤,影响植株的生长。

[6]"行"读"hang"。光看一株有一株的景色,成行成片的话就更加魅力四射。

[7]眼前的这条火焰花大道有万米长、百米宽,一直向前伸展,一望无际。

[8]我走在这条大道上,仿佛就走在天空的天河之上,漫步而行。

3. 三角梅论

2016 年 12 月

藤本惹人赖几何？
枝条秀美花繁多。[1]
三角梅花跃胜出，
串串花艳红似火。[2]
春插足月芽萌动，
风流数年花万朵。[3]
枝条错落花争妍，
装点江山更鲜活。[4]

[注释]

[1]藤本植物的特点是它的枝条秀美，每一枝条上花朵节节排列，花色艳丽，很逗人喜爱。这里的"赖"指根据、依据。

[2]三角梅是藤本植物，在藤本植物中是最受人们喜爱的植物之一。主要是因为它的枝条茂盛繁多，每一枝条上都有一串串的火红花朵，进而芬芳艳丽在人们的眼前。

[3]三角梅是用藤扦插，方便快捷；生长很快，一个月就长根出芽；生命力极强，成活力极高，凡是种下的枝条，几乎没有不成活的；开花早，春天插下的枝条，夏天开始就有花芽萌动；花期长，只

要种下,就能常年开花,风流不停,花艳不停,除非人为将它们移除。

［4］三角梅花态好看,主要就是它的枝条错落有致,串串花朵自由伸展在空中,互相衬托。在南方城市建设中,人们充分利用三角梅作为路树、风景树栽种在道路两旁、公园之中、江河岸边,红艳周边环境,增加美感。

4. 鹧鸪天·风铃花开好春景

2022 年 3 月 19 日

春风吹来草木新,
风铃花木早春行。[1]
散株绽放争春色,
遍山金黄聚人影。[2]

树根旁,树枝上,
满眼黄花绣春景。[3]
人说人笑催花笑,
花飞花笑人欢欣。[4]

[**注释**]

[1]风铃花在早间三月都开了,是较早开花的植物物种之一。花的特点之一就是整株黄白色。

[2]由于整株花单一颜色,即使散落在任何一个地方,它都展示个人的魅力,吸引游客。这是自然分布的结果。如果是人工栽培的话,基本都是连片大面积种植。这样,当然更具感染力,每当风铃花开放的时候,大量游客聚集在风铃花树下、四周,欣赏着花的颜色、香味,感受春天的气息。

［3］树根旁边,树枝上,到处都绽放着纯黄白色的风铃花,景色宜人。

［4］人在树下,谈春论花,热闹的场面感染树上的花朵,飘洒和绽放得更为艳丽。在春风的吹佛下,树上的花朵随树枝的晃动,花瓣飘洒、花苞绽放的景色吸引着游客聚集,欢笑不已。

5.雨水节气看江南公园黄花风铃木花
2021年2月

江南雨水催春景,[1]
一树黄花树树新。[2]
黄花春景难错过,
花开花落有三旬。[3]

[注释]

[1]雨水节气那天,到南宁江南公园赏黄花风铃木花。故有雨水催春景的感觉。一词两用。

[2]黄花风铃木的特点就是花期基本是同时的,只要看见一树开花,其他的树木也开花。成片的黄花风铃木就是成片的纯黄白花,非常迷人。

[3]黄花风铃木的花期大概近1个月,所以这美丽的花景给忙碌的人们提供了赏花的更多机会。即有心之人不会因为忙碌就错过欣赏这美丽的花景。三旬:就是1个月。

6. 诉衷情·鲜桃赋

2018 年 4 月

万花竞放初春里,物候催新禧。[1]
桃花粉红妖艳,芳香醉如痴。[2]

新花蜜,孵新叶,育子女。[3]
色泽红润,果型相似,一脉兄弟。[4]

[**注释**]

[1]春天到来了,花朵竞相绽放,喜迎春天的到来。鲜花的世界、嫩绿的世界共同铸就新的物候新世界。

[2]早春的时节,桃花花态属于最逗眼的花态之一,芳香扑鼻,使人陶醉。

[3]桃花开后,新叶和桃果才开始发育、成长。这里,桃花的新花蜜,早期担负着孵育新叶和新桃果的责任。

[4]同一种桃子果实的色泽、果型基本一致,不愧为亲兄弟。现在成片成片地开发桃果种植,煞是好看。

7. 鹧鸪天·茉莉花

2018年2月20日

一朵鲜花唱天下,[1]
皆因鲜苞泡鲜茶。[2]
劝君莫伸摘花手,[3]
花留田间逗玩家。[4]

品香茶,赏鲜花,[5]
行为妥帖走天涯。[6]
听歌一曲浓情在,[7]
品茶千杯身春芽。[8]

[注释]

[1]《好一朵茉莉花》是一首歌专门唱诵茉莉花的。

[2]茉莉花的采摘是采摘即将开花的花苞,而不是采摘已经开过的花朵。人们用花苞直接泡茶;或用花苞制成茉莉花茶,所以无论是花苞还是制成的茉莉花茶,都是鲜茶。

[3]作为游览观光的游客,就不要动手采摘田间的茉莉花。

[4]玩家:一是摘花专家;二是,游客。本句的意思是茉莉花还是留给采花专家采摘、留给游客欣赏吧。

［5］一般的游客,大家品鲜茶、赏鲜花就好了。

［6］优良的行为,有助于畅游世界。

［7］听茉莉花歌曲,感悟村庄浓浓纯朴的情义,是多么美好的事情,会留下美好的记忆。

［8］品上一杯鲜茶,身体仿佛是春天的春芽一般,活力无限。

8. 蝶恋花·品芦荟

2019年8月

温湿有度土中生。[1]
剑叶肥厚,
直立向前伸。[2]
久旱争艳水灵灵,[3]
色斑惹人俯下身。[4]

美容养颜敷皮层。[5]
愈合伤口,
抚平不留痕。[6]
一苗化解千般苦,
解民心忧默无闻。[7]

[注释]

[1]芦荟生命力强,只要有些基本条件,它就能够在沙地、旱地等条件下顺利繁茂生长。

[2]芦荟叶子是剑形的,叶子肥厚,直立向上伸展。芦荟叶子储藏有丰富的叶汁和水分,抗寒、抗旱能力特别强。

[3]在干旱的条件下,它仍然是水灵灵的,显得格外秀丽。

［4］它的剑叶上，有非常"惹人"的清亮斑点。因此，每当人们无意看到它时，人们不知不觉就会俯下身去，观赏一番。更为可贵的是，它对皮肤色斑很有疗效。因此，人们特别是关切色斑的人们，就会俯下身欣赏芦荟。

［5］它具有美容养颜的功效，更具有常温敷伤口的作用，清凉舒爽。

［6］在促进伤口愈合方面，不留疤痕。

［7］芦荟是值得人们赞美的，它解决了多少人伤心的问题，但是，从来都是默默奉献，不留痕迹，没有芳名，即它的作用是将疤痕消失得无影无踪，不久之后，可能就把它忘记了。它是真正的君子。

五、花草树木

9. 北方白杨树[1]

2018 年 1 月 27 日

直立挺拔熬空中,
俯瞰群臣义万重。[2]
层层枝叶放眼量,
阳光普照乐融融。[3]
新叶萌发春天里,
夏秋时光争繁荣。[4]
冬季寒风收枯叶,
舒展枝条露骄容。[5]

[注释]

[1]我生长在南方,原来对白杨树不怎么熟悉,也没有什么特别的印象。1996 年 3 月下旬至 4 月中旬到北京参加博士入学考试,乘车的公交路线是北京西站－魏公村－人民大学－北京大学－中央党校。沿途道路两旁及周边的白杨树直立高大,尽管树枝上没有树叶,但是,当时给我的印象是:白杨树在狂风中沙沙作响,威严挺拔,傲视霜雪,领袖群雄,帅气十足! 霸气十足! 1997 年在同样的时间里又重游了一次,感受还是一样的。1997 年至 2000 年在人民大学攻读博士学位的三年中,认真观察白杨树每一年成长

的历程,就产生对白杨树的喜爱、敬佩和敬畏!由于文笔有限,当时没有写过任何文章来赞美她!

2018年1月下旬,到北京办事。人民大学内白杨树的威严、帅气、霸气又展现在我的眼前。所以,我在回南宁的飞机上,写下了这首诗,抒发对白杨树的喜爱、敬意!

[2]在北方,白杨树应该是最为高大的树种之一。它挺拔威严,傲视群雄。相对于其他树种,白杨树高大,它环视四周看其他树种的时候,犹如俯视一般。

[3]每一层枝叶向四周伸展,尽量占领优势空间,拓展视野。在阳光照耀下,吸收更多阳光,成长自己。

[4]春天发新枝,长新叶,育新芽。夏秋季时光里,充分利用自己位置优势,争光,同化光合产物,以充足的营养促进枝叶的繁荣,这无疑也就占据了有利空间。

[5]冬天里,寒风到来了,枝叶干枯慢慢脱落,掉到地上。这样到冬腊月之后,整个白杨树赤条条傲立在风雪中,展示它寒冬季节的伟岸与从容。

10. 樱花迎春

2021 年 2 月

春天将至看樱花,[1]
山上山下人喧哗。[2]
枝条花朵串串红,[3]
点缀江山迎春霞。[4]

[注释]

[1]还有两天就立春了,今天就到石门森林公园赏樱花。

[2]根据中央的精神,今年提倡就地过年。因此,很多人都没有回家。所以,公园赏花的人特别多。山上山下到处都有人。

[3]在枝条上,每一节上的樱花都开放,形成串串红花,犹如一串串冰糖葫芦。密集的枝条看起来,串串红装点整棵树。

[4]密集的樱花通过串串红共同装点着这四周的山山水水,迎接春天的到来。

11. 秋月夜·南粤秋果
2018年10月中秋

中秋叶金黄,果实飘香。[1]
天下顾客,欢悦心坎上。[2]

瓜果地、果盘里、餐桌旁。[3]
色香诱人,人参果承让。[4]

[注释]

[1]南国秋果丰富、果香味甜。

[2]天下的人们,对于南粤的秋果,无不满心满意。

[3]取食南粤果,可以从瓜果地、果盘里、餐桌上得到。这是常态。

[4]南粤果色香诱人,就是五庄观的人参果都比不上。

12. 卜算子·大花紫薇颂[1]

2016 年 7 月

树形伞中王,[2]
列队大道旁。
花束论尺立梢头,
风雨日飘扬。[3]

三季绿衣裳,
百日艳紫装。[4]
兄弟姐妹遍天下,
世间吐芬芳。[5]

[注释]

[1]认真观察南宁几条大花紫薇大道后,写下的诗词。

[2]这树形很像一把雨伞,2—3 米高,方圆 2 米,树枝收在里面,低位枝条随着生长而掉落,上部的枝条向上向四周撑开,形同伞骨,在顶端撑起唯一一层厚密的冠树叶。所以,就是树形伞中王。

[3]它的花束有一尺多长,花朵一长串,立于树枝尖端。大花紫薇的花朵呈现紫色,慧眼养眼,逗人喜爱。花期过后,慢慢长出

串串厚重的果实,就压在顶部的叶面上,与叶子构成更加严实的伞面,挡风挡水。

[4]花期三个多月,树叶青绿三个季节,就是一个生长期。之后,周而复始,永续生长。

[5]大花紫薇在大自然中,是很多的。在城市道路两旁,作路树,排列整齐;公园、湖泊旁边等风景树当中,也时常看见大花紫薇的影子;自然状态下,大花紫薇遍布天下,绽放自己,芳香世界,展示自己荣光。

13. 野　草

2019 年 1 月 28 日

生长无人栽,花朵满山开。[1]
清香飘四季,休闲好自在。[2]
潇洒一生走,分秒畅情怀。[3]
风吹爱传情,子孙千万代。[4]

[注释]

[1]野草是上天赐予大自然的,它们在自然界自生自长,无论是平地,还是山尖,都很茂盛。

[2]一年四季,野草都悠闲自在地生活着,并清香悦人。

[3]野草都是一年生草本植物,一年一生长,分秒潇洒。

[4]野草的繁殖大多通过风媒传粉进行,所以,它们的后代遍及天下每一角落,生生不息。

六 元宵夜话

六、元宵夜话

1. 元宵论月[1]

2016年元宵节

巷子汤圆香,
夜空七彩装。
店前锣鼓喧,
龙狮飞舞狂。[2]
酒兴诗盛世,
拦倒太白郎。[3]
中华繁华景,
天庭比不上。[4]

[**注释**]

[1]2016年元宵节,七仙女下凡走一遭,看到中华美景,赞叹不已。本五言律诗以仙女的身份来写。

[2]前面的这四句是从一个侧面,叙说元宵之夜的盛况。

[3]谪仙诗人李白都难以用诗词表达当今盛世。

[4]中华的繁华景象,即使是天庭,都难以相比。

2. 元宵月话

2017 年 2 月

正月十五月光明,
普照人间太阳情。[1]
汤圆香甜月畅想,[2]
大千世界宴欢迎。[3]
殿前龙狮狂飞舞,[4]
夜空焰火绽放勤。[5]
春夏秋冬日月长,
日月相随万物新。

[注释]

[1]月亮本身不发光,它只是反射太阳的光线。

[2]人间的汤圆香甜,这引起月亮的无限遐想。

[3]大千世界以汤圆、庙会、烟火、鞭炮等形式,欢迎月光的到来。

[4]各家各户、各门各店或舞龙舞狮,或高挂龙狮的画像在门前。

[5]烟花、焰火绽放在整个夜空。

3. 南歌子·元宵漫话

2018年2月

月亮灵光盘,汤圆百香丸。[1]
元宵宴会开新年。
逛庙会、赏花灯、品汤圆。[2]

春秋抢播种,冬夏勤收捡。[3]
春夏秋冬巧偷闲。
事业旺、身心健、赛神仙。[4]

[注释]

[1]月亮像一个大的灵光盘,悬挂在天空;汤圆清香味甜,多种多样。

[2]元宵节人间通过各种宴会,开启新的一年。这里的活动有逛庙会、赏花灯、品汤圆。

[3]元宵节之后,一年忙碌又开始了。

[4]忙归忙,要学会忙里偷闲。这样,就能达到事业兴旺、身心舒爽的境界。

4. 南歌子·元宵话团圆
2024年元宵节

开年明月日,人间汤圆香。
月夜团圆归故乡。
谈月亮,品汤圆,拉家常。

一家人团聚,最是好时光。
子女教育话语长。
重事业,常修身,福安康。

5. 卜算子·元宵汤圆情
2024 年元宵节

蓝天一片月，
元宵万花灯。
歌舞琴笙曲曲新，
欢喜天下人。

汤圆千重意，
团圆是本心。
一碗汤圆一碗情，
汤圆四海行。

七　清明祭祖

1. 清明踏青

2021 年 4 月 4 日

清明时节草木新,[1]
慎终追远去踏青。[2]
乡村灵气环山绕,[3]
微风细雨伴我行。[4]

[注释]

[1]清明时节,山间草木嫩枝嫩芽不断长出,显示出春天的景象。

[2]这时节又是人们追思先人,祭奠祖宗的时节,山上山下到处都是出门踏青的人们。

[3]此时节,又是雾气稠密的时节,山间灵气环绕着整个山村,特别是半山腰以上,雾气笼罩,灵气十足。

[4]大家都在微风细雨的"陪伴"下,上山来祭祖、踏青,别有一番情感。

2. 清明节有感[1]

2013年清明节

光温雾重在清明,
祖先呼唤最强音。[2]
求职创业千山外,
追逐返程人本性。[3]
神案香前真心语,
大吉大利万年春![4]
青山绿水日月长,
血脉葳蕤总关情。[5]

[注释]

[1]2013年清明节回家祭祖的路上有感而发的。

[2]清明时节,光线柔和,温度开始回升,大山里的灵气稠密,雾气较重。这是这时期南方山区的特点。清明节到了,祭拜祖宗是最重要的事情。这是中华民族的传统。

[3]不论你在哪里创业,清明时节,必定返回家乡祭奠祖宗。这是人的本性使然。

[4]在祖宗居住地前面,摆好祭奠桌子,点着清香,说出自己心

中真心话语,那就是祝福祖先大吉大利万万年!

[5]青山绿水日月长!这是自然界的规律。人世间呢?子孙发达、血脉兴盛离不开祖先的关怀和护佑!

3. 清明节祭祖[1]

2014年清明节

案前摆香果，
神冠捋银丝。
四周新点缀，
恭祝我祖人。[2]
山高路遥远，
聊表寸草心。
江山需人守，
来年再逢君![3]

[注释]

[1]这是2014年祭拜祖宗的诗篇。

[2]在墓前摆好祭拜的"桌子"，捋捋祖宗屋顶上用于清扫的银白色旗子，对四周进行相关布置。这是习惯性动作。然后，进行祭拜，祝福祖先大吉大利！

[3]对于我来说，在首府工作，路程较远，祭拜只能是表达心意！祭拜祖先方面，做的工作很不够。在岗担责，服务人民，这是岗位职责所在！不敢稍忘！所以，祭拜工作之后，就要赶回工作岗位，来年清明节再来祭拜祖宗们。

4. 清明情

2019年4月5日

清明踏青故乡行。[1]
细雨纷纷情义深。[2]
山清水秀鸟欢唱,
放歌仙人万年兴。[3]

[**注释**]

[1]清明时节,回乡祭奠祖宗。这是世人所共同的。

[2]清明时节,一般都是雨纷纷的。这在杜牧的诗词里有精彩的描述。现实也是一样。

[3]山里的鸟在放歌欢唱,祝福仙人身心健康,事业顺利。其实,清明节人们祭奠祖宗也是这一宗旨。

5.浪淘沙·虔诚祭祖

2017年4月

云雾锁青山,
晨幕垂帘。
视线模糊心境明。
慎终追远今又是,
大步向前。[1]

挥铲添新土,
跪点香钱。
手持清香拜神仙,
恭祝祖先亿万年。
欢乐人间![2]

[注释]

[1]上阕:清明早上,云雾笼罩整个青山,好像清晨的"幕布"还未拉开一样。走在扫墓的路上,视野有限,视线模糊,但是,心里很清楚自己的任务。就是慎终追远,祭拜祖先,所以,大步大步走在祭拜祖宗的山路上。

[2]下阕:祭拜开始前,要先做好扫墓工作,即清扫祖宗的屋

子,把四周打扫干净,之后在其顶部添上新土,插上今年的新旗。然后,摆好祭拜的桌子,在桌子上摆好酒肉等礼品,下一步是点香、烧纸钱等,跪拜祖上和四周的诸神仙。祝福他们身心健康,生活幸福,万事如意!保佑子孙后代事业顺利,大吉大利!

6. 忆秦娥·从容祭祖

2016年4月

雾气重,
清明祭祖情义浓。
情义浓,
山泉微笑,
路草葱葱。[1]

鞋粘鲜泥裤吸露,
恭敬祭祀心轻松。
心轻松,
百鸟奏乐,
祭拜从容。[2]

[注释]

[1]上阕:清明时节,大山雾气很重,笼罩整个山谷。不过,祭祖的情义还要浓厚,所以,上山祭祖的人们大步走在祭祖的山路上。山间道路泉水哗哗流动,山路两旁路草繁茂,绿意葱葱。

[2]下阕:由于祭拜心切,黎明就出发,此时,山路湿滑,露水挤

挂在杂草上和树叶上,人走过之时,这些露水就湿润在裤脚上。所以,到了祖宗居住之地时,鞋子粘湿鲜泥,膝盖以下的裤子全都湿润。不过,这对于参与祭祖活动的人来说,不算什么,高兴是主要的。在做好祭拜的各项准备工作后,山间飞鸟放歌奏乐,大家在大自然赐予的美妙歌舞声中,从容祭拜祖先。

7.临江仙·青山清明
2015年4月清明节

崇山峻岭祖宗栖,
风雨顺、光柔丽。[1]
青龙白虎同护佑,
福地灵气稠,
祖宗心满意![2]

春回大地清明至,
备礼品、摆宴席。
恭祝祖宗大吉利。
青山春常在,
儿孙福寿齐![3]

[注释]

[1]我的祖宗们在百年之后,安家在大山、高山上。大山、高山上,风和日丽,环境优雅。

[2]按照我们祖上留下来的规矩,祖居之地,都要有左青龙右白虎来护佑,按照这样来布局。这样的地方,必然就是灵气稠密,

祖宗心满意足的。

[3]每一年的清明节,作为后代子孙,都要到祖宗居住之地,上香祭祖。这是祭祖时的步骤和话语。

8. 清　明

2021 年 4 月

山高天地秀，

水清日月明。[1]

香飘千万里，[2]

祝福天上人。[3]

一年一祭奠，

聊表寸草心。[4]

子孙勤奋进，

代代传福音。[5]

[注释]

[1]这是今年清明节的实景。清明节阳光灿烂，山清水秀。

[2]给祖宗上香，香的青烟远飘千里万里。

[3]祖先都已经成为神仙，住在天上，是天上的星星。

[4]祭祖一般是一年一次。当然，也不否认，有些地方是两三次的。祭祖根本的意思是不要忘记自己是从哪里来的。

[5]祭祖也是向祖宗汇报，子孙勤奋工作，小有成绩，幸福快乐。祖宗感知自己的子孙代代奋进，事业顺利，当然是高兴的。

八 中秋月话

八、中秋月话

1. 南歌子·月饼与嫦娥[1]
2016年中秋节

月饼为月做,嫦娥吃不着。[2]
月光架起天仙桥。[3]
嫦娥泪看月饼、喜心焦。[4]

难题亿万年,今秋大吉兆。[5]
中华儿女骄上骄。[6]
天宫奔献月饼、嫦娥笑。[7]

[注释]

[1]2016年中秋,天宫2号在中秋夜10点4分发射升空,与太空实验室天宫一号(嫦娥与玉兔)空间站进行对接。之后,着陆月球。有感于此,就在中秋节下午4点钟写下这首词,表示预先祝贺和敬意。

[2]月饼其实是为月亮做的,所以它的名称带"月"。但是,可悲的是,月亮距离我们有三十八万公里,到目前为止,人还没有这么大的能耐,能将月饼送上天空给月亮,所以,嫦娥是吃不着的。

[3]好就好在,月饼与月亮之间还是可以互通互认的,那就是月光这座天仙桥。

［4］问题也在这里,嫦娥只能看,不能吃! 心焦不已。

［5］嫦娥吃不到月饼这一大问题,从月饼诞生的那一天就存在了,到现在已经有千万年的历史了。

［6］今天创造月饼的中华儿女能够解决这一大问题了。

［7］天宫飞船在中秋节的夜晚要飞向月球,把月饼送到月亮。嫦娥听到这消息,欢喜地笑了。

2. 忆江南·中秋共赏月

2018 年 10 月中秋

秋月秀,

月秀饼来绣。[1]

月光照人天下走。[2]

月饼清香飘九州,

月上话中秋。[3]

[注释]

[1]中秋月是团圆月,通过月饼绣出它的魅力。这里的"绣"是动词,含有装点、装扮之意。没有月饼的话,中秋月就与其他月是一样的。所以中秋月比较有特点。

[2]月饼是团圆饼,意义非凡。即借着月光,想着团圆,人们行走在各自团圆的道路上。月饼清香,普天同月,这是中华民族的传统。

[3]团圆之后,看着月亮、品着月饼,叙论中秋团圆的各种话题,心情愉悦。正所谓"月上话中秋"。

3. 采桑子·中秋月情深

2020 年 10 月 1 日

明月月明海中升。[1]
从东到西,一路畅行,
银光洒地到天明。[2]

月光照人暖人心。[3]
中秋月话,乡土乡音,
月上中秋月情深。[4]

[注释]

[1]明月指月亮。明月月明就是在农历的每月的十五、十六,中秋之夜就是十五。中秋之夜,月亮从海上升起。

[2]月亮从东边升起,向西边前行,一路畅通,直到天明。

[3]月光照在人身上,方便了人们,温暖人心。

[4]中秋节是团圆节,一家人在一起,用家乡话语谈天说地,很是惬意、温暖和幸福。

4. 中秋月迷人

2020 年 10 月 1 日

月月半出巡,
伴夜到黎明。[1]
面相就一个,
惹人看分经。[2]
月圆蓝天走,
万物尽欢欣。[3]
饼香人陶醉,
中秋月迷人。[4]

[注释]

[1]"月月"指每月。"半出巡":每月的上半月,从傍晚到夜间等时间里,月亮逐渐从"线"向"圆"变化,此时,地球人尚未休息,地球人看得见月亮。下半月的同一时间,"月亮不在天空",等到月亮出来的时候,人已经进入梦乡,这也就无所谓看见月亮了,就是半歇息。这些都是从地球人的观察和感受角度来说的。

[2]月亮本来就是一个面相,但是,月亮在不同时间中,给人的面相却是不相同的,一条线的、镰刀形状的、圆脸的等,主要看它所运动的区域与地球人观测角度而定。

［3］每月农历初十之后，月亮的"面"就慢慢地"圆"面起来了，特别是十五、十六是最圆的。这时候，人们能够欣赏月亮整个的面相，月光也是最强的、最亮的，为人们喜爱。特别是农村地区，月光之下，方便走路。

［4］中秋节有月饼作伴，月亮就显得更为迷人了。

5. 捣练子·情人话中秋

2018 年 10 月中秋

月亮圆、月饼甜，

中秋夜话意缠绵。[1]

月光闲情牵红线，

心爱月饼有情缘。[2]

[注释]

[1]中秋月下，品着月饼，说出"月话"，话意缠绵。

[2]月光更是有情人牵手的红线。有情人在中秋月下，借着月饼带来机会，成就美好姻缘。

6. 中秋月正圆

2018 年 9 月 24 日

明月高挂头上天,[1]
银光洒地阔无边。[2]
一夜行进千万里,[3]
纾解人间多少怨。[4]
无月最是伤心事,[5]
月下团圆心里甜。[6]
弯月相会在梦里,[7]
月圆灯下同时眠。[8]
若问哪月花最好,
中秋花好月正圆。[9]

[注释]

[1]月亮挂在空中,就如同挂在人们的头上。

[2]在天空洒下月光,大千世界都感受到月亮的银光,正可谓宽广无比。

[3]一个晚上,月亮从东到西,在天空行走千万里。

[4]由于月光照耀,解决了多少人的困惑、疑难。

[5]没有月亮的晚上,特别是中秋时节,那是很伤心的。

[6]在月光下,与自己心爱之人团圆,心里高兴。

[7]月亮未圆时,各自看到月亮的时间不同,人们也不会有太多的在意,一般是不会过多地想团圆的,梦里相会比较多。

[8]月圆之夜,皓月当空,那就不同了。月圆之夜,人们对月亮的关注程度大大增加了,看着月亮,想着心上人,在近的,就可以相聚;不在一起的,想着对方、想着亲人,就可以根据月亮的运行情况,同时休息。

[9]从花朵角度来欣赏的话,中秋的花既有月亮陪伴,又有月饼清香的滋润,所以说,中秋花好月正圆。从团圆的角度看,中秋月是最好的,最令人思念的了。

7. 邀明月

2018 年 9 月 24 日

黑夜无光心想月,[1]
期待月光好时节。[2]
月出天山月有命,[3]
半月出巡半月歇。[4]
弯月时节幕遮面,[5]
幕布散去面格圆。[6]
真容显露惠天下,
大地飞歌飞霜雪。[7]

[注释]

[1]没有月亮的时候,心里想着月亮。

[2]期待着月光下的惬意的时光。

[3]月亮出巡是有规律的,所谓履行使命的。

[4]每一个月当中,月亮是一半出巡、一半"歇息"的。解释参考本节"4. 中秋月迷人"的[注释][1]。

[5]月亮出行时,先露出一条线,然后慢慢向"圆"的方向显露,之后又慢慢向"线"的方向走。即"线—圆—线"的行径变化。

[6]"圆"是月亮的本相,非"圆"是月亮的特相。之所以有非

"圆"的时期,就是受到"幕"(即地球)的遮盖造成的。"幕"散去之后,月亮才显露真本色。

[7]在月圆之夜,月亮给人们带来多种便利和期待;地上的人们踏着银光,踏歌飞舞,欢庆月光的到来。

8. 人比神仙好[1]

2018 年 9 月 25 日

明月当空照，
秋风乐逍遥。[2]
饼香嫦娥泪，
人比神仙好。[3]

[注释]

[1]晚上中秋月高悬，我观嫦娥的表情，感觉到嫦娥对人世间的向往而写。

[2]这是中秋夜的实景。

[3]月饼清香脆口，但嫦娥吃不到月饼，内心有泪，所以，嫦娥感慨"人比神仙好"！

9. 月夜回乡度中秋

2018 年 9 月 24 日

口含月饼心想月,
抬眼望月思乡切。[1]
故乡山水秋月情,
秋风伴月团圆夜。[2]
云龙护驾千里远,
按下云台乡土结。[3]
漫步乡间月光路,
歌舞琴声颂和谐。[4]

[注释]

[1]中秋之时,吃着月饼,想着月亮,想着与家乡亲人团圆。当我抬头看见月亮,这种思乡心情就更加急切。

[2]中秋月下,故乡山水秋月的情怀油然而生,思念着团圆。秋风伴着月亮,伴着月饼,一起过团圆节,共度团圆夜。

[3]由于思乡心切,我乘着秋风,往千里远的故乡而去。由于乡土情结之故,到了故乡的天空,我的"灵感"告诉我,这里就是故乡的山水了。所以,按下云台,降落在故乡的大地上。

[4]借着月光,漫步在故乡的道路上,看到乡间锣鼓喧天,载歌载舞,欢庆新时代和谐盛景。

10. 明月与情人
2016年中秋

天上明月明,人间情人情。[1]

明月照明怀真情,情人谈情到天明。[2]

明月照明属本分,情人谈情看缘分。[3]

月照情人爱明月,人爱明月照情人。[4]

明月离人无颜色,情人别月有哭声。[5]

明月明,情人情,月照情人献真情。[6]

情人情,明月明,人爱明月不了情。[7]

明月明,月到中秋分外明。[8]

情人情,人逢七夕格外亲。[9]

[注释]

[1]夜间,天上的明月很明亮,特别是月圆之夜。人间与月亮最为密切的情感之一,就是月起着媒人的角色。牵线搭桥,让有缘人友情牵手。

[2]明月照明从来就是真的。情人借着月光谈情谈到天明都不困倦。

[3]明月照明属于月球的本色,情人谈情要靠是否有缘分,缘分到了,才有可能在一起谈情说爱。

［4］由于月亮光照的作用,情人们借着月光谈情说爱,自然对月亮就千般喜爱。情人也喜爱明月照着自己与情人走在二人世界里。

［5］离开人,月亮无所谓声色。情人谈恋爱,天明之时,要分手离别了,依依不舍而"哭"的情怀。

［6］月亮照明在情人身上,那情人间的情绝对是真的,不含任何虚假成分。

［7］人对明月的态度是怎样的?人爱明月的感情是数不清,道不完的,不了情!

［8］月亮啥时候最明亮?中秋节的月亮是最有情义的,属于团圆的日子。

［9］受七夕文化的熏陶,情人的情感,在七夕节达到高潮。

11. 颂 月

2019 年中秋

月亮升太空,满脸带笑容。[1]
光洒千般意,普天下相同。[2]
日行苍生健,月化夜朦胧。[3]
人心各有志,银光必亲躬。[4]
我心探宇宙,助我遨苍穹。[5]

[注释]

[1]这是月亮的本质表现。

[2]月亮升起,洒下银光,都是公平公正的,世界上的各地方都一样受惠。

[3]天体的日月运行,确保世间万物的茁壮成长。月亮是反射太阳光的,所以,月光比较暗淡。月光的晚间,夜色朦胧,勾画出人类的无穷遐想。

[4]每一个人都有各自的志向,都要自己来完成。月亮呢?月光照亮夜空,那肯定是月亮自己的,别的星球无法取代。

[5]我要探寻宇宙运行规律,这当然主要靠我自己来完成。当然,月亮是天体之一,它的运行对了解宇宙规律是有帮助的。同时,在夜间的时候,月光可以给我提供光线,便于太空探索。最起码,有月球伴随,不会感到寂寞。

12. 鹧鸪天·嫦娥情感

2023年9月29日,中秋

嫦娥升空戴面纱,[1]
脉脉含情思郎娃。[2]
大千世界天星美,
人间哪会有繁华?[3]

大地上,人喧哗,
灯火烟花满华夏。[4]
饼香果艳秋风爽,[5]
速摘面纱瞰天下。[6]

[注释]

[1]中秋之夜,月亮升起时,被厚厚的云雾遮住,月光暗淡。给人的感觉是月球出巡似乎是应付上天安排的工作,因而戴上了一层面纱。过了两个小时之后,一片蓝天,光彩照人,令人遐想。所以,就有了本诗。

[2]出巡上班的日子,月亮在干什么呢?好像是在思念她的情郎哥哥。

[3]这里的"大千世界"由两部分组成,一是天上的天星世界,

一个是地上的人间世界。在月亮看来,天上是天国,应有尽有,天星很美丽了,自己的白马王子就在天星里。所以,尽管是上班时间了,但是,似乎只要走过场就可以了,思念自己的白马王子才是重要的。因为人间是没有什么繁华可以期待的,当然就更没有什么白马王子出现了。

[4]升空到华夏大地上空时,华夏的盛景超出月亮的想象。华夏大地人口密集,灯火照明大地,七彩火焰飞天,一派繁华的景象。

[5]不仅如此,月饼清香,果实妖艳,秋风舒爽,这是多么令人神往啊!

[6]月亮赶快摘掉自己的面纱,抛开之前含情脉脉的神态,以自己本来的面目来欣赏中华大地的繁荣。一方面,看灯火、观焰景、吃月饼、品仙果、赏秋风!另一方面,她正在思考一些问题呢!比如说,是否后悔当年偷吃仙丹的行为呢?创造出如此繁华的凡间大地上,难道就没有自己的如意郎君吗?等等。这凡间世界真是值得她细心品味。"天下"就是天的下边,就是现实的人间世界,就是华夏。

九 乡村风貌

九、乡村风貌

1. 乡村闹秋景

2022 年 8 月下旬

秋日炎炎烤城郊,别具一格乡村貌。[1]
山间黎明鸟飞歌,催人早起早上朝。[2]
日出东方知了醒,放展歌喉不停哨。[3]
凉风常在连秋雨,雨后彩虹挂山腰。[4]
草木花开吐芳菲,蜂蝶采蜜满树梢。[5]
满目青山漫天云,云开雾散日逍遥。[6]
蟋蟀放歌知了歌,声声悦耳到通宵。[7]
物候春秋永轮回,乡村日月静里闹![8]

[注释]

[1]2022 年 8 月下旬回乡度假时写的。城市、郊区等都太热,40 度以上的高温,家常便饭。但是,农村地区却是另一番风貌,那就是凉爽。

[2]黎明时分,山间的鸟开始鸣叫,这种叫声催人早早起,加紧从事自己的事业。

[3]太阳从地平线上升起,山间知了就醒了,它的声音布满山间。

[4]凉风时常吹拂在山间,不时还伴随着秋雨,更加舒爽。雨

后,山腰常常飞挂彩虹,艳丽山村。

[5]一年四季,山间花草树木轮流开花,招引蜂蝶采蜜、传粉,传承山间的美丽动人故事。

[6]乡村的秋天景色是青山布满乌云,大雾散去,皓日当空,一派清爽的景象。

[7]天要黑了的时候,山间的蟋蟀高声唱起,催促知了赶快歇息,似乎是告诉它们,黑夜是我们的天地。这悦耳的声音唱响整个黑夜。

[8]山村没有受到外界的过多干扰,总的说来是静悄悄的。但是,"静"不是绝对不动的,"静"里有"动"。"静"看似乡村的"常态",但"动"是山间自然生态所必需的,是根本。离开了这些飞鸟、知了、蟋蟀、蜂蝶等动物在山间的"动",山间的"静"就失去意义。

2. 秦岭山脉颂[1]

2017 年 3 月

巍巍大秦岭,耸立天地间,绵延数千里。[2]
取天地之灵气,润三江大地;[3]
纳日月之精华,育浩然正气。
沉沉一线分南北,春秋物候连九州。[4]
山川河谷显本色,大地万物绿油油。[5]
春风化雨育栋梁,领袖群雄向前走。[6]
开天辟地惊天地,勇之潮头竞风流。[7]

[注释]

[1]2017 年 3 月观看秦岭有关的电视片之后,有感于秦岭的伟岸气势,写下的诗篇。

[2]秦岭山脉是横亘中国中部的东西走向的山脉。西起甘肃南部,经陕西南部、河南西部等地,主体位于陕西省南部与四川省北部交界处。东西绵延 1 500 公里,宽 100 公里至 150 公里。

[3]三江指长江、黄河和淮河三条大江。秦岭助力黄河、长江和淮河成为大江大河。

[4]秦岭既是中国南北的分界线,更是铸就中国的天然龙脉。由此,中华大地能够连成一体,万物生灵皆得以生生不息,永续兴

旺。

[5]秦岭山脉南北两面,自然环境差异较大,但从整个秦岭山脉来说,秦岭山脉生意盎然,生机勃勃,气象万千;秦岭山脉孕育着大千世界的生物密码。

[6]环境塑造人,峻岭育俊杰。秦岭春秋物候孕育的是太阳之子、天子门生、时代俊杰,代代相传。这些俊杰都是堪当大任,领袖群雄,在引领人类社会发展中彰显风流的人物。

[7]开天辟地惊天地有两次,第一次是混沌初开的开天辟地。盘古开天辟地孕育了大地,自然也孕育了大秦岭,孕育了中华文明,开创了人类社会管理的先河,因此,中华文明引领文明进步几千年。第二次是中国共产党成立的开天辟地。中国共产党成立以来,领导人民经过百年奋斗,结束了中华民族任人奴役、任人宰割的历史,开创了中国社会发展的崭新局面;同时,它昭示着马克思主义关于人类社会发展前进方向的科学性、正确性,为真正结束资本主义统治世界做出了惊天动地的历史性贡献,并由此将再一次引领人类社会向前发展。

3. 鹧鸪天·回望大秦岭[1]

2023年6月

秦岭山脉群山绿,
蜿蜒起伏龙飞舞。[2]
冬去春来漫山雪,[3]
夏秋穗浪望眼舒。[4]

雷声起,云密布,
溪水长流在山谷。[5]
蜂蝶秀飞鸟蝉鸣,[6]
百花争艳晒蓝图。[7]

[注释]

[1]秦岭山脉是中国南北分界线,绵延几千里。整个秦岭山脉四季常绿,自然生态很好。回望:历史上的有些东西已经有些变化了,包括自然环境等,都只能存在记忆当中。不过,大秦岭还是大秦岭,本相未变。

[2]大秦岭山脉由一系列群山连接而成,这些山岭高低起伏变化,好像就是一条条巨龙横卧在大地上,壮丽无比。

[3]大秦岭半年积雪,雪层覆盖在大山的上半部分。每一年9

月底开始到第二年的三四月份,寒风夹杂着片片雪花,不时飞来。

[4]夏秋时节,正是稻穗、麦穗成熟季节,随浪滚滚,给人以喜悦的感觉。

[5]秦岭水资源丰富,各种小溪布满在山谷,形成河流,四季不断。

[6]大秦岭美好的自然环境,孕育了丰富的蜂蝶鸟蝉等,它们以激荡的情怀在山间飞翔鸣笛,放纵自己,为大秦岭增添了活力。

[7]大秦岭四季分明,花草树木种类繁多,在春夏秋冬各季节里,尽情绽放,呈现出百花争艳的盛大场面,这场面仿佛就是一个雄伟的蓝图,预示着大秦岭未来的发展前景。

4．漫卷山村好风景[1]

2020 年 1 月

晚冬采风走乡间,崭新画面入眼帘。[2]
退耕还林树成林,偶见猴子荡秋千。[3]
山涧溪水哗哗流,手捧饮来味甘甜。[4]
茅屋瓦房存记忆,砖质楼房住神仙。[5]
一栋楼顶一锅盖,信息传达中转站。[6]
硬化道路到门口,路灯结伴新亮点。[7]
大小车辆熙熙攘,内外往来真方便。[8]
三五成群路上走,茶余饭后度悠闲。[9]
村庄本属仙境色,锁在深山千万年。
公路盘旋金锁开,仙景渐露真容颜。[10]
佛祖打坐起山峦,别样灵山在深山。[11]
春耕备种显繁忙,新法耕耘别样鲜。[12]
最是少年熟悉景,股股青烟上青天。
病菌虫卵粘枯草,打理焚烧肥土田。[13]
冬季闲田满绿肥,牛马羊群在山尖。[14]
千鸟层飞放歌舞,彩排春晚迎新年。[15]
凉风徐徐雨花飞,润新枝叶解冬眠。[16]
笑看风云谈日月,一叶青天照山川。[17]

[注释]

[1]这是 2020 年作者回家过年时,漫步走在家乡的盘山公路上,认真游览家乡这些年的变化,触景生情,写下了这首反映家乡巨变的长诗。诗中综合了地理环境、历史变迁、乡村发展、人文情结、个人的抒怀,这些表述充分表达了自己对家乡变化的感慨。以小见大。这个村庄是生长在崇山峻岭当中的千千万万个中国山区村庄之一,它的变化是新中国山区村庄变化的缩影之一,是新时代乡村振兴的一个缩影,是中国共产党领导人民改天换地、奋进现代化、开启新征程的伟大乡村实践。这些就构成了本人专门采风写作的动因。

[2]腊月近三十,就是晚冬时节。在这个晚冬时节,家乡的好些变化引起了作者的注意。

[3]退耕还林 30 多年,现在,好多树木都已经长成了参天大树。走在山间的道路上,偶尔看见猴子在山间树上跳来跳去,偶尔听到猴子嬉闹的声音。

[4]现在,山上的树木花草茂盛,真可谓绿水青山!山间不时传来哗哗溪水的声音。双手捧来一饮而下,原汁原味,特别舒爽。

[5]小时候,村里都是茅草房和瓦房(用本地泥土烧制的瓦盖的房子)。这些房子现在都已经找不到踪影了,只能存在人们的记忆当中。现在,村庄中都是钢筋水泥砖头建起的楼房,一家一单元。村庄处于深山之中,这些地方都是长寿之村庄,村民都是活神仙。

[6]一栋房子的顶上都安装有一个大锅盖,这是接收信息用的。手机、电视、电脑等与外界联系的信息网,都可以通过这个大

锅盖的作用得以实现。

[7]村庄道路变化也是值得提一提的。山区道路经过毛毛路—盘山路—机耕路—碎石路—硬化道路等几种样式变化而来。毛毛路是千万年不变的旧有的山间道路；盘山路、机耕路是新中国成立之后，通过集体经济的力量逐渐打造的；碎石路是改革开放之后，为适应改革的需要，由国家补贴和山村居民出劳力逐渐打造的；硬化道路是新时代精准扶贫项目打造的。现在硬化道路到各家各户的门口。不仅如此，在道路两旁还装上了路灯，据说是太阳能灯，五六十米一盏。这些都是亮点，给人感觉新时代以来的巨大变化。

[8]现在，每天，大大小小的车辆定时地，或者不定时地，往来于村庄之间，一改过去乡村出行难的问题，往来真是方便。

[9]茶余饭后，村民漫步在乡间道路上，悠闲散步，享受着新时代的生活乐趣。

[10]如此美好的神仙之地，由于道路原因，锁在深山千千万万年，不被人们所认识。打开深山与外界联系钥匙是什么？就是这硬化道路。正所谓：公路盘旋金锁开！神仙之地的真容颜逐渐被外界所认识。

[11]崇山峻岭是山区的特色。本村庄比较特别的地方在哪里？村庄的崇山峻岭的格局恰似一幅佛祖传经说法的佛堂格局，多条山脉从千万里载着千万群山峻峰纵横来到佛祖山的视野范围，听佛讲经。佛祖山本身就是耸立在方圆上千公里范围内的最大山脉上，佛祖山就是山脉的最高峰，海拔达到 1 200 多米，坐南朝北。所以才有"佛祖打坐起山峦"的词句。佛祖山的前左边是观音

山、地藏山;前右边是文殊山和普贤山,正前方和整个佛堂从东到西尽是千千万万的罗汉山峰,群峰矗立。

[12]过年的季节,也是春耕备种之季节,年关舒畅,备耕繁忙是村庄的现实状况。现在,农区的耕种方法有了很大的改革,好多传统的耕作方法现在已经用不上了。比如冬季的犁翻晒田减少了,有机肥的使用量减少了,除草剂的使用很普遍,等等。

[13]不过,少年时熟悉的景象随处可见。那就是人们在田里和地里,清理田间地头的枯枝落叶、闲田枯草,并把它们集中堆积起来,用火焚烧、打埋,这样也能够把那些在枯草上过冬的病菌和害虫的虫卵烧掉。这样做,有利于立春后的耕种生产,并增加有机质和减少病虫害。那焚烧的火烟缕缕上青天,形成春耕备耕的景象。

[14]冬季当中,除了闲田之外,好多田地里种上冬绿肥,有的正处于开花的时期,有的处于营养生长期,整个冬绿肥田地里,金黄色和青绿色夹杂相间,一幅生意盎然的景象展现在眼前。冬季的牛马羊等处于放养时期,它们遍布山间和山顶,不时发出叫声。

[15]山中鸟类群集,上千只山鸟分层次来回飞翔在山间,似乎是在彩排"春晚"的节目,迎接春节的到来和春天的到来。想不到,大自然的动物们受到人类的启迪,也搞起了"春晚"活动。

[16]在山间采风即将结束之时,寒风伴随毛毛细雨吹来。雨花滋润面部、装点头发、秀美衣裳,没多久就会消失在头发里,衣服上,这给人的感悟是这毛毛细雨是为山间花草树木送来解除冬眠的雨水。春天到来了,花草树木就将吐出新叶,开出嫩花,装点着这秀丽的山村。

[17]与本人一起走在乡间大路上的同志们,说说笑笑谈论天上的风云,辩论着大自然日月的变化规律,分享着人世间今天的绿水青山,无不感慨万千!

5. 中华盛景

2022 年 8 月

日行月紧跟,

环绕地球村。[1]

纤纤绣花步,

绣锦下凡尘。[2]

四海披彩妆,

中华景上春。[3]

人文地理秀,

山川水风清。[4]

[注释]

[1] 日行月随,表面看来是"环绕"地球运行。

[2] 日、月的运行,白天在地球人看来,像绣花一样,漫步在固定的轨道上,永不停息。太阳光线射到地球干什么？给地球提供能量和进行光合作用的。由于日月的运行,白天在太阳光线照耀下,地球上生物的光合作用增强,夜间生物的物质运输顺畅,植物生长繁茂,地球上繁花似锦。

[3] 太空看地球,地球多彩多姿,富有活力。中国更是景上春,自然环境、气候条件始终是春天一般,充满激情、浪漫、活力和希

九、乡村风貌

望。

[4]中华文明六千年经久不衰,是人世间唯一没有中断的文明。中国的地理环境是地球上独具特色的,昆仑山是地球龙脉的发源地。中国山川俊秀,水清甘甜,风和日丽,四季分明,春意盎然。

6. 家乡新变化

2017年春节

细读家乡信,变化诗满篇。[1]

规划变乡村,跨越几千年。[2]

旧房旧改造,新屋一间间。[3]

巨龙盘山腰,内外一线牵。[4]

茶山多种业,均占市场线。[4]

神仙居住地,往来笑开颜。[6]

[注释]

[1]这些年,家乡变化实在是太快。正所谓"诗满篇"。

[2]家乡的变化是通过规划来实现的,实现了几千来的大跨越。通过规划把自己与外面的世界各地接起来。

[3]旧房子的改造遵循传统文化来改,保持古朴风貌。新起的房子现代气息浓郁,排列在山村。

[4]硬化的盘山道路绕着一座座大山,将山村与外面世界连在一起,即内外一线牵。

[5]本村是茶油生产之地,盛产茶油。以茶油为基础,开发出好多产业。这些都在网络平台上占据一席之地。

[6]在这神仙居住地,每天来来往往的人络绎不绝,大家都笑逐颜开。

九、乡村风貌

7. 乡村市貌

2022 年 1 月

家住半山腰,
户外青山飞鸟叫。[1]
人听人欢喜,
花品花艳俏。[2]
蜂蝶知了载歌舞,
风雨日逍遥![3]

一晃就十年,
青山依旧地生娇。[4]
田园变楼市,
处处有商贸。
道路纵横累眼睛,
好在有路标。[5]

[注释]

[1]本词是县域小城村庄的变化。家住在半山要,青山环绕。青山是飞鸟的家。每当黎明开始,飞鸟满山鸣飞,给人以惬意之感觉。

［2］不仅人听了感到惬意,就是山间的花朵在听闻山鸟美妙的声音之后,仔细品味,花朵越来越鲜艳和俊俏。科学研究表明,花叶对外界声响是有反应的,优美的歌声会促进花叶的繁茂。

［3］山间的蜂蝶知了怎样了?听到鸟类的叫声之后,艳俏的花朵放出芬芳的香味,蜂蝶知了载歌载舞,开始新的一天。不论是风雨历程,还是阳光明媚的日子,春夏秋冬都有蜂蝶知了的声影,它们与鸟类一样,逍遥自在飞翔在山间。

［4］十年的变迁,青山还是青山,但是,城市的扩张,土地资源的稀缺性,使得土地变得昂贵起来。

［5］回家的路本来是熟悉的。现在,旧路不在,新道路纵横,熟人遇到生路,找不到回家的路。好就好在有路标指示。

九、乡村风貌

8. 西江月·古村巨变

2022 年 1 月

门前疏港大道,

车辆往来喧嚣,[1]

家家户户彩旗飘。[2]

古村换了新貌。

行业风生水起,

教育最显春潮。[3]

山间书声起黎明,

不负青春年少。[4]

[注释]

[1]本词描述的是一个县城附近农村村庄的变化。原来落后的村庄,现在,已经城市化了。道路纵横,灯火通明;每天,车辆往来喧嚣,好生热闹。

[2]每一户的前面都挂有五星红旗,以及各种彩旗。

[3]各行各业都在这里发展起来,其中,教育最为显著。

[4]重视教育处处可见,我家旁边都是学校。黎明开始,就听到学生们琅琅的书声。珍惜时光,从现在做起。

9.漫步云盘山[1]

2023年6月

四季漫步云盘山,
氧风拂面心舒坦。
远近青山垒棋局,
龙虎环绕在身边。
飞鸟放歌山虫鸣,
花草树木艳山间。[2]
早晚大雾常笼罩,
山间走来活神仙。[3]

[注释]

[1]云盘山是作者老家山村里的一座大山。

[2]山间发出悦耳的各种声音,诸如鸟类、各种昆虫的声音等,听它们的声音,并欣赏它们的美态,无不令人难忘。这里的花草树木丰富,多姿多艳,花香醉人,共同涵养了美好的自然生态。

[3]云盘山早晚大雾笼罩,灵气养人,走来的都是活神仙。

10. 家乡风貌

2016 年 12 月

群山依偎似佛掌,普渡掌心在陇王。[1]
度人得道谈何易?众生顿悟佛典章。[2]
云盘仙露天上来,抚育众生代代康。[3]
文房四宝润经典,有序立于佛掌上。[4]
信使天马掌身后,磨墨雄狮侍掌旁。[5]
日出东方禅心照,掌润玉笔书成行。[6]
博学善行童心起,成龙化凤报佛光![7]

[注释]

[1]这里的佛掌指的是作者家乡的几座排在一起的大山,它们看起来有点像人的手掌一样,写诗的需要,拟化为佛掌。本诗就是依据大山的形象而写。

[2]按照佛学理论,众生成佛与否,关键要看他在佛典指引下,是否具有顿悟的灵感。有这样的灵感,他才能被度化成佛。正所谓顿悟成佛。

[3]云盘山是佛祖的大拇指。云盘山泉四季长流,是上天赋予大自然的仙露,正是这些仙露抚育居住在这里的芸芸众生健康成长、福寿延年。

［4］文房四宝是佛祖写经典用的,立于佛掌上,有序排列,装点和绣美环境。

［5］佛拇指后面就是天马山,天马的职责是专门运送佛祖所写的经文,供天下众生启迪用的。雄狮山在佛掌右边。雄狮专门为佛祖磨墨水,磨好的墨水供佛祖写经书。

［6］每一天日出东方之后,佛掌着手写出经典,写出的经典一册一册竖起来形成一座山脉,排列于五个佛指的前面。

［7］芸芸众生在博学知识和行善积德方面,都要从小开始培养。不管未来自己在立言、立功、立德几方面有多少成就,都要报答佛经的启迪和佛祖的关怀。

十 家族情怀

十、家族情怀

1. 满江红·咏陆氏家族[1]
2017 年春节

提笔祖事,应该从哪里说起?[2]
熟诗书,妙手文章,几人能及?[3]
万鸿元应通仕光,文明少起志安邦。[4]
诗两句,定辈分尊卑,记心里。[5]

一看小,三看大;[6]
平凡事,须作细。[7]
知识创新快,日新月异。[8]
日行一善积品德,月学百科累智慧。[9]
行道义,拜民众为师,守规矩。[10]

[注释]

[1]2017 年春节,在家过春节。在与兄弟们谈起本家的相关事情之后,写下的关于本家品德培养、学习创业和行为操守等的相关遵循。

[2]祖上是晚清战乱年代离开河南的,现在留下来的资料有限。只能是根据自己的体验来写。

[3]这是根据父辈们的传说而来。我的祖上是有文化的。从

哪里看出来？从下面辈分排序的两句诗就看出祖上的文化水平。

[4]这是陆家字辈的排序，共十四个字。

[5]字辈就是两句诗。这两句诗就确定辈分的尊卑。这是陆家的人在哪里都不能忘记的。

[6]培养人要从小开始，细心培养。"一岁看小，三岁看大"是传统经验之谈。由此可见，一岁、三岁是人生成长过程中的关键环节之一，要抓紧。

[7]做事的要求，即做事要细、要认真，来不得半点马虎。

[8]要善于学习和吸收新知识、新文化，才能展现新作为。

[9]这是行善积德、增长智慧的要求。

[10]要行道义，讲王道，不行霸道！要向别人学习。夫子说：三人行，必有我师！圣贤尚且如此，何况我们呢？要守规矩，讲担待，敢于担责，善于担责。

2. 临江仙·先祖创业

2019年2月

谋生创业走西南,[1]
一路饱含心酸。[2]
未称心意不停留。[3]
行进数千里,
情定凤凰山。[4]

开荒扩土湾连湾,[5]
精耕细作勤勉。[6]
扶贫济困功德厚。[7]
子孙闯天下,
四海是家园。[8]

[注释]

[1]晚清以前,我的祖先居住在河南开封,后来,由于战乱,奔走西南创业。

[2]创业之路艰辛无比、心酸无比。

[3]未找到好的创业之地,一般很难停留下来。

[4]从开封走西南,到重庆,最后情定广西凤山县。

[5]到达凤山,就按照规定,购买土地,开垦荒山荒地,种植庄稼。

[6]由于精耕细作勤勉,丰收连年。

[7]不忘扶贫济困工作,修炼人生。

[8]现在,从祖上走西南以来,千千万万子孙,学习祖上的创业精神,走世界创业,服务天下人。

3. 祖母赞

2016年4月

云盘山上星光照,
左龙右凤护良巢。[1]
马上贵人群山绿,
风雨同根万山朝。[2]
祖宗积德神灵知,
祖母处事人称道。[3]
面不相识血脉连,
淳朴厚道春光好。[4]

[注释]

[1]祖母葬在云盘上山,那里左龙右凤,风和日丽。福人福地,是祖母理想的安居之所。

[2]从祖母之地,往前面看,有马头作案台,面向达云山。整个格局群山环绕,山清水秀。

[3]我家祖上积德、行善助人,这是人所共识的;在神灵那里,也是共同感知的。祖母也是一样,传承祖上优良品格,为人处事得到世人赞美。

[4]父亲才十一岁时,祖母就去世了。从面相来说,我们这一

代人与祖母肯定是不认识的。但是,我们的血脉里流动的是祖母的血液。在我的认识里,我的祖母是淳朴厚道的人,她的生命虽然短暂,但是她的一生是很有意义的。

十、家族情怀

4. 公正严明的一生[1]

2012 年 5 月

为民辛苦办事公，
养儿育女显从容。[2]
搭桥铺路寻常事，
行为示范口碑中。[3]
家境贫寒创业早，
勤俭持家少年荣。[4]
信念坚定事业成，
启迪儿孙意万重。[5]

[**注释**]

[1]此诗是作者为自己的父亲所作。生祖母在父亲 11 岁时去世，父亲、叔叔和小姑在爷爷和养祖母的带领下成长。当时家庭生活困难，父亲作为兄长，从小就担当起家里主要劳动的重任。

[2]父亲的一生，办事、做工等都严格按照原则进行，从不偏离原则和规范。20 岁成家立业之后，在教导儿女成长方面，更是从容不迫，严要求。

[3]道路塌了、桥面受损了等公益性事业受到损害时，父亲及时架桥铺路，方便大家顺畅通行。所以，他的行为示范在当地十里

八村民众中,有很好的口碑。

[4]由于生母过早地离世,父亲从十一岁开始,就如同家庭的小主人一般,开始当家作主。由于这一经历,深知生活的艰难和不易,从小就严格要求自己,勤俭持家伴随自己的人生成长。正所谓"穷人的孩子早当家!"

[5]父亲一生的经历启示后人,信念坚定是人生成长、成就事业的关键因素。这一点是我辈永远都要铭刻在心的。

十、家族情怀

5.淳朴厚道的一生[1]
2019年10月

金贵之身降农家,
父母双亡童真娃。[2]
叔婶跟前度少年,
成家立业在十八。[3]
勤俭持家育子女,
不负青春好年华。[4]
敬天敬地敬祖宗,
一路风尘学女娲。[5]

[注释]

[1]此诗是作者为自己的母亲而作。2019年10月,母亲在老家住院,本人急切赶回医院探望。回南宁的路上,感慨母亲人生的艰辛,写下这首七律诗,概括母亲的一生。

[2]按照天干地支,我母亲的命属于"金命"。不幸的是,母亲童年时期,她的父母双亡,她成了孤儿。

[3]好就好在她的四叔和四婶收留了她。所以,母亲就"带着"外公外婆购置的房屋和田产,加盟她的"四叔家",在她的四叔四婶跟前度过了少年时代。十八岁时出嫁,自己当家。

[4]从小就养成了勤俭持家的好习惯,辛勤教育子女。所以,母亲的青春年华是美好的。

[5]母亲一辈子很注意孝顺方面的传承,"敬天敬地敬祖宗",行善积德、服务社会、乐于助人,其行为宛如女娲娘娘一般,值得后代子孙学习。

十、家族情怀

6. 蝶恋花·母子情深[1]

2020年初夏

闻母仙逝泪涌下。[2]
千言万语,
都难以表达。
生育养育慈母情,
点滴思念泪飞花。[3]

一览人生百年景。
迈步从容,
青春好年华。
勤俭持家人丁旺,
善行而为走天涯。[4]

[注释]

[1]2020年近初夏,母亲仙逝,在返回家乡为母亲举行别礼的路上,写下了本词,表达对母亲的敬意。

[2]当母亲仙逝的消息传来,我当即大哭了一场。

[3]在返回家乡为母亲别礼仪式的路上,点滴想起母亲的养育

之情,眼泪仍然不停地流下。

　　[4]母亲一辈子生活从容、勤俭持家、行善而为,她的一生是充实、美好的。

十、家族情怀

7. 一剪梅·孝心论[1]

2020年3月

母亲年迈在陇王。儿女子孙,尽责守望。[2]
孝顺长辈乃本分。身在何处,念念不忘。[3]
煮饭炒菜护理活。孝心之举,样样在行。[4]
百年人生论意义。先有孝心,后讲担当。[5]

[注释]

[1]母亲病重在家(陇王)已经有半年时间,其间,儿女辈、孙辈和重孙辈们等都尽心给予关怀和照顾。春节回家住了一个月,参与照顾了一个月。春季开学后,尽管人已经回到学校,但是心总是在惦记母亲的病。2020年3月以孝心为题,写了这首词。既表达自己对母亲的挂念,也表达孝心在人生中的重大意义。

[2]陇王是作者家居住地的名字。

[3]孝顺长辈是本分,不论你在哪里,都时常挂念。

[4]孝顺要有所举动才算。来到长辈的跟前特别是病床前,要有孝心的举措才行,即要在烧饭、倒茶、换药及护理等方面,有切实的行动才行。

[5]人生的意义在哪里体现?先有孝心,孝顺老人;然后讲岗位工作,讲职责担当。没有孝心,空谈担当,没有说服力。

8.国难当头舍小家[1]

2020年4月上旬

母亲仙逝近初夏,
正值新冠在爆发。[2]
别礼简朴而庄重,
彰显孝道之精华。[3]
母亲教导常在耳,
国难当头舍小家。[4]
头七过半即返岗,
抗疫路上迎朝霞。[5]

[注释]

[1]这是母亲去世之后,回家办理母亲的别礼仪式后不久写下的。国难当头舍小家,这是陆氏家族精神的核心要义。

[2]母亲在2020年接近初夏时节去世。此时,正值新冠肺炎爆发的时期,防疫工作的任务繁重。

[3]由于疫情严重的原因,原本隆重的别礼仪式改为简朴、端庄、热烈,彰显孝道的精华而已。好多传统上的环节都简化了。

[4]母亲在世的时候,常常教导我们,国难当头要舍弃小家!她的这个教导在今天特别有现实意义。

[5]按照传统的礼仪,要做七七四九天,才算完成。在每一个"七"的日子,都要做相应的仪式。今年都简化了。"头七"刚过半,我就赶回单位,投入抗疫工作。每一天早上,或是乘坐七点二十分的校车,或是乘坐六点三十分的地铁,迎着朝霞,奔赴抗疫工作,以自己的工作践行母亲的教导。

十一、红豆情谊

1. 虞美人·红豆情[1]
2016年6月

碧云湖边红豆密,
相逢青春里。[2]
红豆颗颗怀春情,
有缘人自会巧遇知己。[3]

鸳鸯对对色彩艳,
浓淡总相宜。[4]
红豆湖面精细照,
伴侣缘分会随春风起。[5]

[注释]

[1]广西农学院(现在广西大学东校园)是一个园林式的校园。学校内的所有道路两旁、湖泊塘边都布满相思树。学校有教学区和实验区等。在教学区,一个巨大的湖镶嵌在校园里,它的名字叫做碧云湖。湖边四周长满相思树,相思树倒映在湖中,景色非常宜人。实验区分为三大块,其一是两千六百多亩的农场,农场内有水田、旱地、果园、菜园和实验室等,用于农学、植保、园艺、蔬菜和花卉等作物科学的实验和栽培;其二是二千多亩的牧场,用于畜牧和

兽医等动物科学研究；其三是二千多亩的渔场，用于水产养殖。在实验区的路旁，也布满了相思树。相思树是广西农学院内分布较多特色树种之一。相思树多，红豆到处都是。本人的本科、硕士都是在这里完成的。这里的诗词表达了青年学子们在碧云湖边捡红豆的情景！

［2］青年时期，情窦初开！红豆本身的特点就是引发相思，触发感情的。红豆越多，触发的情感故事就越多。在校学习的年轻大学生们在碧云湖畔学习，就宛如碧云湖畔的红豆一般，除了学习的情义之外，还引发好多青春的故事。

［3］红豆怀春意，有缘人在这里都会找到自己的知己。

［4］怎么判定哪些是知己？如果以鸳鸯来说，成对的鸳鸯色彩艳丽，并且总是相宜的。这里的情人呢？就是兴趣和爱好基本相同，心情和情感基本一致。这就是初步标准。

［5］未来能够结为伴侣的，就会在春风吹来之时，在湖波荡漾、碧海蓝天的碧云湖里倒映出来。看着倒影的景象，自己脚踏大地，与碧蓝的天空同在，真是地久天长！

2. 长相思·豆春情[1]

2016 年 6 月

碧湖面,野鸭挤,
鸳鸯对对忙戏水。
个个心欢喜。[2]

碧湖边,思树密,
红豆颗颗怀春意。
情人捡豆急。[3]

[**注释**]

[1]这首词的背景与"虞美人·红豆情"这首词是一样的。

[2]上阕的意思主要是阐述碧云湖面上的情况。即:鸳鸯戏水忙,心情好欢畅!

[3]下阕的意思主要是阐述碧云湖岸上,青年人特别是情人一起捡红豆的情景。即:红豆怀春意,情人捡豆急!

3. 虞美人·彩宏情[1]

2016 年 6 月

预考国考万中一,
步步惊又喜。[2]
碧云湖边捡红豆,
鲜露透光彩虹赋新意。[3]

学成从业千百地,
心心紧相依。[4]
相思湖畔春满园,
鸳鸯戏水比翼鸟双飞。[5]

[注释]

[1]这是作者与作者的家人故事。作者和作者的家人是大学同班同学。词的内容:一是描述从学习到工作的历程,即从碧云湖畔到相思湖畔。二是描述作者与家人的情感深化,即从相识到相知,从相知到相伴。

[2]1983 年中国的高考有了一定的改革,那就是先进行预考,通过预考的毕业生才能参加高考,预考的通过率大概为百分之五十。所以,当年半数考生都没有资格参加高考。当年上场参加高

考的人数五百多万,全国招收 27 万大学生。这里的预考、高考的每一步都是万里挑一的,真是"惊"和"喜"并存!可贵的是,我们都顺利通过了。

[3]鲜露:太阳之下,天空飘洒的小雨,风雨过后见彩虹。学习之余,一起常在碧云湖边捡红豆,一起欣赏天空的彩虹。经常的一起学习生活,萌生爱情,彩虹赋予新含义。

[4]大学毕业之后,创业和学习遍及大江南北,但是,不论在哪里,都心心相印。

[5]在 2002 年,来到相思湖畔,在这里从事教学工作。在职称、学业等方面都有进步。

4. 彩宏太阳星[1]

2016 年 4 月

彩宏太阳星,四月七日生。
姓陆名宇彤,阳光聪慧勤。[2]
年幼问题准,常把父母请。[3]
学校争上游,名列前三名。[4]
跨越太平洋,学业精上精。[5]
四海创业旺,胸怀中华情。[6]

[注释]

[1]小朋友是父母心中的太阳,父母对小孩寄予厚望。这是肯定的。本诗及本栏目后面的两首诗词讲的是本人的小朋友的故事。

[2]从父母的角度看,我认为我的小朋友是阳光女孩,活泼、开朗、好学、聪慧,小的时候,居住在政府大院,她经常与政府大院的小朋友们开展文艺游戏活动。

[3]一方面是经常问一些学习生活中的关键问题,这些问题我们关注不够、思考不够,但是细想起来,很有哲理;另一方面是我们交流的有些问题,她能够作出我们想象不到的阐释,而且又是合情合理的。

[4]在校学习期间,都是班上的或年级的前三名。

[5]在国内读完大学的当年,自费考取美国大学硕士研究生,两年半完成科学学位的学习研究工作,取得硕士学位。

[6]研究生毕业之后,在美国相关科技服务公司开展工作,积极参加有关中美科技交流活动,真正体现出"胸怀祖国,服务世界"的情怀。

5. 宏彤情怀[1]

2016 年 4 月

哇哇哭声喧气场,
彤爸站在产床旁。[2]
睁大眼睛微微笑,
心里欢喜又紧张。[3]
昨日不知女儿情,
今日见女滋味尝。[4]
天庭饱满地阁圆,
誓言育就国栋梁。[5]

[注释]

[1]这是我和我的小朋友的感情。

[2]小朋友出生时,发出"哇哇哇"的哭声,喧示她来到人世间!当时,作为父亲的我就站在产床旁边。

[3]我认真看了她,眼睛大大的,嘴唇微微动动,好像在对我微笑,我的心里很高兴,但是又有点紧张。

[4]过去不知道女儿情是什么样的,当看见她来到世界上时,就很有感觉了。那微妙的感觉是不能用言语表达的。

[5]她的脸是圆圆的,眼睛闪闪亮,天庭饱满,头上没有头发,光亮光亮的。心里想着,要把她培养成栋梁之才,争取为社会进步发展作出贡献。

6. 念奴娇·彤星成长

2016年4月

龙江水岸,彤星降人世,哭声悦耳。[1]
十月怀胎营养足,胎教胎育和谐。[2]
脸圆红润,天庭饱满,耳垂厚实圆。[3]
龙凤之姿,眼神秀微笑甜。[4]

三翻身六月坐,周岁迈步,欢笑学基础。[5]
唐诗宋词大声读,习歌舞敏交流。[6]
语言天赋,学科研读,胆识积跬步。[7]
学程万里,大展人生宏图。[8]

[注释]

[1]在宜山庆远镇龙江旁边的河池地区第一人民医院产房里出生的。出生的时候,"哇哇哇"大哭一声,喧示自己来到人间。这哭声,对于父母来说,听起来很悦耳。

[2]在母体里面,足足十月才出生的。这十月,营养方面和胎教方面都按照当时育儿水准做好了。

[3]面色红润,一两岁的时候,头上很少长头发,双耳耳垂凸显厚实圆形。

[4]从父亲的角度来看,小朋友有龙凤之姿的模样。这些无不从她的眼神和微笑中自然流露出来。

[5]三个月就学会翻身,六个月能够坐稳,一周岁开始迈步走路。在父母亲和保姆的带领下,在欢笑中,学幼儿时期基础的东西。

[6]大声读简要的唐诗和宋词读本是一项经常性学习内容。幼儿园和小学里,积极参加各种文艺活动,比如跳舞和唱歌等,积极与小朋友们交流学习。

[7]小朋友有语言天赋,每到一个地方,马上就学会当地的语言,且语音地道纯正。积极学习科学知识,追问理论和现实问题。遵循"不积跬步,无以至千里"的真理,把自己的胆识建立在注重基础知识的积累上。

[8]在中国读大学,大学毕业当年,自费考取美国大学研究生,两年半完成科学学位学业。在世界广阔天地里,展示自己的胆识、能力和水平,服务社会。

十二 情深义重

1. 鹊桥话七七 [1]

2015年七月初七

鹊桥之上话七七,
情感相随永不弃。[2]
别离之苦难倾诉,
相逢之日甜蜜蜜。[3]
天地运行循规律,
世间相遇有玄机。[4]
朝夕相伴心中梦,
人仙合璧有佳期。[5]

[注释]

[1]2015年七七节晚上看京剧《牛郎织女》有感。

[2]鹊桥上,牛郎织女相会,相互吐露一年的思念之情。尽管不在一起,但是他们情感是连在一起的。

[3]别离的日子是不好过,因此,在七七相逢日子里,倍感甜蜜。

[4]天地运行是有规律的,人在世界上,是否相逢、相知,那是有玄机的。有缘分就可以,没缘分的话,即使从对面走来,也是不

相识的。

[5]对于牛郎和织女来说,朝夕相伴只能是梦想。人与天仙的结合是要等时机的,每一年七七才是相会的日子。这就是佳期。

2. 菩萨蛮·七夕

2020 年 8 月

一年一度一七夕,
鹊桥依偎谈情意。[1]
相逢身心悦,[2]
别离盼相聚。[3]

仙居九重天,
牵手日子稀。[4]
贵在心相印,
梦里常相遇。[5]

[注释]

[1]一年一度七夕节,对于牛郎织女来说,很是珍贵。为什么？只有在七夕这天晚上,牛郎与织女才能在鹊桥上相会,过了这一天,就等下一年的七夕了。这是多么的难得。

[2]相逢在一起,时间是短暂的,但是,两人都身心愉快。

[3]每一年的其他日子,牛郎与织女都在盼望下一次相聚的日子,前来相聚。

[4]一个天上、一个在人间,相距九重天,要牵手,是按照天规

来进行。

[5]好就好在牛郎与织女心相印,平日里见不到,但是,可以梦里相会。正好补上这一不足。

3. 诉衷情·一往情深

2016 年 9 月

中秋夜话满心头,从何处着手?[1]
一往情深问候,求学期恋就。[2]

平日里,出行时,月光楼。[3]
十年回眸,泪雨千言,难解离愁。[4]

[注释]

[1]2016 年中秋节,想起一位十年前求学的女生,思考着十年以来的变化。要表达的话语太多,真不知道该说些什么。

[2]只能在远方发去祝福的问候。从十年以前,自打求学"认识"之后,一直都是这么做的。

[3]平日里,出行时,在晚间等各时光下,特别是有月光的晚上,每当走在阁楼之上时,常常回想起往事,也不时信息问候。

[4]这十年是人生关键的十年,一转眼就过了。现在回想起来,这十年,真是不容易。女生毕业之后,工作突出,有成绩,得到岗位工作的同事、领导的赞赏,真为她感到高兴。当然,由于相距千里,毕业后一直没见过面,不知道她具体的境况,心里牵挂,就是千言万语,都难以表达别离的心情。

4.怜嫦娥[1]

2017年七夕

十年相处两相亲,
忽闻旅途有新情。[2]
遥问月宫嫦娥姐,
可怜当初仙药行?[3]

[注释]

[1]仿效李商隐的《嫦娥》所写,写给一位人间仙子的。

[2]好久没联系了。十多年后的一天,发来信息,说已经结婚成家了,真为她高兴。

[3]后来偶尔还想起她,特别是看见月亮的时候。嫦娥因偷吃仙药,被派驻广寒宫,那里阴冷。嫦娥是怪可怜的。有时,在有月光的晚上,看着月亮,就向嫦娥去电,问询她是否悔恨当初偷吃仙药的行为?此种心情,也是表达对人间仙子的问候。

5. 话感知己

2020 年 10 月

情字难写,知己难求。[1]

人生百味,滋润春秋。[2]

嘤鸣其友,聚气玩游。[3]

人遇知己,笑解千愁。[4]

[注释]

[1]情有多种多样,真情难寻,所以,情字难写。知己就是在真情中才有可能。

[2]人的一生是在百味中度过的,是在百味中成长成才与生活的。

[3]就是动物界也是一样。通过聚气,寻找自己的朋友,才能长久地一起玩游。

[4]人的一生,遇到知己,欢笑解千愁。

6.长相思·五二〇

2022 年 5 月 20 日

五二〇,悦耳声。
现代人生好欢欣,
饱含爱与情。[1]

真情在,爱中行。
远隔千里心相印,
相向度青春。[2]

[注释]

[1]"五二〇"为什么悦耳？就是它与"我爱你"的声音有点像之故,与爱情连在一起。

[2]有爱的思考,就要有爱的行动。有缘千里来相会。真爱的话,就是远隔千里,也会相向而行,朝爱的方向共同努力的。

7. 诉衷情·望眼穿

2019年3月6日,惊蛰

一句输液内心酸,往事阅几番。
外出学习交流,不幸感风寒。[1]

事繁忙,千里远,望眼穿。[2]
惊蛰之声,千语万言,春天之愿。[3]

[注释]

[1]今天早上,去电问候一位毕业多年的好友。电话中得知她在北京学习,由于身体偶感有恙,正在医院输液!吓我一跳。过往的身影从脑海里闪过,过去,身体很好的,怎么会突然生病?心里着急和挂念。

[2]南宁离京城三千多公里,事情多,没法前去探望。

[3]猛然想起今天是惊蛰,天气回暖,万物生机。借着春天之风,写下这首词,送去春天之愿,早日康复!

8. 粽子清香[1]

2007 年 5 月

又到心中五一节，
粽子清香情更切。[2]
回望盛夏冰雪景，
唯有时光解心结。[3]

[注释]

[1]2006 年五一节前后，一个考生为了能够读研调剂，给我来多次电话，表达急切学习的心情。对于一位急切学习的学生，作为教师是感动的。五一节她在网上通过信箱发来一份粽子祝福，那粽子发出清香的味道，还伴有美妙的歌声，给人愉悦的感觉。所以，有本诗的感慨。

[2]每一年的五一节，除了享受劳动节的节庆之外，还思念当年清香的粽子情怀。

[3]盛夏时节，天气炎热，但是，每当回忆起当年收到清香粽子祝福的真情，就如同炎热的夏天，送来了清爽的冰雪景色一样，好生凉爽惬意。至于这舒爽凉气而带来的情谊能够维持多久，只有时间才能够回答了。

9. 旅途的问候[1]

2017 年 12 月

电话不通畅,信息代文章。[2]
今日别京城,明日到你旁。[3]
旅途事繁忙,问候未敢忘。[4]
相逢看缘分,知己靠培养。[5]
大事何时谈,来日再商量。[6]

[**注释**]

[1]2007 年底,出差到内蒙古。由于出差在外,当时的电话费很贵,只有通过短信对外联系。有时信号不好,联系也是困难的。这是从呼伦贝尔大草原回到北京之时,发给一个女生的。女生在湖南长沙学习。之前,她来的信息说,近期心情不好,好些事想沟通一下。本诗算是旅途的问候。

[2]这是当时的实情。电话不好打,只有发信息表达关切。

[3]当晚就乘夜晚的火车,从北京南下,第二天早上就会到达长沙。

[4]收到她的信息之后,时时未敢忘。有时的信息回复不很及时,那是旅途交流不方便而已。

[5]佛说,上辈子的五百个回眸,换来今生的擦肩而过。所以,

相逢是缘分定的。但是,相逢之后,能否成为好朋友、成为知己,那就需要看双方共同努力才行。

[6]信息谈到的有关问题,见面讨论方为上策。

10. 长相思·梦中人

2019 年 10 月

白天思,夜间想。
十年常遇在梦乡,
牵手话衷肠。[1]

秋冬凉,春夏爽。
别梦三年泪横塘,
醒来梦一场。[2]

[注释]

[1]写给一位人间仙子的。过去的十多年,偶尔有信息来往,偶尔在梦里相遇。

[2]最近几年(至少有三年)很少相遇。2019 年的中秋,朦胧里在横塘见过她,大家都感到这些年的不容易,醒来原来是一场梦。

1. 江神子·小学堂[1]

2018年春节

童年背包上学堂,翻山岭,过田庄。[2]
三里路程,半小时风光。[3]
晴天雨天冰雪天,树风清,花草香。[4]

面向国旗行礼忙,唱国歌,震天响。[5]
拼音数数,开篇第一讲。[6]
小学五年童心亮,一步嗨,步步畅。[7]

[注释]

[1]少年时代居住的屋子,位于一个类似佛掌大山中,坐西北朝东南。学校在我家前面山后的田坝上,那里是大队行政单位所在地。我的小学就是在大队部的学校完成的。20世纪60年代的那一代学生,大多都有这样相似的经历。

[2]翻山岭,过田庄:先走一段山路,后走一段田埂路。那个年代农村山清水秀,一年四季春夏秋冬分明。

[3]距离是三里路,上学用时大约半小时。

[4]一年四季,不论晴天雨天雪天,都遵循学校规定,迎着清风,欣赏着花草树木,上学读书。

［5］到学校的第一件事情,就是高唱国歌、升国旗,声音响彻整个山谷。

［6］入小学的第一天第一课,语文的开篇就是学拼音字母,算术的开篇就是数数。

［7］在党的阳光雨露下,本人与其他同龄人一样,每一步都是稳健踏实,基础牢固。就好像扣扣子一样,一颗扣好了,往后的扣子就不会错位。有了小学扎实的基础,后来的初中、高中、大学、硕士研究生、博士研究生等学历都顺利过关。可见,扎实的小学基础是多么重要。

2. 少年游·凤山县中学求学[1]
2017年8月

少年求学,凤凰山下,柳树春飞芽。[2]
操场阔气,石阶梯密,树育大氧吧。[3]

龙泉灵气漫校园,练就身心华。[4]
门生创业走天涯,常想起,龙文化。[5]

[注释]

[1]用"少年游"这个词牌名,叙述少年时代求学的环境情谊,别有一番情意。

[2]学校就处在凤凰山脚下。凤凰山高大雄伟,这里植物茂盛,万树密集,尤其是竹林浓绿、高深密集,十分耀眼。学校内部道路两旁、教室前后、宿舍前后、食堂前后、球场两边都绿树成荫,特别是柳树,均排列在道路两旁和篮球场两边,很茂盛。空气新鲜,育就了一个天然的大氧吧。

[3]何谓阔气?操场在一个巨大的天坑体内。天坑体深3米、宽60米、长300米。跟足球场差不多。坑底两边各有十多米的道路和各种体育设施(乒乓球桌、几个沙坑、单双杠、几根拔干、几个秋千等)。体育场内有七个篮球场、两个排球场、两个羽毛球场,纵

向单个连成一排。天坑体与四周的台地是通过各种石板楼梯连接。长的两边是各有 4 个石板楼梯,宽的部分东边有 2 个石板楼梯。

［4］学校所在的凤凰山脚下有一天然的龙泉。龙泉冬暖夏凉,常年水位变化不大;冬天以及平时的早晚,龙泉白雾灵气缭绕,肉眼可见。

［5］大家在大千世界创业之余,常常想起抚育我们成长的教师,想起一起学习的同学,想起当年优美的环境。但是,现在,这里是笨拙的现代建筑林立,当年的文物古迹已经无影无踪了。门生们梦牵的家园已经不存在,当年的美丽风光已经荡然无存了。这些东西只能靠这些记忆去回味了。保护文物就是保护民族自己的文化,片面追求所谓政绩是荒谬的。若干年之后,肯定会有人回想起这些古文物、这些秀丽的风景！但是,现在的这些所谓建筑还会有几人去回味呢?

3. 南歌子·80级高中生

2017年8月

初中第一届,高中第一级。[1]
八十年代星云集。[2]
改革春风化雨、催人急。[3]

堂上学科学,堂下辩真理。[4]
假期汗洒田地里。[5]
秀美人生旅途、春如意。[6]

[注释]

[1]我们是20世纪80年代的第一届初中毕业生,是80年代第一级高中生。

[2]大家来自不同的区域,在凤凰山下,共同学习。

[3]改革开始起步,正处于春风化雨时期,事业发展需要人才,事业催新人才。所以大家学习非常认真,各自都有成果。

[4]课堂上认真学科学,课堂下"学而时习之",就是辩论,加深印象。

[5]假期回乡参加农业生产劳动,体验生活。

[6]高中的这些努力,就是着眼于人生旅途。可贵的是,大家都做得不错,工作中,展示了春天般的顺利。

4. 求学有感[1]

2016年2月

喜坐龙船入京城,
学理求道为民生。[2]
人民大学学真经,
培根铸魂练本领。[3]
悉心三载成正果,
导师华诞谢师恩。[4]
自信人生千百年,
多维平台展雄心。[5]

[注释]

[1]这是2016年2月到北京中国人民大学参加导师80周岁生日宴会的路上写的。回顾攻读博士学位整个历程,感慨良多,就用几首诗词表达出来。有几首已经收录在《春风化雨 滋润心田——大学思想教育的诗词情怀》(上海财经大学出版社,2021年12月)了。其余未发表的,就在本诗集发表。

[2]龙船就是火车。去北京都是坐火车去的,无论是参加入学考试还是上学。学理论,增长知识,明白事理,不是为了自己,而是为了工作,为了人民。

[3]1997年9月至2000年6月,在中国人民大学攻读博士学位,学习和攻读的就是管党治国的新理论,就是马列主义、毛泽东思想和中国特色社会主义理论。

[4]经过三年的学习,学习所有的博士课程,完成博士学位论文,通过了论文答辩,顺利完成学业。在2016年2月,到北京参加导师八十寿辰寿宴,并表达感激之情。之前都做,但是这次很庄重、隆重,80岁,属于大寿,很有意义。

[5]在20世纪10年代,当时的中国积贫积弱,科学技术很落后,可以说现代科技都没有起步,国力衰退!在这样的情况下,毛泽东同志发出"自信人生二百年,会当水击三千里"的誓言,并为此奋斗了一生。今天,科学技术发展迅速,科技对人们的影响是全方位的。我们应当自信:随着科学技术的发展,人们锻炼手段的多样化、生活方式的改进,千百年的人生应该是有可能的。当然,我们人生的千百年,是在多维平台上展示能力才干的千百年,是为人民服务的千百年。

5.感念恩师

2016年2月

早年学技入禾庄,
解农忧愁心里畅。[1]
理论薄弱担重任,
局面复杂误朝纲。[2]
矢志学道遇名师,
悉心三载学业长。[3]
创业小有新成果,
携徒京都谢师堂。[4]

[注释]

[1]本科、硕士都是在广西农学院学习,学的是农学专业,学习农业科技先进技术。所以,到基层工作很有底气,能够为农民解决农业技术问题。能够帮助别人解忧愁,是人生最高兴的事情。

[2]基层工作表明,基层工作不是单一的,而是综合的。技术工作只是一方面。农村工作、党委政府的中心工作等都是基层单位的主要工作组成部分,所有的在职干部必须参加完成的。这些工作涉及方方面面的理论、政策、法规等,缺少了这些是做不好基层工作的。因此,要做好工作,要有坚实的理论素养才行。这方面

本人是欠缺的,底气不足,所以,加强学习理论显得很急迫。

〔3〕下决心了,就要用实际行动完成它。1997年2月至2000年6月,到首都北京中国人民大学拜师学艺。经过严格的博士考试和三年奋发学习,完成了博士学业,理论素养得到了提升。

〔4〕在基层工作、高校工作多年之后,在导师八十寿辰的日子里,我带了几位我指导的硕士研究生(在北京、天津工作和学习的)一起参加导师的八十寿辰。导师很高兴,因为看见孙辈们都已经是相关大学马克思主义理论课教学的中坚力量了。她们也在北京、天津相关大学深造博士课程,攻读博士学位。

6. 北上展宏图[1]

2016 年 5 月

德州到津师，

动车半小时。[2]

咫尺似平常，

实则有玄机。[3]

风雨状元路，

步步考毅力。[4]

北上三百里，

成就大道理。[5]

[注释]

[1]我的一位研究生毕业后，回到她的大学母校——德州学院社科部当老师。后来考上天津师范大学攻读博士学位。2016 年 5 月我到教育部国家教育行政学院学习。周末抽空到天津师大了解她的学习情况。

[2]从山东德州到天津，动车需要半小时的行程。

[3]离得这么近，来这里似乎很容易。对于一般的旅游来说，这是对的。但是，对于从事马克思主义理论教学的教师而言，来天津攻读博士学位是有不同寻常的意义。这既是提升素质、拓展平

台和丰富自己的需要,也是实现梦想,成就事业的需要。所以,开展学习深造与否,结果是大不一样的。

[4]状元就是博士。过去,考状元是艰辛的;现在,考博士也是艰难的。要想有机会进行博士学位的深造,必须充分准备、认真复习、精深思考才有可能。特别是对于学界教师岗位的年轻学子而言,跨省考试,那是非脱掉一层皮不可的。所以攻读博士学位的求学之路是风雨艰辛的路,没有毅力是行不通的。

[5]幸运的是,天津师大的博士点发来入学通知,她有机会攻读博士学位。迈出"北上三百里"的这一步,在成就自己理想事业方面,所起的作用是很大的。当然,博士不容易考,也不容易读。这是肯定的。庆幸的是,她非常珍惜学习机会,非常自信自己的学习研究能力,最后,按时获得博士学位。从此之后,在高校从事马克思主义教学研究的底气更足了。

7. 开心最优先

2016 年 5 月

津郊灵芝园,

迎侍是勇贤。[1]

灵芝原味苦,

入口觉甘甜。[2]

养生用量微,

温馨到永远。[3]

灵芝路漫漫,

开心最优先。[4]

[注释]

[1]2016 年 5 月我到天津,到车站迎接我的是我的研究生,我们先到天津灵芝园参观。在那里,大家详细了解灵芝的种类、习性、作用等。

[2]灵芝味道是苦的,但是,经过处理之后,泡茶,其茶的味道是甘甜清香的。

[3]作为养生,灵芝使用剂量很少。少量常用,温馨无比。

[4]灵芝生长比较慢,这是它的生长规律。"开心"在这里是一语双关的:一是,灵芝的生长是从中心向四周展开,开心生长,才能

合乎灵芝的生长特点,符合社会要求;二是人生当中,要从历练心性着手,确立自己正确的三观,这样,我们就能开心对待世界的变化,开心创业,开心生活!所以开心是最优先的、最富有意义的!

8. 新人新秀[1]

2021 年 8 月

局促不前不自在,轻声言语有神态。[2]
新言新语是新秀,点头示意慢慢来。[3]
文秘工作讲时效,爱在其中乐开怀。
日常事务累经验,急事难事不见怪。[4]
简明话语及时雨,面带酒窝笑脸开。[5]
转眼一去几春秋,为人处事常出彩。[6]
人生初见情难久,唯有初心可期待。[7]

[注释]

[1]我担任中共广西外国语学院委员会书记期间,党委办公室来了一位刚毕业的大学生,在此工作好几年。她以饱满的热情开展工作,进步很快,得到同事们的好评。看见年轻的新同志积极工作、善于学习、茁壮成长,本人很是欣慰。有感于此,特为她写下了本诗及后面的两首诗词,表示敬意,表达祝贺。

[2]新到岗的新同事,走到书记办公室,向书记的我报到时展现出来的心情。一般的入职者都会有这种感觉的。

[3]我正伏案工作,突然听到这声音,马上意识到她是新到岗位的刚毕业的新同事。我抬起头来看了看新同事,示意她工作要

慢慢熟悉,不要着急。

［4］这是我与她的谈话内容,也算是对她局促不安的安慰。

［5］我的讲话像及时雨一样,解决了她心中的很多疑惑,她高兴地露出了带酒窝的笑脸。

［6］一转眼几年过去了,成绩怎样？为人处事进步快,比如,在行文办会方面、在一些问题的把握方面等都有好些出彩的地方,值得祝贺。

［7］清代词人纳兰性德有词:人生若只如初见,何事秋风悲画扇。意思是说与意中人相处,一切还是停留在初次见面的时候为好,因为,相处久了,容易产生怨恨、埋怨,初相识的美好情谊似乎随着时间推移就会荡然无存、黯淡无光。这是作为诗人的他念叨的问题,为此,他发出了"人生若只如初见"的感慨。在我们这个时代,初次见面时的印象随着时光的流逝,也会逐渐淡去。但是,作为时代新人,作为共产党员,只要我们保持入职时候的初心、入党的初心,奋进的身心,我们的理想是可期的,我们的希望是可期的,我们的事业是可期的,我们才能的提高是可期的。

9. 出水芙蓉

2021 年 5 月 13 日

芙蓉出水露水娇,[1]
土气芬芳乐逍遥。[2]
风雨阳光梳洗后,
艳泽人心贵妃笑。[3]

[注释]

[1]出水芙蓉是一朵含苞待放的荷花,刚刚露出水面,花红艳丽,娇嫩无比,逗人喜爱。

[2]含苞待放的荷花,由于刚露出水面,土气芬芳,纯真无暇,逍遥自在,无忧无虑。

[3]之后,便经受阳光的抚育、天然雨水的滋润、微风拂面的梳洗。之后,慢慢适应环境,含苞待放的出水芙蓉随着美丽的时光,慢慢绽放美丽的自己。这时候的她,在本来富有的魅力、艳丽、土气和天真的基础上,绽放自己,增添令人欢欣的笑意,更加美丽动人,就如同母仪天下的皇贵妃一般,以自己娇美的神态,优雅的气质,可贵的品格,艳泽天下人。

10. 虞美人·爱心[1]

2021年8月

满脸秀气逗人爱,
美少女中帅。[2]
行文办会上千百,
份份在行件件暖心怀。[3]

新岗位上练心情,
阳光伴人行。
童真笑脸留声影,
爱心常在一路好前程。[4]

[注释]

[1]爱心是工作打开局面的关键。特别是初入职场的新手来说,更是这样。

[2]主人公是大学毕业生,是初入职者。初入职的形象就是满脸秀气,逗人喜爱。在作者眼中,就是美少女中最"帅"的。

[3]入职以来,工作是为人所称道的,这是爱岗位、对岗位付出爱心才有处理文件的好效果,即"份份在行"和"件件暖心怀"的进步,"爱"与"美"放在一起,效果就更佳。文件是一份一份的,装成

档案就是一件一件的。本主人公就是"爱"与"美"的结合,是"爱"与"美"的帅。

[4]主人公在办公室工作几年之后,换了工作,准备到讲台上,给学生特别是初中生上课了。在这种情况下,作者对主人公在新岗位的寄语。点出"爱心"在新岗位的新特点。这一岗位是教初中生,他们还处在"童真笑脸"时期,我们也要有童真般的心情和笑脸教育他们,即"留声影",既是自己留"童真笑脸"的"声和影",也是教育"童真笑脸"的儿童们时留下童真笑脸的"声和影"。所以,岗位上的"心情,爱心"的特色明显,要练习,要考验。这样,我们的前程是美好的,有成就的。

十四 快乐人生

十四、快乐人生

1. 游天安门广场

2016年2月

雪风扑面红旗飘,
创业夯基精神绕。[1]
纪念碑前久肃立,
引领航程在我朝。[2]
垒土溪流积跬步,
山海丰裕万里遥。[3]
巨龙飞舞凭实力,
千钧重担众人挑。[5]

[注释]

[1]2016年2月,在参加导师80周岁生日宴会活动期间,到天安门参加升旗。之后,就在金水桥、人民英雄纪念碑和毛主席纪念堂之间来回走动,缅怀先辈们创下的丰功伟绩!其间,雪风强烈,红旗飘扬。看到这些,无不令人想起这是先辈们创下的业绩。我们呢?我们要向先辈学习,奋力创业的精神一直在我的心中萦绕!

[2]特别是站在人民英雄纪念碑前肃立,回顾和思考共和国建设事业夯基创业的艰难。现在,我们要继承先辈们的创业精神,走创业之路,把民族复兴大业、现代化事业推向前进。先辈们所做

的,是奋起直追,尽快填补近代以来落下的距离。有了先辈们的基础,我们就要在先辈们创下基业基础之上,引领人类社会的发展。"朝":读"chao"。

[3]我们要从小事做起,垒土、聚集溪流和积跬步。那么,我们的智慧、经验、财富、恩惠就会遍及全世界。

[4]国家的发展、民族的振兴靠的是实力,实力的增强不是一个人所能够完成的,要靠大家共同努力才行,千斤重担众人挑,我们的目标就一定能够达到。

2. 乡土乡音情难忘

2018 年 2 月 20 日

未赶上插队,学成乡下归。[1]
十年田梗路,回想惹人醉。[2]
春来诊禾苗,夏季大江催。[3]
初秋双抢季,全身是汗水。[4]
冬季事繁忙,细心捋一捋。[5]
疏通江河道,挥铲尘土飞。[6]
走进闲田里,查看冬绿肥。[7]
香蕉北运菜,是否运到位?[8]
年关送温暖,年货备齐没?[9]
百万蔗入厂,开步下一回。[10]
乡村诗书画,常常细品味。[11]
民情入心脑,一生终不悔。[12]

[注释]

[1] 1965 年后出生的人,没有知青的经历。因为知青时代,我们太小之故。我们懂得一些事情之时,知青年代已经成为过去。但是,我大学研究生毕业之后,到基层开展工作。相当于补上这一课!

[2]在基层,共十年,接受了锻炼。

[3]开春时节,下乡进行农作物的技术指导工作。夏天6月至7月,奋战在南流江等江河大堤上,抗洪抢险。

[4]入秋就进入抢收抢种季节,参与抢收抢种工作。大热天,大汗淋漓是常事。

[5]冬天更是繁忙季节,要认真拎一下。

[6]冬修水利,疏通河道,这是一件工作。每一年的任务繁重,挥动铁铲和铁锹,扬起漫天尘土。这是冬天干旱的结果。

[7]走进冬闲田,查看绿肥种植情况。绿肥增加土壤有机质,是确保春种作物增产优质的措施之一。

[8]负责北运产品的准备工作。本县盛产香蕉。90年代,与北方的商场签署协议,生产北运菜,每年数十万吨的香蕉和蔬菜向北方各大市场运送。

[9]年关要慰问革命老干部,检查本单位慰问品的准备情况。

[10]负责甘蔗入厂工作,包括砍蔗安排、原料蔗入场等工作。县里三间糖厂,进蔗量100万吨以上。糖厂收榨之后,又开始新的一年工作了。

[11]乡村变化、乡村的美丽,值得细细品味。

[12]有了十年乡村道路经验,乡村的民情深入我心,是我成长历程不可缺少的部分,不能忘怀。

3. 雁南飞[1]

2016年中秋节

月上秋风雁南飞,
春秋物候自然催。[2]
雁阵振翅展活力,
头雁呼唤喜上眉。[3]
三春北迁情形在,
南归旅途新人随。[4]
中秋夜话无穷尽,
月光传情惹人醉。[5]

[注释]

[1]2016年中秋节,忽然想起,这时节应该是大雁南飞的季节。根据大雁的生活习性,写下这首诗。

[2]雁是候鸟,春天北移,秋季南移。大雁的生活习性受到自然规律支配。

[3]大雁迁移是按照雁阵团队齐飞,靠个人的力量是完不成上千公里的飞行距离的。通过不断地更换领头的飞雁来实现群飞。每一只参与南飞的大雁,在听到领头的大雁呼唤自己到雁阵前面引领群鸟飞翔的时候,心里是高兴的。

［4］三月春天,大雁北飞的情形似乎就在眼前。不同的是,南飞队伍中,有新人加盟了,队伍比北移时壮大了。

［5］在中秋的南归途中,大家在月光下,"品尝"月饼,尽情谈着月话,飞翔更有意义!

十四、快乐人生

4. 种　蔗

2017 年 11 月

开沟把种下,品字蔗当家。
温湿有度数,几天露新芽。[1]
苗茎粗扁壮,苗叶两边爬。[2]
拔节伸长快,一天一变化。[3]
茎干腰鼓圆,轻重全靠它。[4]
秋风适度长,叶子宽厚大。[5]
累糖夜间活,喜欢大温差。[6]
冬寒催枯叶,绿叶坚挺拔。[7]
供给有消息,蔗主来发话。[8]

[注释]

[1]土壤湿润,温度合适,就可以开蔗沟,种植甘蔗。一行蔗沟里,按照品字形的结构,摆放两排蔗种,几天新有新芽露出地面。

[2]蔗芽出土后,好的蔗苗田间性状是幼茎基部是粗扁的,蔗叶对称向两边尽量直向伸展。

[3]拔节期,甘蔗生长很快,每一天增高 2—5 厘米,水田的长得高一些,旱地的长得短一些。甘蔗每节都有一个芽,茎干长得快,蔗株上芽自然就多了,呈现出"一天一变化"的状态。

［4］茎干呈现腰鼓形，甘蔗的产量就由茎干的粗壮、轻重来决定。

［5］晚秋时期，甘蔗开始进入糖分累积时期，光合产物主要用于累积糖分，所以，这时生长变慢。此时的叶子比起前期，肥厚大些。就是累积糖分的需要。

［6］蔗糖的运输是在晚上进行，低温冷凉有利于糖分的运输和储藏。所以，晚秋以后，白天光合作用同化光合产物，晚间把光合产物运输到茎干里，储存起来。昼夜温差大对糖分的累积和储存是有利的。

［7］冬天寒冷，温度降低，光合作用减弱。此时，其他叶子都干枯了，绿叶聚在顶部，看起来还是挺拔的。顶部嫩绿的部分作为蔗种留下来，作为来年蔗种使用。

［8］供给有消息，指的是两方面的内容。一是，原料蔗进厂榨糖。进入11月后，糖厂开榨了，蔗主根据糖厂安排，把甘蔗不断运到糖厂。原料蔗进入糖厂，先是提炼糖分、生产酒精等；之后，蔗渣转运到造纸厂，生产纸张；糖泥运到肥料车间，生产有机肥。二是，甘蔗梢头的青苗作蔗种，卖给需要的蔗农。甘蔗全身都是宝贝。这两方面的信息处理，都是要蔗主来主持的。

5. 蔗与人生[1]

2017年12月

一年辛苦一生长,为己为民两相向。[2]
低位蔗芽早先发,拔节伸长茎骨忙。[3]
晚秋冬季储糖分,供给信息把茎量。[4]
梢部新芽来年用,糖蔗进厂果蔗尝。[5]

种蔗护蔗两相知,创新创业两面当。[6]
糖到餐桌转千里,人生事业万里疆。[7]
蔗龄越老味越甜,创业趁早有名堂。[8]
蔗榨果汁养身体,阅历丰富事业昌。[9]

[注释]

[1]此诗共有16句,前8句是一段,后8句是一段。分两段来理解"蔗与人生"的关系,特别是从事甘蔗糖业事业的人,是不难理解的。前8句是讲甘蔗生长的。后8句是讲甘蔗的生长、作用对人生的启示。这些都需要读者自己慢慢品味。

[2]一般的甘蔗都是一年生的。甘蔗的向上生长也是不容易的。它们生长既是为了自己长高长大,也为人们累积糖分,满足人们需要。

［3］这是甘蔗生长发育过程中的特点。低位芽先发,拔节期生长很快,一般的每天 2—4 厘米。水分养分充足的,会更多。

［4］晚秋开始,甘蔗主要是储存糖分。一有糖厂收蔗信息,就砍蔗交付糖厂。

［5］甘蔗梢尾部分,属于留种部分,留作第二年种植使用。甘蔗分蔗糖和果蔗,糖蔗是糖厂收购,果蔗是当水果使用的。

［6］甘蔗要顺利成长,要认真护理,要遵循科学技术,产量才高。作为人来说,人要取得成就,就要创业,还要不断学习,不断创新,这样人生才有意义。

［7］糖要经过很多道工序才能生产出来,之后,还要经过远距离运输才到我们的餐桌上。所以我们要珍惜。人生的事业也要走南闯北,拓展平台,开发市场,事业才昌盛。

［8］糖分累积先累积在低位蔗,稍嫩部分糖分低,所以,才有"倒吃甘蔗越吃越甜"的说法。人生也是一样,创业要看住机会,及时趁早,不要等明天,这样,才闯出一片天地。

［9］除了糖分对人有好处之外,蔗汁对人身体很有好处,所以,对于甘蔗,我们要充分利用。人的一生当中,要不断累积经验、增长智慧,成为多面手,这样,我们的事业就无往而不胜。

6. 种水稻[1]

2018 年 3 月

选种浸种第一关,催芽育秧第二关。
三位蘖秧植大田,水肥调节启新篇。[2]
转青分蘖肥水亲,够苗晒田不拖延。
施肥耘田三五次,拔节伸长日相变。[3]
抽穗扬花水脚深,灌浆结实短晒田。
浅浅水层解干渴,排水供氧到根尖。[4]
稻穗金黄抢收割,晒干归仓有时限。[5]
丰收喜庆报艰辛,回眸艰辛心里甜。[6]

[注释]

[1]这是传统水稻种植的技术概括。整个技术环节包括选种—消毒—浸种—育秧—插田—耘田—收获—归仓等,这个生长环节,都要根据田间水稻生长需要,进行灌排水和施肥管理,满足水稻各时期对水肥的需求,促进水稻生长发育和成熟。

[2]三位蘖是秧苗移栽大田的最好时机,之后通过水肥调节促进水稻的生长发育成熟。

[3]耘田就是田间除草。田间除草与施肥一起来完成。处于拔节伸长时节,要留心观察研究,及时调节水肥供给。

[4]抽穗扬花之后,水的管理很是精要,不能没有水,也不能太多,浅浅水即可。灌浆时节,要排干田水,晒干田水,利于土壤通透,增加土壤氧气,增强光合作用,同化光合产物,增加稻穗饱满度。

[5]稻穗金黄了,赶快收割、晒干和归仓,几天之内精准完成,不得拖延,更不能马虎。

[6]这两句是一年辛苦的总结。

十四、快乐人生

7. 浪淘沙·奋进之歌[1]

2020 年 10 月

几年新探索,
一晃而过。[2]
厚植品德强心窝,
精炼技术手巧活。
过坎爬坡。[3]

奋进出成果,
任人评说。[4]
提笔行文江流水,
登台献艺献洒脱。
这就是我。[5]

［注释］

[1]为传媒学院成立六周年而作。

[2]六年时间的建设和探索,似乎是一晃而过,有什么成绩?

[3]传媒学院切实贯彻立德树人的根本任务,把厚植品德放在第一位!教学方面采用灵活多样方法,相伴以最为时尚先进的技术和先进的教学手段,一步一步洒下汗水,走向成功。真可谓是过

坎爬坡,艰辛愉快。

[4]奋进了六年,我们是取得很大的成绩的!这些成绩是经得起时间检验的。至于别人会怎样评价,那是别人的事,我们不去管它!

[5]成果体现在:提笔行文像大江流水一样,挥洒自如!登台表演献艺光艳会场,洒脱无比!这就是传媒学院师生的成绩!是师生的骄傲!

8. 树根论

2019 年 1 月

大树参天看根层,[1]
深扎百米四周伸。[2]
吸水供养强固本,
风霜雪雨太阳情![3]

[注释]

[1]对于参天大树,不同的物种的具体标准是不同的。本诗讨论的是植物界大型植株。

[2]是否能够成为参天大树,就看它的根层的厚实情况。真正的参天大树根层深达百米,四周拓展百米。

[3]根层有了百米的宽、深,这对于植株的发展就非常有利了。从根的方面来看,有了这样深厚的根基,就保证植株自己站稳天地;同时,根系能充分吸收地下的养分、水分,不论是风霜雨雪,还是阳光照耀之下,均根据需要把养分、水分供给全身各部分。根系是植株地下部分,地下部分与地上各部分之间是一体的,相互作用的,协同共进的。地上部分不断地同化光合产物,供给全身需要。这样,参天大树才能长成。

总而言之,作为一株植物而言,植物都是由不同部分组成,各部分都是命运共同体,都要大家和谐共进、健康成长,这样就能够成为本物种的"参天大树"。

9. 俊杰论

2018 年 1 月

俊杰出身在基层,
摸爬滚打泥溅身。[1]
皮肤黝黑趼层厚,
民情入脑天下行![2]

[注释]

[1]俊杰不可能一出生,就自然而然形成,而是要在基层打磨、历练,真正地摸爬滚打,使得自己身满泥浆,身体健硕,百毒不侵,才有可能。这里的"溅"通"健"。各行各业都一样。

[2]经过打磨多年,人的皮肤黝黑、皮下的趼层厚积,摸透基层一线的情况,那么,不管在哪里站岗,由于根基深厚,都能立得住、站得稳。

10. 纾解国难情更急[1]

2020年2月14日

情人节里没情诗，
并非春耕未尽时。[2]
鸳鸯戏水情意重，
纾解国难情更急。[3]

[注释]

[1]这是在2020年2月14日写下的诗，即情人节写下的诗。这诗不是写情人情感的，而是表达抗疫工作的。由于疫情之故，2月14日前后这段时间，家乡的道路还未启封，还处于封路的状态，因此，车辆无法往来。同时，车站的交通运输车辆也处于"封"的状态，没有车辆开往南宁，因此，不能及时赶回学校，导致心里非常焦急。

[2]今年的情人节，自己没有写情诗的欲望。这是为什么？是因为春耕吗？立春以后，春耕生产是重要的，繁忙的。今年来说比以往更为重要，由于新冠肺炎的爆发，许多青壮年劳动力不能外出打工了，农业生产作为生活来源比往常更为重要了。但是情人节没有情诗，主要原因不是春耕生产繁忙。

[3]是鸳鸯戏水不重要吗？春情萌动的男女谁能够放弃鸳鸯

戏水的情感呢？谁不为春情萌动所激动呢？但是，今年它确实不是最重要的东西。今年最重要的事情是纾解国难！是纾解新冠肺炎爆发引发的国难！在国难面前，一切个人的爱情都排在后边，纾解国难比个人情爱更重要。

11. 行车驾驶[1]

2016 年 12 月

出行从业把车开,检车示向安全带。[2]
前后左右留车距,红停绿行莫徘徊。[3]
人行让道让行人,突发事前礼理摆。[4]
雨雪雾夜眼麻利,窄险堵滑心如泰。[5]
困怒酒驾要人命,醒驾执规安稳快。[6]
世间一回须珍重,切记家人好期待。[7]

[注释]

[1]取得驾驶执照后的感想。

[2]开之前,要检查车辆的稳定性、安全性,无误之后,坐上驾驶室,系好安全带,鸣喇叭,打闪方向标。

[3]这是交规要求的,不能违背。

[4]驾车遇到行人,无论是在人行道上,还是别的地方,车辆都要首先停车让道,让行人通过。如真正有事的时候,要讲礼貌,讲道理。

[5]雨天、雪天、雾天、夜间驾驶车辆,眼睛要麻利,不能麻痹大意。窄处、危险处、堵处、路滑之处等,心要定,要像泰山一样,不要慌乱。

[6]驾车要切忌几种情况,即困、怒、酒这几种情况,在这几种情况下,坚决不要开车。开车要保持清醒的头脑才行,这样才安全安稳。

[7]家人期待我们安全归来!安全行车要铭刻在心。

12.菩萨蛮·珍爱人生

2019年5月16日

一丝不挂到世界。
大哭一声顺气血。[1]
文明和礼仪,
随亲跟师学。[2]

珍爱你我他,
处处显真切。[3]
宽心走天下,
吉祥伴岁月。[4]

[注释]

[1]这是人来到世界的情景。

[2]文明和礼仪,幼儿园之前就在父母身边学习,之后,就在父母和教师跟前学习,不断进步。

[3]从道德来说,从小就培养热爱国家、集体和他人,珍爱自己。这些思想要体现在日常的行为当中。

[4]要放宽心态,平等待人,大胆走天下,这样我们就会吉祥如意。

13. 人生树

2016 年 12 月

人生历练自苦来,
立言力行讲担待。[1]
人类经典大智慧,
深阅精髓悦开怀。[2]
天下兴亡多少事?
血战沙场不徘徊。[3]
德行辉煌人生树,
花果飘香千万代。[4]

[注释]

[1]人生历练是从苦中炼。要在艰苦的条件下,立言立德立行,培养自己担当的责任意识,勇于担当,善于担当。

[2]人类经典蕴含着大智慧。只有熟读人类的经典,学以致用,才能悟出其中的精髓,达到学习经典的目的。

[3]天下兴亡,匹夫有责。读书明理最基本的目的就是为了国家、民族,关键时刻要挺身而出,奋战沙场。

[4]德行是衡量人生树辉煌与否的标志。德行辉煌的人生树结出的果实,必定能够光耀千秋。

14. 重阳人生

2021 年 10 月

重阳节庆论人生,[1]
过往辉煌晨舒筋。[2]
日出东方新迈步,[3]
重阳人生正青春。[4]

[注释]

[1]重阳节到了,对于过了五十岁的人来说,有什么感悟?

[2]过去的奋进历程、辉煌业绩和经验积累就如同早上起来活动筋骨一样,是为一天的工作做准备的。

[3]活动筋骨之后,就迎来东方升起的太阳,开启一天奋斗历程。

[4]所以,重阳人生正处于青春的年代,奋发有为的年代。

15. 雨中花慢·品味人生

2018 年 8 月

人生始于家庭,学校成长,社会舒展。[1]
学礼仪玩游戏,家庭最前。[2]
校园学习,德才并育,品德优先。[3]
奋进中生活,劳逸结合,品尝酸甜。[4]

更新知识,提升平台,扩眼界览前沿。[5]
扣扣子,卯榫合拍,身心舒坦。[6]
行为诚实守信,岗位热情勤勉。
大事小事,大节小节,敏行讷言。[7]

[注释]

[1]人生成长的概括。父母生育我们,开始了我们的人生。之后,就开始上小学、中学、大学等学校学习,成长自己。毕业之后,走入社会,在社会创业发展,成就自己人生。

[2]家庭教育是儿童教育的第一关。家庭教育中,主要是学礼仪和玩游戏。

[3]学校教育,注重德才兼备,但是,品德放在第一位。

[4]在社会中,我们是在奋进中开展创业和生活的。要在劳逸

结合中,品尝生活、创业的艰辛与欢乐。

[5]在社会发展中,要及时更新知识,提升创业平台,放宽视野,拓展眼界,这样,我们的事业才能兴旺。

[6]扣好扣子,特别是要扣好第一个扣子,这是关键的。怎样才算扣好扣子？要卯榫合拍,精神抖擞,阳光神气,这样自己身心舒坦。

[7]"行为诚实守信,岗位热情勤勉""敏行讷言"等,是做人、工作、处事的基本要求。这是事业成就的经验总结。

16. 身体机能[1]

2017年春节

生命活力在自身，
药物调理辅助情。
造血器官不造血，
世间何处可安神？[2]

[注释]

[1]2017年春节回家。在与基层干部的交谈中，讲到：现在有极少数贫困户对脱贫不十分积极，有完全依赖的心理。有感于此，写下这首诗，抒发感怀。

[2]人的身体要健康，就得靠自己加强锻炼、爱护身体，使得增强抵抗能力，提高免疫力。所有的药物都是辅助性的，自己的造血器官都不造血，缺乏氧气了，生命就岌岌可危了。贫困的人们是否真正脱贫，过上美好生活，肯定是要靠自己。别人帮助属于临时的、外在的，根本还得靠自己。俗话说得好：救急不救贫！

17. 金 子

2023年1月

金子处处闪金光，
太阳之下不改样。
雾霾蔽日练锐气，[1]
风云过后放光芒。[2]

[**注释**]

[1]雾霾：社会发展的邪恶势力，干扰、阻止正义力量成长的邪恶势力等。

[2]风云把雾霾吹散，金子放射出自己更加锐利的光辉。

2024年广西外国语学院"汉语言文学"学科建设成果
广西外国语学院学科建设经费资助出版

人文天地秀 山川草木新

大学人文教育的诗词情怀

（下册）

陆世宏 著

上海财经大学出版社

目 录

下 册

十五、人文叙事

1. 南歌子·诗词夜话/ 275
2. 南歌子·写诗填词/ 277
3. 诗词关系杂谈/ 279
4. 写文章/ 280
5. 画图画/ 281
6. 汉字魅力/ 282
7. 文笔山/ 284
8. 童真童趣——六一晚会有感/ 286
9. 六一笑开怀/ 287
10. 嘻语熊猫/ 288
11. 家庭幼儿教育/ 289
12. 言语魅力/ 291
13. 阮郎归·赶早市/ 292

14. 早市漫谈 / 293

　　15. 早市叙话 / 295

十六、名人故事

　　1. 浣溪沙·姜子牙人生 / 299

　　2. 论夫子 / 301

　　3. 浣溪沙·端午变迁 / 302

　　4. 五月五吃角黍有感 / 303

　　5. 玉楼春·端午情意重 / 305

　　6. 满江红·智慧化身诸葛亮 / 306

　　7. 大漠英雄——霍去病 / 308

　　8. 鹧鸪天·苏武牧羊 / 309

　　9. 鹧鸪天·张骞出塞 / 311

　　10. 昭君恋 / 313

　　11. 貂蝉人生树 / 315

　　12. 贵妃笑 / 317

　　13. 诗人李白 / 319

　　14. 李白诗絮 / 321

　　15. 诗酒仙兄弟 / 323

十七、荧屏视野

　　1. 真情对话女儿国 / 327

　　2. 女儿国国王 / 329

　　3. 两心伤 / 330

4. 晓旭与黛玉 / 331

5. 感念陈晓旭 / 333

6. 捣练子·国色天香 / 335

7. 邱姐与嫦娥 / 336

8. 捣练子·恋张瑜 / 338

9. 大圣 / 339

10. 鹧鸪天·赛西施 / 341

11. 捣练子·沈傲君 / 343

12. 看电视剧《神医喜来乐》有感 / 344

十八、体育境界

1. 鹧鸪天·谷爱凌自由式滑雪大跳台惊天翻转获金牌 / 347

2. 北京冬奥会健儿 / 349

3. 张雨霏 200 米蝶泳夺冠 / 350

4. 观全红婵惊天一跳 / 351

5. 观伊藤美诚比赛 / 353

6. 水车助秋分跑马 / 355

7. 与跑友晨练相遇 / 357

8. 南歌子·篮球比赛 / 359

9. 棋逢对手之境界 / 361

10. 跑马的神气 / 362

11. 秋登高山 / 364

12. 鹧鸪天·心系跑马 / 366

十九、茶酒饮食文化

1. 十六字令三首·喝酒的三境界 / 371

2. 十六字令三首·酒的三功用 / 372

3. 渡江云·酒文化 / 373

4. 踏莎行·喝早茶 / 375

5. 迎风闻茶 / 377

6. 满庭芳·年夜饭菜谱 / 378

7. 捣练子·清纯鱼 / 380

8. 渔歌子·茯苓面 / 381

二十、魅力广西

1. 红水河 / 385

2. 放飞广西 / 388

3. 鹧鸪天·放歌广西 / 389

4. 梦幻广西 / 391

5. 浪淘沙·游青秀山 / 393

6. 忆秦娥·南疆一脉 / 396

7. 三江村庄 / 398

8. 八角寨歌 / 399

9. 江桥情结——三江风雨桥 / 400

10. 公园风雨后 / 402

11. 游览药用植物园 / 404

12. 鹧鸪天·寿乡盛景 / 406

13. 美丽南方 / 408

14. 姑婆山/ 410

二十一、相思湖畔

1. 天仙子·相思湖名称来历/ 415
2. 水龙吟·相思湖内涵/ 417
3. 蝶恋花·相思湖魅力/ 419
4. 蝶恋花·相思湖岸边景色/ 421
5. 踏莎行·心系相思湖/ 423
6. 赞乔木——赠2002级法学1班同学/ 425
7. 重聚相思湖/ 426
8. 畅酒论千秋/ 428

二十二、同窗情谊

1. 广西农学院农学八三级相遇四十年聚会有感/ 433
2. 忆秦娥·同学聚会话语亲/ 435
3. 鹧鸪天·高中同学聚会/ 436
4. 聚会情谊浓/ 438
5. 同学见面互猜/ 439
6. 离别后期待/ 440
7. 回首相聚/ 441
8. 闯市场/ 443
9. 无为谷葡萄园/ 445
10. 水稻与水果/ 447
11. 减字木兰花·无为谷葡萄园新印象/ 449

二十三、民间风情

1. 游览滕王阁/ 453

2. 更漏子·三月三/ 455

3. 三月三民歌潮/ 456

4. 壮行天下阔/ 457

5. 醉太平·婚姻之约/ 458

6. 菩萨蛮·婚宴/ 460

7. 春光好·魅力东方/ 461

8. 飞机飞行/ 462

9. 飞行历程/ 464

10. 好事近·劳动改变命运/ 466

11. 长相思·五一话劳动/ 467

12. 结善缘/ 468

13. 五台山行/ 469

14. 五台山颂/ 470

15. 喜迁莺·俯瞰南海/ 472

二十四、东北印象

1. 鹧鸪天·八月玉米禾床相/ 475

2. 菩萨蛮·玉米芳香/ 477

3. 玉米雄蕊/ 478

4. 北大荒变北大仓/ 479

5. 黑土地/ 481

6. 东北大平原/ 482

7. 水草伴鹤 / 484

8. 白桦姑娘 / 486

9. 上天垂幸镜泊湖 / 487

10. 长白山天池 / 489

二十五、梦幻太空

1. 太空游 / 493

2. 梦幻瑶池 / 497

3. 地球和月亮 / 500

4. 日月运动 / 501

5. 漫步苍穹 / 503

6. 一天 / 505

7. 乡间问月 / 506

二十六、大千世界

1. 台风"山竹"礼物 / 509

2. 更漏子·浦东机场夜景 / 511

3. 浣溪沙·城市快速环道的夜景 / 513

4. 王者风范——狮子 / 515

5. 捣练子·中国虎 / 516

6. 狮子与鬣狗 / 517

7. 蜻蜓 / 519

二十七、生态篇章

1. 大雾追思 / 523
2. 阮郎归·人类的走向 / 525
3. 爱生物就是爱自己 / 528
4. 卜算子·生境在无为 / 531
5. 感念种树人 / 533
6. 鹧鸪天·保洁身影令人赞 / 534
7. 顶蛳山上游乐园 / 536
8. 巨龙盘山断穷根 / 538
9. 仲夏雷雨 / 541
10. 青山换来风水清 / 542
11. 澄江水妖娆 / 544
12. 澄江水鲜花 / 545

二十八、对联之窗

1. 诗旅对白 / 549
2. 风声对话 / 550
3. 江流云灿 / 551
4. 寿景同源 / 552
5. 虎牛畅春 / 553
6. 年关别恋 / 554

十五 人文叙事

十五、人文叙事

1. 南歌子·诗词夜话
2016 年 10 月

吟诗思李白,念词想苏轼。[1]
唐诗宋词昆仑菊。[2]
诗坛词坛设问,谁能比?[3]

《雪》词大气魄,《长征》神魅力。[4]
光耀山川千万里。[5]
润诗词数风流、毛润之。[6]

[注释]

[1]在中国共产党成立以前,唐诗宋词是中国诗坛词坛历史的最高峰。李白的诗和苏轼的词分别是这一高峰顶上的两大杰出代表,所以,要学写诗词,李白的诗和苏轼的词是诗词学习、写作基础,第一课和必修课。他们的诗词在现代社会里所起的作用仍然是非常大的。

[2]唐诗宋词就如同昆仑山上的菊花,珍贵无比。

[3]现在的问题是李苏之后,是否有人能够超越他们的诗词成就。在中国共产党成立以前,是没有的。

[4]但是,中国共产党成立之后,发生了变化。以两首诗词为

例。毛泽东同志的《沁园春·雪》气魄之大,无以伦比,当代词坛盟主柳亚子有言:令千古词人共折腰。我们常说,长征是伟大的,是人类历史上的奇迹,同样,毛泽东同志《七律·长征》这首诗具有神话般的魅力,这在诗坛上也是无出其右的。

[5]毛泽东同志的诗词一经问世,就如同人们头顶上的北斗星,远飘千里万里,成为人们了解中国共产党、中国革命事业、中国革命者以及中国未来发展前途和命运的主要桥梁和纽带之一,这种巨大的影响在历史上是没有的。

[6]有人会说,毛泽东同志诗词的影响远超诗词魅力的本身,也就是说,毛泽东同志诗词的巨大影响力是借毛泽东同志诗词之外的因素所致。应该肯定,毛泽东同志巨大的人格魅力、对中国历史进步发展的史诗般历史性巨大贡献对理解毛泽东同志的诗词有很大的帮助。这种帮助是不能超出诗词本身魅力的。毛泽东同志诗词本身的宏大气势、艺术魅力、人文素养、思想品格等,都是令"千古词人共折腰"的。

2. 南歌子·写诗填词[1]

2020年元旦

作诗学唐诗,填词仿宋词。
打磨诗词考毅力。[2]
左考量右琢磨,反复比。[3]

构思摆在前,通俗排第一。
框定格局出气势。
你朗读我细品,取心意。[4]

[注释]

[1]这是这些年来,对诗词写作的思考。期待着读者的批评意见。

[2]写诗填词质量的提高离不开长期的打磨练习。所以,毅力是必需的。

[3]只有经过反复打磨、考量、对比,仔细琢磨、品味,才能了解诗词构架、规则和诀窍,这样才能写出好诗词。

[4]本人写诗词经验。一是,科学构思是写好诗词的前提。如果构思出了问题,那就难以下笔。二是通俗易懂是诗词的基本要求,排在第一位。写诗词是要给人看的,给人读的,通俗易懂才能

让读者了解诗词的内容。否则,诗词流传不广。三是,写诗要框定格局,展示气势。一首诗词就有一个主题,其他的都是围绕主题,并为主题服务的。我们的格局就要让这个主题发挥它应有的作用,展示气势,就是让读者读起来感到或是气势恢宏,信心十足;或是生机勃勃,富有朝气;或是启迪人生,增长智慧;或是适逢时代,催人奋进;或是情义深重,肝胆相照;等等。对于一首诗词,由于人所处的环境不同,对它的理解会有差异。但是,我们确信,只要我们的诗词能够在一个方面及以上对读者有正能量的帮助,那就够了。

3. 诗词关系杂谈[1]

2020 年春节

词从诗中来，
诗词分不开。
赋好格律诗，
填词好又快。[2]

[**注释**]

[1]这是本人对诗词的认识，是一家之言，热切期待业界的老师们提出批评意见。

[2]格律诗是填好词的基础。

4. 写文章

2021年12月

空白纸上写文章,[1]
文笔流畅逻辑强。[2]
言语轻重讲规矩,[3]
恰到好处状元郎。[4]

[注释]

[1]写文章是要着眼于原创,且要创出特色。注重体现思想性、政治性、时代性、现实性、大众性、艺术性等,不是仿效,不是临摹,更不能抄袭。

[2]文章就是言语通俗,琅琅上口,一气呵成,逻辑严密。

[3]在文章中,要体现出重点与衬托的关系,主体与客体的关系。

[4]文章是表达情感,交流思想的,不是越长就好,而是简明扼要、点到为止、恰到好处即可。这样的文章就达到了文章的最高境界。

5. 画图画

2021 年 12 月

挥动画笔画图画,[1]
行云流水千万家。[2]
浓墨重彩归何处?[3]
山川大海迎彩霞。[4]

[**注释**]

[1]先做好画图的准备工作,然后画画。主要是做好画笔、颜料的配置工作,然后就挥笔画画。

[2]笔画流畅无比,千万家、千万景色都在一笔当中展示。

[3]当然,好的画,落笔有轻重,哪里为着墨重点的地方?

[4]在高山之处、河流之地、大海区域,以磅礴的气势迎接太阳的到来。这样的画面才是最有价值的画。

6. 汉字魅力[1]

2019 年 11 月

形体讲格局,分合有新意。[2]
一字千金重,世间谁能及?[3]
风行天下传,六千年有余。[4]
紫气东来顺,人类大趋势。[5]
赶上新时代,抓紧来学习。[6]
从何处着手,学东兼学西。[7]
汉字在手心,化解千般奇。[8]

[注释]

[1]古人云:汉字之美,美在形体;汉字之美,美在风骨;汉字之美,美在精髓;汉字之美,美在真情。现代人怎么看汉字的呢?本诗就是一种解构。

[2]汉字讲格局、形体,一个汉字,通常由几部分组成。各组成部分本身都有自己的含义。

[3]一个汉字,往往都有"一字重千金"的价值。比如,"道""武""法"等,代表的意义就很多,何止千金!

[4]汉字从甲骨文算起,有几千年历史。这是目前考证的。随着考古工作的进步,估计还要早。

[5]紫气东来,这是历史的规律。中华文明曾经引领人类几千年,现在又处在同样的历史机遇时期。

[6]学汉语、用汉语、行汉礼、法汉律,必将成为人们的时尚。新时代,我们要认真对待,及时赶上。

[7]怎样学?以东方汉语为主,兼学西方,文明互鉴。这才是真正进步发展的态度。

[8]汉字在手,汉语在心,中华文明在身,大千世界的事情都会迎刃而解。

7. 文笔山[1]

2017年11月

文笔顶端作案台,
千古文章拜如来。[2]
群山环绕孵巢穴,
雄才伟业苦中栽,[3]
熟读经典增智慧,
修德健行印常在。[4]
历览昆仑千万年,
环球凉热谁来摆?[5]

[注释]

[1]本诗是对乡村小学生学习的寄语,希望他们写出好文章。高大的山尖形似文笔,就叫文笔山,有文笔在,就有好文章。

[2]我国的乡村,山是主要自然地形物件,如果将它们拟人化的话,这些独立的山尖就如文笔,厚实高大的大山就好比教师(如来)。在山的润泽之下,在教师教导之下,学生学习经典,就会写出好文章,奉献社会。我的家乡正是这样一种布局,有文笔山,文笔山后面、左右都是高大厚实的高山。

[3]乡村平地很少,家居不大,犹如鸟巢一般,但是,学生们身

居大山当中,自然得到大山的涵养,有大山的品格,经过艰苦努力,也能够成就大事的。

［4］大山的孩子要熟读经典,增加智慧;要行善积德,修为健身,做诚实的人。

［5］人类历史发展经验表明,只有经得起山山水水的艰苦磨练的善行而为的人,才有可能担当大任,决定和促成大事的。

8. 童真童趣——六一晚会有感

2021年6月1日

六一歌舞乐心情,[1]
舞台歌舞话童真。[2]
趣味童真人欢笑,[3]
当年童真眼前行。[4]

[**注释**]

[1]六一节的歌舞所具有的童真性,在任何情况下,都会使人心情愉悦。

[2]舞台上的歌舞用童真的语言,唱响童真的故事,焕发童真的乐趣,激发童真的畅想。

[3]所有参加六一晚会的观众,都会被舞台上童真的话语和欢快的童真氛围所感染,兴奋不已。

[4]观看晚会之时,所有的家长、老师都会想起自己当年童真时光,仿佛就好像在眼前一样。这也是六一节的童真晚会受到大小朋友们喜爱的原因。

9. 六一笑开怀

2022年6月1日

幼儿园里欢喜闹,
六一节庆最逍遥。[1]
歌舞伴奏相声曲,
引来众人开怀笑。[2]

[注释]

[1]幼儿园时时都欢喜闹,这是幼儿园的特点。相比之下,六一节最逍遥。因为在六一儿童节里,小朋友表演了各种各样欢快节目,庆祝自己的节日。

[2]今年最特别的是,由少儿表演的相声节目,欢快活泼,纯真趣味,令观众开怀大笑。

10. 嘻语熊猫[1]

2020年1月

浓眉眼圈,熊的样子。
名字里面,有"猫"没"咪"。[2]
餐桌之上,从不见鱼。
竹子设宴,满心欢喜。[3]
真人听了,点头示意。[4]
启迪智慧,真心话语。[5]

[注释]

[1]在去武鸣柑橘园的路上,一位三岁小朋友拿着熊猫的玩具,对大家说,这个动物"有猫没咪"。她的言语,富有想象力,使我惊呆了。受她的嘻语的提示,在摘果回来的路上,我想了这几言语,并把这几句话念给大家听。对小朋友的智慧表示肯定,对小朋友给大家带来的欢乐表示感谢。

[2]熊猫有猫的样子,但是它不会猫叫。

[3]熊猫只吃竹叶子,所以,它的餐桌上看不到鱼。

[4]真人指熊猫。餐桌上不摆鱼类,只有毛竹之类的叶子,熊猫听了,点头示意。

[5]即使只是简单的几句话,给人无限的欢快和启迪。

11. 家庭幼儿教育[1]

2019日2月3日

欢笑声,悦心情。
哭闹声,多留神。[2]
为人父母付爱心,
教育方法是根本。[3]
要啥给啥终有害,
对人对己都可怜。[4]
严格教育幼儿起,
吉祥如意伴终身。[4]

[注释]

[1]幼儿教育的感慨。

[2]小朋友给家人带来的欢乐是无穷的,家人对他们的照顾是非常精心到位的。但是,这里要强调:不要溺爱!要从小就培养奋发向上的精神才行。

[3]从内心上讲,父母的爱心肯定是不缺少的,付出也是足够的,但是,教育小孩,教育方法很重要。

[4]要啥给啥,结果就是培养受教育者啃老,最后害了他们,也

害自己。

［5］严格教育,科学教育,大人或教育者顺利,小孩或受教育者顺利。这是结论。

12. 言语魅力[1]

2019 年 5 月

言语交流最寻常,
润心润肺有说声。
良言一句三冬暖,
心言唤醒有心人。[2]

[注释]

[1]这是本人对语言交流的体会。当然,这只是对本性善良的人而言的。对那些本性邪恶的人来说,达不到这样的效果。

[2]"良言一句三冬暖,心言唤醒有心人。"这是我思考的最佳结果。心言:肺腑之言。

13. 阮郎归·赶早市

2019年12月

车水马龙催人醒,
黎明到边城。[1]
早市开业一时辰,
拥挤礼仪行。[2]

五谷粮,香又醇,
色泽逗眼睛。[3]
蔬菜瓜果水灵灵,
惠泽早行人。[4]

[注释]

[1]黎明时刻,户外的车水马龙声,催人早早起来赶早市。

[2]早市一般是一个时辰左右,人员往来很多,比较拥挤,但是,大家都遵守礼仪,讲究程序,按照规矩,公平交易。

[3]五谷杂粮都是刚从地里或挖来的,或采收的,清香、纯正,色泽突出品质,很诱人。

[4]蔬菜、瓜果等大多是刚从菜地里采收来的,水灵灵的,很新鲜。很多人赶早市,就是冲着这新鲜而来的。

14. 早市漫谈

2019 年 12 月

城郊早市,千百年历。[1]
八方贤士,瞬间云集。[2]
老友新朋,点头致意。[3]
瓜果蔬菜,刚离母体。
五谷杂粮,皮带鲜泥。[4]
你卖我买,公平合议。[5]
几斤几两,秤上出据。[6]
一圈走来,满心欢喜。[7]
乡土气息,召唤常聚。[8]

[**注释**]

[1]城郊的早市,已经有千百年的历史。

[2]赶早市的人,都是从四面八方来的。基本上都是在同一时间赶到这里,可谓瞬间云集。

[3]赶早市的人当中,遇见新老朋友是常事。不论是新朋友,还是老朋友,都以礼相待,点头致意。

[4]早市最根本的标志就是新鲜。即市场上交易的蔬菜瓜果等,都是刚从它们的母体采摘下来的,新鲜的;五谷杂粮,也是从地

里刚采收过来的,在它们的外表上,沾着鲜泥。

[5]交易都遵循公平交易的原则进行。

[6]具体的斤两,问秤杆而定。

[7]凡是参加早市的人,都是高兴而来,满载而归的。

[8]"新鲜""土气""味纯",是诱发早市的决定性因素,是顾客"相聚"的因素。

15. 早市叙话

2019 年 12 月

早市魅力,鲜嫩便宜。[1]
上班一族,一周一次。[2]
优雅居士,晨练早起。
兼买蔬菜,称心如意。[3]
古往今来,一直存续。
这是为何？便民利己。[4]

[**注释**]

[1]早市的魅力就在于蔬菜鲜嫩,价格便宜。

[2]现代的早市一周一次,对于上班族而言,把一周的菜都买好放在冰箱里。

[3]优雅的居士,晨练为主,兼赶早市。这样,身体得到锻炼,又买到自己称心如意的蔬菜瓜果。

[4]自从有了城镇之后,早市都一直承继下来。这主要是它既方便群众,又利于种菜的人和从事蔬菜行业的批发商。

十六、名人故事

1. 浣溪沙·姜子牙人生

2018年6月

体恤民情人间走,[1]
殷商暴政刻心头,[2]
渭水垂钓划九州。[3]

举旗拜相深远谋,[4]
广聚群英义为首,[5]
一路高歌显风流。[6]

[注释]

[1]受到女娲娘娘和元始天尊的派遣,姜子牙下昆仑山辅佐周文王、周武王完成兴周灭纣的大业。先是在民间查访百姓疾苦、体验民间生活。

[2]纣王无道,残害忠良,实施暴政,给天下百姓造成巨大的伤害。此种惨状铭刻于姜子牙的心。

[3]为了推翻暴政,协助完成兴周灭纣的大业,姜子牙先在渭水河边垂钓,等待周文王的到来。同时,规划怎样辅佐文王完成兴周灭纣的大业。

[4]文王见到姜子牙之时,尽管姜子牙已经年过八十,但是,仍

然拜姜子牙为宰相。这是深谋远虑的。因为要完成兴周灭纣的大业,没有大智慧的贤人是做不到的。姜子牙跟随元始天尊学道四十余年,资质、为人、志向得到女娲娘娘的赞许,可见他就是人世间不可多得的大贤。

[5]在兴周灭纣大业的旗帜下,以"替天行道"这个"大义"来聚集天下英豪。

[6]在兴周灭纣大业过程中,尽管遇到千难万险,但是,事业还是顺利完成了。在人世间六千年文明进程中,兴周灭纣大业可以算得上是风流一世的事业。所以,对于姜子牙来说,就是"一路高歌显风流。"

2. 论夫子

2022 年 9 月 28 日

朝堂论事清水流,[1]
讲台话语越千秋。[2]
今生功业何足论?[3]
江山万代师君侯。[4]

[注释]

[1]夫子早年曾经在朝做官,但是官职低微,所以,朝堂谈论事情得不到采纳,就像清水流动一般,没有多少印记。

[2]教学讲台上的讲话很富有哲理,思想深邃,意义深刻,跨越千秋万代。俗话说,"贤人七十、弟子三千",表明,夫子的办学成绩显著。

[3]从功业来看,夫子当年的贡献肯定是不出众的。但是,从办学成效看,夫子的办学成效显著,影响深远。因此,第一,对于夫子而言,不要叹息今生名声低微,功业小;第二,我们不要以在当朝的所谓功业谈论夫子的贡献,要从长远角度来评价夫子。

[4]夫子的著作是历代教科书,可以说,儒家思想是历朝历代帝王、诸侯成长成才成就事业基本思想,因此,夫子就是万代门生的宗师,是历代帝王的宗师。

3. 浣溪沙·端午变迁

2017年5月

屈原当年庆端午,
龙舟赛事擂战鼓,
一心一意为荆楚。[1]

粽子香飘五月五,
百万角黍千头猪,
拜托龙王常呵护。[2]

[注释]

[1]上阕:屈原当年积极参与庆祝端午节的活动,比如参与诸侯国之间开展的龙舟比赛,和其他楚国的选手们一起划龙船。由于他是楚国人,所以,他是加入楚国队的。

[2]下阕:角黍是粽子的一种。据传,屈原五月五跳江后,老百姓把角黍投入江中,希望龙王护佑屈原。所以角黍是专为屈原而做的。当然,一同投下的还有成千上万头猪,因为光是角黍一样太单调了。从此,端午节又多了一项内容,祭奠屈原。

4. 五月五吃角黍有感

2017年5月

角黍诞生为灵均,
忠君报国不改情。[1]
汨罗壮举垂千古,
荷花品格行显魂。[2]
一眼回望三千年,
代代传承粽香醇。[3]
青山常在水长流,
壮志国酬处处春。[4]

[**注释**]

[1]灵均是屈原的另一个名字。角黍就是单为屈原而做的专门粽子。主要是感念屈原矢志不移的忠君报国的举动。

[2]汨罗江投河是一大壮举,目的是要唤醒楚王,立志为国家振兴多听听苦口良言。这一举动体现了屈原的荷花品格,即"出淤泥而不染"的品格。

[3]屈原离开人们有两千七百多年了,代代正直的人们传承角黍粽子的情节,学习屈原的高贵品格。

[4]按照自然规律,只要青山还在,青水长流,这种报效国家和民族精神的举动必将成为时代的主流,正所谓"壮志国酬处处春"。

5. 玉楼春·端午情意重

2017 年 5 月

端午吉庆两重意,
划龙舟与赏粽子。[1]
龙舟风行为图腾,
粽子清香怀忠魂。[2]

龙赛跨越六千年,
角黍历近三千春。[3]
细品端午好风景,
报效家国满豪情。[4]

[注释]

[1]端午的吉庆有两重意义,一是划龙舟,这是最早就有了的。一是包粽子,品尝粽子,纪念屈原。

[2]龙舟比赛是为了本诸侯国或本族人取得胜利,使得自己的图腾高高飘扬。粽子清香是为了纪念屈原的忠君爱国的精神。

[3]龙舟比赛有六千多年了,品尝角黍将近三千年。

[4]细细品味端午的各种活动,不论是划龙舟,还是品尝角黍,都是奋发向上,为国为民的。所以,人们的心里都是满怀豪情的。

6.满江红·智慧化身诸葛亮[1]

2018年7月

历练雄心,少年汗水洒南阳。[2]
田舍里,麦稻金黄,六畜兴旺。
琴棋书画飞汉律,博学论道名飞扬。[3]
命所系,三顾茅庐情,出龙岗。

护新野,烧博望;[4]
战赤壁,风火浪。
三分定天下,傲立西疆[5]。
孟获归化解边愁,北伐中原在路上。[6]
五丈原,心中梦难圆,泪汪汪。[7]

[注释]

[1]这首词写于2018年7月下旬。当时重看了电视剧《三国演义》"三顾茅庐"之后写下的。其间经历了好多次修改。初稿记录在家人的QQ上,并转发给我的学生石同学、段同学等,后多次在茶会上与谭同学、蓝同学等讨论过本词。

[2]初稿之时,关于"雄心"还是"童心",纠结了很久。后来确定还是"雄心"较为贴切。因为诸葛亮16岁以后,刘表划拨了南阳

这个地方给诸葛亮他们居住。从此,诸葛亮就离开刘表。在那里一住就是十年。在这里历练的就不是"童心"而是"雄心"了。

[3]什么是"飞汉律"?"效忠"是诸葛亮立身原则,他的一言一行都是效忠汉朝的,所以,他的琴棋书画都是体现出汉朝韵律。关于"名飞扬":词的第一稿为"博学论道怀忠肠",后发觉它与前面的"飞汉律"有重复之意,后才改为"名飞扬"。这更贴切诸葛亮的实际。

[4]初稿是"护荆州"。按照《隆中对》的规划,刘备是要取荆州为家,在此基础上建立基业的。由于当时刘备等是住在新野,改为"护新野",况且荆州为蔡瑁等把持,刘备不能靠近,后来蔡瑁等又白白地将荆州送给了曹操。

[5]初稿时是"雄霸西疆",后感到"霸"好像不讲道理,有欺负别人尤其是边疆少数民族之意,后来才改为"傲立西疆"。"傲立"就相对于曹操政权和东吴政权。天下是一统的,三分只是暂时的,为北伐中原统一汉室做基础的。

[6]孟获是边疆少数民族的代表,诸葛亮七擒孟获,目的就是要安抚,使孟获归顺中央,归顺汉室。孟获问题解决了,才能北伐中原。也才有后面的六出祁山。

[7]"心中梦难圆",诸葛亮匡扶汉室的"心中梦"完不成了,因而泪汪汪。

7. 大漠英雄——霍去病
2021 年 11 月

大漠扫王庭,
成就霍去病。[1]
封狼居胥在,
山河奏福音。[2]
跃马天山外,
遍地大汉情。[3]
追昔向未来,
遥念大将军。[4]

[注释]

[1]辽阔的大漠迎来它真正的大漠英雄——霍去病。霍去病横扫大漠王庭,展示了当时人间无坚不摧的战斗力。

[2]霍去病代表汉武帝在封狼居胥山,筑坛祭天,告慰天下,横扫漠北成功。这是人世间一个军人最高的荣誉。在平定了匈奴的挑衅之后,大漠换来祥和幸福的氛围。

[3]飞跃在天山南北,无不感受大汉美好情义。

[4]回望大漠历史,大漠英雄霍去病无时不在我心中回荡。

8.鹧鸪天·苏武牧羊

2021 年 11 月

手持旄节为和平,[1]
大漠步履考艰辛。[2]
贝加尔湖风霜烈,[3]
一去牧羊十九春。[4]

符在身,节旄尽,[5]
日思长安梦里行。[6]
天子王庭迎故旧,[7]
惊喜交加泪欢心。[8]

[注释]

[1]苏武出使匈奴,手持着用牦牛鬃毛做的符节前往大漠,为的是汉匈的和平。

[2]匈奴单于没有和平的心愿。他先以各种优厚条件劝降苏武投降匈奴。苏武不从,就采取多种残酷的办法让苏武就范,但苏武始终不屈服。最后,就把苏武流放贝加尔湖地区。在贝加尔湖牧羊的日子里,经历艰辛的考验。所以,叫做"考艰辛"。

[3]贝加尔湖是人烟罕至的地方,一年四季都是冰天雪地,风

浪大。环境恶劣。

［4］在各种威逼手段劝降无果之后,苏武被放逐在贝加尔湖放牧,单于告诉苏武,等到公羊能够产下羊仔为止就可以回归天朝。这一去就是 19 年。

［5］符不离身毛脱尽。每一天都用符节牧羊,时间久了,符节上的牛毛全部脱落。但不改仰望长安的情感。

［6］白天思念长安,夜里梦回长安。

［7］19 年后,汉匈关系转好,匈奴归降,在汉朝使者的努力之下,苏武终于回到长安。当时,汉武帝已经去世,汉昭帝在皇宫设宴迎汉武帝时期外出 19 年才归来的使臣。外出履职 19 年才回归的使臣回来了,从朝廷方面来说,叫做故旧。

［8］天子、大臣和苏武等都惊喜交加,泪洒皇宫。这泪水是高兴的泪水。大汉使者始终不变节、始终向着国家。普天下的人都为此感到高兴。苏武牧羊的精神为后世传颂。

9. 鹧鸪天·张骞出塞

2022 年 2 月

秉承圣意往西域,
拓荒前行传友谊。[1]
草原风流流十年,
不改初衷直往西。[2]

经大宛,到月氏,
风餐露宿几万里。[3]
丝绸艳飘天山外,
宝马奋蹄笑嘻嘻。[4]

[注释]

[1]受到汉武帝的派遣,张骞出使西域,主要是为了寻找通往西域的道路,为传播大汉文明与西域各国文化服务。

[2]在途经匈奴时,匈奴单于知道原委之后,不予放行,把张骞留在匈奴草原上。希望张骞投降匈奴,在草原风流生活,并把匈奴美女下嫁给他。张骞西去意志始终不变,一直寻找机会往西而去。

[3]经过缜密的计划,十年后终于逃离匈奴,直往西去。其间走沙漠、越戈壁,风餐露宿,克服了难以想象的困难,行走几万里,

达到月氏。从长安出发后的 13 年,携带匈奴的妻儿,回到长安,完成了神圣的使命。

[4]大汉的丝绸柔软、舒适、保暖、高雅,可用于布匹、服饰的制作。大汉使者的到来,将中原文明带到天山南北。其实,也是将中原的丝绸、茶叶等带到天山南北。在天山南北,到处可见汗血宝马。这些宝马是马中俊杰,它们看见来自大汉使者,奋蹄长嘶笑脸相迎。同时,它们笑嘻嘻,也是因为它们有可能落户万里之遥的中原。确实,在此之后,中原的丝绸、茶叶,西域的汗血宝马、葡萄等就是丝绸之路上贸易的主要商品。

10. 昭君恋

2019 年 12 月 31 日

出水芙蓉本不多,[1]
身心相许更别说![2]
咫尺无缘心灰冷,
忍痛割爱赴大漠。[3]
汉匈恩怨有年景,
昭君到来尘埃落。[4]
人言西施人间美,
想起西施别忘我。[5]

[注释]

[1]人世间美女当中,能够称得上出水芙蓉的是不多见的。

[2]美女中,为了某一事业所需,加强自己的身心修炼,达到最佳境界之后,愿意以身心相许的美女,那就更少了。

[3]王昭君就是这样一位国色天香、出水芙蓉的姑娘,自愿选为宫女到宫里服务皇帝的。不过她到宫里之后的际遇与原本的期望大相径庭。尽管居住在宫里,离皇帝只有咫尺之遥,可是由于没有贿赂宫廷画师,始终没机会服侍皇上。所以,当汉宫君主要从汉宫里挑选一位宫女,下嫁大漠单于修好两国关系时,王昭君主动报

名请缨,出嫁大漠。大漠风高,居所飘泊不定,那是繁华汉朝子女谁都不愿去的地方。她的这一去,与当年入宫的愿望是背道而驰的,就是忍痛割爱,没有办法的。否则,一辈子就呆在寂寞孤独寒冷的冷宫当中,犹如嫦娥呆在广寒宫一般。

[4]王昭君果然不负众望,她的到来弥合了汉朝与匈奴多年的积怨,战火熄灭,两国修好,边境和睦。

[5]这是王昭君的期待。那就是当人们谈论人间美女西施的时候,要想起王昭君。那是肯定的。西施和王昭君都是中华民族历史上公认的四大美女之一。不仅如此,这两位美女还有共同的特点,那就是在复兴国家的征程上有巨大的贡献,在民族精神的塑造方面有巨大的贡献。王昭君尽管离开了中央,嫁入大漠,但她的心是向往中原的。中原人民也不会忘记王昭君的历史贡献,更不会忘记她那貌美如花的窈窕淑女的仙女本色。

11. 貂蝉人生树

2019年8月

家庭不幸寄皇城,
官宦世家作外甥。[1]
饱读诗书学圣贤。
出水芙蓉赛昭君。[2]
成家立业寻常事,
战乱纷争化泡影。[3]
天下大事男人事,
岂关普通一女生?[4]
巧侍董卓和吕布,
只为汉朝万年春。[5]
乱世勃发群英会,
彰显身姿玉娉婷。[6]
单调人生去无影,
四大美人有其名。[7]

[注释]

[1]貂蝉出生在东汉末年,幼小的时候,父母不幸都离世,流落街头。后被宫廷的王允司徒收养。王允对外声称貂蝉是自己姐姐

的女儿,是自己的外甥女。

[2]受到王允家教的熏陶,从小就饱读圣贤诗书,学习圣贤的品格。不知不觉长大成人了,美貌如王昭君一般。

[3]作为女孩子,长大后,组建自己的小家庭,置办一点谋生的小产业是最为寻常的事。但是,对于貂蝉来说,由于战火纷争,这些最为基本的要求都化为泡影。

[4]应该说,在封建时代,天下大事(朝廷的事情)主要是男人们的事情,与女孩子没有多大关系。

[5]在三国纷争早期,董卓要篡夺汉朝江山,怎么办?按照王允的安排,只能巧设布局才能阻止。貂蝉就是这棋局中棋子。王允先是将貂蝉秘而不宣地下嫁吕布,后又秘而不宣地嫁给董卓,利用吕布杀掉董卓。因为董卓是当朝宰相,势力太大,只有作为干儿子且武功高强的吕布才能靠近并杀死董卓。

[6]在三国纷争的乱世中,貂蝉以自己娉婷玉立的身姿和容貌,成功地周旋于东汉末年的格局变动之中。

[7]在整个政局变动之中,貂蝉的作用看上去是单调的。为什么?即在诛杀董卓的政局之中登场,在诛杀董卓成功之后就迅速消失了。尽管登场时间不长,但是貂蝉留给世间的形象是美好的,她以中国古典四大美女之一的荣耀永传于世。

12. 贵妃笑

2022 年 11 月 12 日

岭南荔枝想贵妃。[1]
千里万里马上飞。[2]
贵妃笑迎妃子笑。[3]
妃妃欢喜泪亲泪。[4]

[注释]

[1]杨贵妃喜欢荔枝,特别是荔枝珍品妃子笑,这是人所共知的,荔枝也知道,因而,荔枝成熟之后,无时不在思念主人——杨贵妃,希望自己能够成为贵妃的果品,得到贵妃的享用。

[2]岭南区域很大,北边到南边与西安距离不相等,岭南北离长安千里,岭南的南边远一些,万里吧。所以有千里万里之称。荔枝摘下来之后,马上特快送往西安皇宫。这里的"马上"有两层意思,一是马上送,二是用战马来送。主要是着眼于新鲜来思考问题。

[3]荔枝从千里万里运过来,以新鲜的姿态展现在贵妃面前,这是多么的不容易,又是多么的珍贵。从贵妃的角度来看,自己能够在夏天鉴赏南国家园送来的自己最喜爱的新鲜果品,因而,感到非常高兴。所以,贵妃在皇宫欢笑迎接荔枝特别是"妃子笑"荔枝

品种的到来。从荔枝的角度来看,荔枝以自己能够成为人世间最漂亮、最珍贵的主人的果品而感到无上光荣,体现了自己的价值。因此,荔枝就以自己带有仙露的颜色和纯真香甜味道拜请贵妃品尝。非妃子笑的品种也以妃子笑的神态展现出来。贵妃与荔枝双方心心相通,性情切合,是人果之间的一段美丽的佳话。

[4]"妃妃"是指皇宫的杨贵妃和荔枝珍品妃子笑。贵妃想妃子笑,妃子笑想贵妃。贵妃与妃子笑相遇,大家自然是欢喜一场。贵妃感到自己喜爱的妃子笑千里万里来到跟前,不容易,很是感动,热泪流了下来,掉在妃子笑的鲜果上,与鲜果上的露珠(荔枝从冰块里取出来后,冷暖气体相遇产生水珠,布满在荔枝上)相遇。鲜果给谁吃都是鲜果的本分,但是,如果能够给天底下最娇贵的贵妃品赏,那是最幸福的。所以,当妃子笑鲜果见到贵妃时激动的心情喜于言表,果皮、果肉上挂的露珠仿佛是内心掉下了热泪,正好与贵妃脸上掉下的泪珠相遇。正所谓泪亲泪,就是泪泪相亲。

13. 诗人李白

2023 年 2 月

盛唐时代诗词王,指点江山走四方。[1]
气势磅礴览世界,字里行间透清凉。
哲理精深穿万里,大明宫里有反响。[2]
帝王感慨生羡慕,一旨召唤到身旁。[3]
化解尴尬出奇招,调戏大臣亮殿堂。[4]
生性洒脱论天地,朝堂之上难闪光。
山欢水笑多故事,呼唤诗仙常造访。
名山大川常为客,斗酒吟诗飞梦想。[5]

[注释]

[1]李白是盛唐时代的诗词王,诗词界称呼李白为诗仙太白。

[2]这四句是李白诗词的水平。气势磅礴、透清透亮、哲理精深、震惊宫廷。

[3]帝王李隆基非常羡慕,一纸诏书把他招到身边,一方面是叙诗论词,另一方面是讨教安国之策。

[4]指唐玄宗命令杨国忠为李白磨墨,并捧砚侍立;命高力士为李白脱靴,捧跪在旁;李白为国写诏书,吓退番邦使者,为国解除危难等。据传,天宝元年,李白进京赶考,主考官是杨国忠,监考官

是高力士,二人皆是贪财之辈,不送礼,纵有天大的本事也只能落第。可是李白偏偏一文不送。考试那天,杨国忠看见了李白的名字,提笔就批:"这样的书生,只好与我磨墨。"高力士说:"磨墨算是抬举了,只配给我脱靴。"随即便将李白推出考场。后来,一番邦使者向唐朝递交国书,上面全是密密麻麻的鸟形图案,里面要求唐朝割让高丽176城,否则就举兵来犯。玄宗命令杨国忠等人读解,无一人知晓,个个脸色苍白。有人推荐李白,李白看后将内容告知玄宗,玄宗高兴,但是,左右无人有退敌之策,故玄宗又向李白讨教御敌良策,李白随即说,这事不难,只要杨国忠为我磨墨,高力士为我脱靴,我就能口代天言,不辱使命。玄宗按照李白的意思下旨执行。二人咬牙切齿,只能忍气吞声,在大庭广众之下,为李白磨墨、为李白脱靴,侍候着李白,撰写诏书。李白在现场写好诏书,番邦使者一看,吓得魂飞魄散,立马连连叩头谢罪。本故事表明李白藐视权贵,为大明宫增色。

[5]李白生性洒脱,无拘无束谈论天下大事,抒发自己的见解。这种性格很难在宫廷中立足。因此,宫廷生活不适合李白,游玩于山水之间为最佳选择。好就好在李白有自知之明,他常常造访名山大川,与朋友们斗酒吟诗,盛赞盛唐的变化,放飞自己的梦想,以此过着逍遥自在的生活。

14. 李白诗絮

2022 年 11 月 13 日

气势磅礴诗留名,[1]
民间话语好说声。[2]
酒后狂诗千百首,
句句铿锵句句新。[3]
山清水秀梦幻秀,[4]
日月运行放豪情。[5]
重情重义情义重,[6]
笔墨闪烁家国魂。[7]

[注释]

[1]李白的诗词以气势磅礴而闻名,李白因诗词留名。

[2]在民间的话语中,经常都能听到李白诗词的声音传颂。

[3]这是传说中李白的写作特点,酒后诗百篇。每一篇都是创新的。与前面不同。是新诗词。

[4]山水诗词方面,一是美丽诗词赞美美丽的世界;二是美丽的世界成就了李白美丽的诗词。

[5]日月变化方面,豪情满怀,气势如虹。

[6]朋友交往呢? 重情重义,成为千古美谈。

[7]诗仙报国之行主要通过笔墨狂诗来表达,他的笔墨里包含了国魂的精髓,即热情、意志、毅力和胸怀,这些无不有利于天下人报效国家、服务大众。

15. 诗酒仙兄弟

2022 年 11 月

酒逢知己千杯少,
我与酒仙畅千杯。[1]
称兄道弟不为过,
爱酒好诗是前缀。[2]
醉酒催诗诗路广,
一气呵成爽飞飞。[3]
吟诗品酒酒味醇,[4]
大碗畅饮才开胃。[5]
人间诗酒天天有,
复兴诗酒更壮美。[6]

[注释]

[1]大家都爱酒,且酒量都不小。

[2]爱酒、爱诗是大家共同的特点。否则,称不上兄弟。

[3]喝酒后,诗兴大发,思路广阔,一般是一气呵成。

[4]吟诗作伴,酒桌上的酒味更纯正。

[5]过去是大碗畅饮,今天是满杯畅饮,效果是一样的,即开

胃,喝得多！否则怎么叫千杯少呢？

[6]中华民族复兴道路上的诗和酒是不同凡响的,现实意义更大。

1. 真情对话女儿国

2022 年 6 月

天国女王富情商,[1]
御弟到来花怒放。[2]
殿前还礼吐真情,
许以王位做鸳鸯。[3]
菩萨面前立誓言,
取回真经报唐王。[4]
今生普渡天下事,
来世双飞比翼郎。[5]

[注释]

[1]女王除了爱民方面有丰富的感情之外,青春爱情的情感也是丰富得很。

[2]在倒换关文的仪式上,女王的心情非常好,心花怒放。

[3]堂上被唐僧的容貌惊呆了,在宰相多次眼色提醒下,才回过神来还礼。还礼的举动,其实就是自己情窦初开的真情流露。还礼的内容是要招唐僧为一国之君,做国王,而女王为王后,唐僧与女王共度人生。

[4]唐僧回答道,我曾经在菩萨面前发下誓言,为唐王取回真

经,回报唐王。

[5]普渡众生是今生主要任务。所以,今生不可能与你在一起了,下一辈子吧,下一辈子可以在一起共度青春。

2. 女儿国国王[1]

2022 年 6 月

国色天香霸一方,[2]
从未露出真模样。[3]
取经国宴春风起,
女王登台艳华堂。[4]

[注释]

[1]本诗词写女儿国国王的国色天香。

[2]作为国王,掌管国家大权,所以,叫做霸"权";又是女儿国最美、最有气质、最有魅力的女子,这里叫做霸"美"。

[3]平时很难见到国王,尤其是国王真颜容,那是很难遇见的。即使无意中见到国王,也不会领略到国王的真实、纯真、娇美的一面。

[4]什么时候女王展示真模样？为大唐王朝派遣的取经人举行的倒换关文的国宴是最高规格的宴会。在本次宴会上无意中遇到了自己的白马王子,春意荡起,人生最美、最真诚、最质朴形象就在这时显露出来。所以,女王的登台英姿,光耀整个宴会大殿。

3. 两心伤

2022 年 6 月

待字闺中好惆怅,
娇美颜容无人赏。
御弟跟前春情动,
吐露春心两心伤。[1]

[注释]

[1]女儿国里没有男性,再美丽的身段都没有男性来欣赏,作为女王,心里当然就很惆怅。在唐僧师徒取经女儿国倒换关文的宴会上,女王被唐僧的气质感染和征服,春情萌动。女王向唐僧表白,愿意以一国之君嫁给唐僧,唐僧为国王,女王自己为王后。由于使命在身,所以唐僧只能拒绝,造成女王伤心。所以,女王伤心,唐僧也伤心。据传,在拍摄电视剧之时,在主演女王和唐僧的两位演员之间也有"两心伤"故事发生。

4. 晓旭与黛玉

2022 年 7 月

红楼灯芯林黛玉,搅动天下宝公子。[1]
抬头一笑百媚生,低头看花花惊奇。[2]
开口吟诗聚千耳,诵读华章万人迷。[3]
身姿袅娜羞杨柳,步伐轻盈赛西施。[4]
黛玉晓旭好姐妹,戏里戏外是彼此。[5]
晓旭离去荧屏冷,大观园里无戏矣![6]

[注释]

[1]林黛玉是《红楼梦》里的关键人物之一,宝玉是面上的角色,黛玉是戏中戏的角色。林黛玉一出场,天下的"贾宝玉"就坐不住了。

[2]这两句是表达主人公林黛玉的美貌。花惊奇:花都感到惊叹,人世间怎样会有如此之美人?

[3]这是林黛玉的文采。

[4]这是林黛玉身段、神态和气质。

[5]这是林黛玉和陈晓旭的对比,互为对方,难分彼此。

[6]主人公林黛玉英年早逝。晓旭演完《红楼梦》后,就出家为尼,郁闷得病,也是英年早逝。她太入戏了。真是人生如戏,戏如

人生。晓旭离去之后,《红楼梦》又翻拍了几次,但是,真正演好《红楼梦》的戏就不多了,与晓旭经典版比起来,后演的这些戏,看起来算不上真正的戏,观看这些版本的观众就更少了。正所谓"大观园里无戏矣!"陈晓旭就是现实版的林黛玉,或者陈晓旭就是林黛玉,林黛玉就是陈晓旭。后版本的林黛玉,达不到林黛玉本人的神态和魅力,更达不到晓旭的演艺水平。看过经典版《红楼梦》后,中国封建文化的相关精髓在本版中展示得淋漓尽致了。其他版本的《红楼梦》只有形似而神不似,达不到《红楼梦》的现实境界和艺术境界。人们要看的话,晓旭版的《红楼梦》是不二的选择。

5. 感念陈晓旭

2022 年 10 月

红楼黛玉天仙美,风韵千年天下追。[1]
天仙美人是咋样?晓旭展示黛作为。[2]
喜怒哀乐引共鸣,行为举止显聪慧。[3]
抬头一笑众人笑,低头看花花艳非。[4]
开口吟诗诗浪起,放展歌喉歌声飞。[5]
闲来放风河边走,鱼类群集涌跟随。[6]
晓旭起舞荧屏闹,柱凝眉声唱心扉。[7]

[注释]

[1]黛玉素有仙女之美称,因此,戏里戏外都成为人们追求的对象。

[2]到底啥模样才是林黛玉的模样?之前,或现实的形象没有能够全方位地展示过;或之前的展示达不到要求,没有得到人们的认可,印象不深。晓旭一出场就使得黛玉的现实作为得到大家的认可,所以说,晓旭是黛玉的现实模样。

[3]这是黛玉的现实形象的概括,即黛玉的喜怒哀乐引起人们的共鸣、举止行为感化现场的人们。这方面,晓旭做了最为完美的表现。

［4］晓旭的笑声会引来周围悦耳风声和笑声。美人来欣赏，花自感不如，之前的艳丽都黯然失色了，它们似乎不敢在晓旭面前展示美。

［5］吟诗的时候，大家跟她一起吟诗，就像掀起波浪；唱歌的时候，众人随声跟唱。好不热闹！

［6］晓旭日常生活里，闲来无事，到河边走走，放放风，充实一下自己。河里的鲤鱼见到晓旭到来，群集紧跟其后。

［7］晓旭翩跹跳起舞来，大观园就活起来，红楼梦就会活起来，晓旭版《红楼梦》的主题曲《枉凝眉》就会唱起来。这歌声不仅代表人们对《红楼梦》的喜爱，也代表人们对晓旭的喜爱与怀念。

6.捣练子·国色天香

2022年7月

女儿国,演女王,[1]
国色天香展形象。[2]
娇美神态温馨语,
宛如天庭王母娘![3]

[注释]

[1]本词主要是描写《女儿国》里演女儿国女王的演员。

[2]展形象:展现自己的真实美貌、诱人魅力和内在气质。

[3]从她自身的神态、话语情义、演艺水平来看,宛如天上的王母娘娘。

7. 邱姐与嫦娥
2022 年 7 月

蟠桃盛会神仙多,[1]
仙果香茶摆满桌。
芳香四溢掀歌舞,
一波引发新一波。[2]
嫦娥起舞催人醉,[3]
荡起酒窝笑呵呵。[4]
凡间舞蹈天仙美,[5]
见了邱姐忘嫦娥。[6]

[注释]

[1]蟠桃盛会邀请的都是天上的各路大仙。

[2]歌舞一波又一波。

[3]嫦娥起舞达到宴会的高潮。大神仙们如痴如醉。

[4]神仙们荡起脸上的酒窝,喜笑颜开,欢乐无比。

[5]这些舞蹈来自大唐时期的民间,算是人间舞蹈。在天上也受到欢迎。

[6]嫦娥到底是啥模样,有文字记载,但是未见过真人,真人和描述是有差别的。经典电视《西游记》公演之后,邱姐(邱佩宁)作

为嫦娥的替身代表,完全展示了嫦娥形象,所以,本人认为邱姐就是嫦娥,嫦娥就是邱姐。也许在其他舞台上出现过嫦娥,但是,真正入戏的,就是邱姐。

8. 捣练子·恋张瑜[1]

2022 年 7 月

庐山恋,恋张瑜,
一恋恋在青春里。[2]
言语活泼山水笑,[3]
貌若江河红鲤鱼。[4]

[注释]

[1]《庐山恋》是 20 世纪 70 年代末期 80 年代初期展播的影视作品。张瑜在影片中出演女主角,其淳朴的青春演艺技术令人难忘,多年来一直想为她写一首诗,但是,一直没有写成。这首诗近期写出来的,写的是当年的少男少女们对张瑜的喜爱。

[2]看过电影《庐山恋》的少男少女们,一定被张瑜的容貌、气质和演艺水平等吸引,长留心间,就是人们常说的"恋"。

[3]言语欢快活泼,如同山清水秀的生态环境里哗哗啦啦的流水声,纯真无暇,动听感人。所以,人们"恋"是有根据的。

[4]容貌好比大江大河当中的红鲤鱼,在水中悠闲自在,不时泛起微微的清波,欢乐众人。

9. 大　圣

2018 年 1 月 12 日

一根神铁搅天空,[1]
七十二变影无踪。[2]
上天入地谁能挡？
十万八千佛掌中。[3]
五行山下五百年,
卷曲身躯卧草丛。[4]
八十一难取经路,
佛前礼佛与佛同。[5]

[注释]

[1]一根神铁指金箍棒。大闹天空时,把天空搅得天昏地暗,这主要是神铁发挥作用。

[2]大圣有七十二般变化,能够上天入地,能力超群。

[3]佛祖与大圣打赌,如果大圣能够一个筋斗云飞出如来的手掌,就算大圣赢,佛祖就劝玉帝把天空让给大圣。结果,大圣的筋斗云十万八千里也飞不出佛祖的手掌。后被压在五行山下五百年。

[4]在被压五行山五百年中,大圣只能卷曲在大山脚下,四周

杂草丛生。后受到观音菩萨的点化,跟随唐僧西天取经。

［5］历经九九八十一难,取得真经,成就正果。被如来加封为斗战胜佛,与佛祖同列佛界的最高境界。

10. 鹧鸪天·赛西施[1]

2022 年 10 月

相貌气质天生配，
情满人间内心催。[2]
铁狮子头嘴上愁，
香醇润味树口碑。[3]

真情在，人娇美，
西施眼里好姐妹。[4]
一代女流赛风流，
食为天下艳芳菲。[5]

[注释]

[1]长篇电视剧《神医喜来乐》的主人，叫做赛西施。在剧中，赛西施办了一个食为天的酒馆，正对着神医喜来乐开的医馆——一笑堂。本词所指的是沈傲君版的赛西施。

[2]食为天的女主人——赛西施，天生丽质、貌美如花、行为端庄，心地善良、贤惠大方，真可谓是人见人爱，情满人间。她的这种热情、真诚和魅力是她内心素质使然。同时，人们对她的认可、喜爱也是发自内心的。

［3］食为天最拿手的招牌菜就是铁狮子头,它圆溜溜的,风味独特,口碑出众,听一听、闻一闻,馋嘴口水直流,味道涌上心头。

［4］赛西施在食为天为天下人服务,以真情服务四方大众,加上天生丽质、漂亮有佳,有着赛西施的美称。在真美人西施的眼里,赛西施就是她的好姐妹。

［5］既然自己起名赛西施,那当然她就是一介女流当中的风流人物,艳丽芳菲。食为天下是啥意思？就是为天下人做美食。她在食为天饭店展现她魅力、美丽和情义,使得她名扬天下。一方面,她为天下到来的贵客,做好香甜可口、价格实在的食品,展示自己人生价值、宗旨、作为和能力,食为天下,因而,艳丽芳菲。另一方面,她生性大方,舒展女性本该有的风流特色,大胆追求自己的爱情,为天下女人树立了榜样,艳色芳菲。

11. 捣练子·沈傲君

2022 年 10 月

沈傲君,美女星,
食为天下留身影。[1]
言语神态逗人爱,
叙话真人梦里行。[2]

[注释]

[1]《神医喜来乐》女主演是大美人,犹如天上的仙女一般。她在哪里引起人们的注意的呢？在我的视野里,那是在《神医喜来乐》电视剧当中,在沧州一个普通的巷道开食为天餐馆,厨艺精湛,热情大方,服务周到,给人留下了美好的身影。

[2]言语甜蜜,神态优美,广聚人气,逗人喜爱,成为大众喜爱的明星。现实当中,要面见真人,不大可能。不过,有缘的话,梦里相见,倒是有可能的。

12. 看电视剧《神医喜来乐》有感
2022 年 10 月

普通巷道人云集,疑难杂症求生机。[1]
访遍名医病依旧,只待眼前出奇迹。[2]
食为天馆食名厨,舒缓脾胃候神医。[3]
一笑堂生着妙手,药到病除叙情谊。[4]

[注释]

[1]一个普通的巷道,人员往来众多,这是为什么? 因为本街道有神医坐堂。所以,病危者、疑难杂症者等,无不慕名而来,求生机。

[2]好些病人,尽管他们都曾经四处拜访名医,但是,他们疾病依旧、身心每况愈下。他们寻访到这个普通的巷道,希望出现奇迹。

[3]在一笑堂的对面,有一家名为"食为天"的饭店,厨艺精湛,所以,食客爆满。来一笑堂看病的人,无不先在这里饱餐身体,调养脾胃,等待一笑堂神医的医治。

[4]一笑堂生就是神医喜来乐。神医喜来乐医术高明,妙手回春,从未失手。凡是经过他医治的病人,药到病除,个个一扫愁容,恢复活力,回到青春的世界,由此,增进了神医与病人之间的友谊,不论过去是否认识,真情是一样的。

十八 体育境界

1. 鹧鸪天·谷爱凌自由式滑雪大跳台惊天翻转获金牌

2022年2月9日

起步滑行伴加油,
顺势展翅底飞舟。[1]
腾空翻转一千六,
仙鹤落地乐悠悠。[2]

飞春雪,起风流,
漫卷雪花惊四周。[3]
风展春姿雪拂面,[4]
冰雪公主笑点头。[5]

[注释]

[1]本来是下滑,但是,考虑到诗词的要求,还是滑行。一个"底"字表明,沿着滑道先向下滑行,到"底部"后翻转向上腾空飞起。把自己和滑板这个"舟"翻转腾飞起来。

[2]滑行是顺着滑道先往下滑行,到达底部后,飞升翻转跃起,腾空而上,之后翻转向前1620度。最后的落地是关键,成功与否决定着整套动作的完美性。谷爱凌的比赛动作给人的感觉就是:好像仙鹤落地一样,平稳落地,乐悠悠地稳健滑行,展示出高超的

技术水平。

[3]上阕讲述的是整个动作的流畅过程。下阕要讨论这一过程引起的周围的反响。在这整个短暂的滑行翻转过程中,滑雪板卷起雪花在空中随着身体翻转,形成"唰唰"巨大的风流,并在空中漫卷雪花,犹如天女散花一般,震惊整个比赛现场和所有的观众。在稳稳落地的一刹那,欢呼声一片,掌声四起,都被这一惊天翻转所折服,大家用各自的礼仪表达祝贺、祝福与羡慕。

[4]更有甚者,四周的物候特别是"风"以春天的姿态表达自己喜悦的心情,拂面吹来的春风是清爽的春风,是令人振奋的春风,观众的肯定、赞许、祝福和祝贺随春风拂面而来。这才是真正的冠军!

[5]"冰雪公主笑点头"是她对本次翻转成功的满意,对赛场观众的关心表示感谢。综观开赛以来的整个比赛,冰雪公主场内场外都是值得赞扬和肯定的。场内的技术、勇气、魅力、能力、产生的效果是第一的,这是没得说的。场外呢?面对雪上运动,她展示了自己的最佳水平,奉献最好的竞技状态;面对国家需要,她立志为国出战,为国争光;面对对手,她给予对手鼓励安慰,共同提高竞技水平;面对赞扬,她言语谦虚;面对观众,她展现出感谢和答谢的情怀,态度和蔼;面对质疑,面对挖苦,她从容应对,言语文明,对答如流。谷爱凌是一位真正的冰雪公主。

2. 北京冬奥会健儿
2022年2月

雪主飞雪到北京,[1]
滑翔展翅胜雄鹰。[2]
卷雪散花雪飞艳,[3]
长城飞雪雪上春。[4]

[注释]

[1]雪主就是冰雪体育健儿。

[2]健儿在雪地上舒展技术,技术高超超越雄鹰。

[3]在滑翔展翅过程中卷起线线雪花,雪花在空中漫天飞舞,姿态优美。

[4]长城脚下的飞雪是飞雪世界里最为壮丽、最有特色和最有活力的飞雪。因为北国风光,千里冰封,万里雪飘。可见其气势宏大、天下无双。

3. 张雨霏200米蝶泳夺冠[1]

2021年8月3日

美人鱼阵太醒目,[2]
发令枪响齐跃出。[3]
泳池轮番掀波浪,[4]
红粉霏鱼领头舞。[5]

[注释]

[1]这是观看张雨霏在奥运会上整个比赛之后,有感于她的风格、技术水平、魅力气场决定为她写一首诗。本诗是为她200米蝶泳夺冠所。

[2]经过几轮的预赛、半决赛的筛选,最后八个人参加决赛。在决赛中,八个人弯腰站立在始发台上,形如八条美人鱼,非常醒目成一条线。

[3]发令枪之后,同时奋力向前跳入水中。

[4]200米就是两个来回,共四次翻转畅游,掀起巨大的浪花。

[5]游泳的泳姿中,蝶泳是浪花最大的。那天,张雨霏身穿红色的泳衣,在她的泳道上面有五星红旗的图案,非常耀眼。张雨霏以绝对优势获得冠军。

十八、体育境界

4. 观全红婵惊天一跳[1]
2021年8月5日

抱膝展翅压水花,
一气呵成玩潇洒。[2]
满分！满分！又满分！
对手裁判拇指夸。[3]
空中展翅欺海燕,
入水漩涡笑哪吒。[4]
青出于蓝胜于蓝,
惊天一跳是娃娃。[5]

[注释]

[1]2021年8月5日,在32届奥运会上的十米跳台单人跳的决赛中,全红婵五跳完美无缺。其中后三跳又是美中之美,7位裁判对每一跳各自均打了满分十分。创造了前无古人的跳水成绩。别人是战胜对手获得金牌,她是以完美无缺的技术水平展示跳水的最高技术境界,以美好的空中姿态和针尖垂直入水的漩涡效果诠释了跳水的最高观赏境界。所有的对手、裁判、现场观众、电视机前的观众都报以热烈的掌声,给予祝贺。

[2]这是对全红婵整个动作的描述。

351

［3］后三跳连续得到三个满分。裁判、对手、观众都不约而同竖起大拇指，全部满分。

［4］这是拟人化的描述。她跳水在空中展翅的技术使得空中的海燕感到羞愧，入水产生的入水漩涡使得闹海神童——哪吒三太子面带难色，产生妒忌的感觉。

［5］本次运动会上，全红婵刚好14岁。算起来还真是一个娃娃。中国跳水队人才辈出，青出于蓝胜于蓝。全红婵是其中的佼佼者，别的娃娃还在撒娇，而这个娃娃跳水能够达到这样的技术境界，这是前无古人的。

5. 观伊藤美诚比赛[1]

2021年8月

满脸娃气眼逗俏,[2]
刁钻发球技术骄。[3]
不是莎姐挡前路,
更进一步谁能料?[4]
近台推拉力臂短,
远推强攻欠力敲。[5]
比赛催生友谊情,
斗志顽强步步高。[6]

[注释]

[1]2021年8月,观看伊藤美诚在奥运会上的比赛,感觉她好有个性,为此,写下这首诗,表达敬意。

[2]伊藤美诚是满脸娃气,逗人喜爱。

[3]她发球动作很古怪,可以说是刁钻的那种,其他技术也过得去。

[4]在2020年东京奥运会的乒乓球单打和团体决赛中,伊藤妹妹两度被莎姐(孙颖莎——中国女乒国手)打败。但是,她讲她只用三成功夫。所以,没打赢莎姐。言外之意,即莎姐让她施展不

开另外的七成技术,其他同志未必能够做到;要不是莎姐挡住前路,她是完全有好成绩的。我说她这是自圆其说,给自己鼓劲。

［5］她的不足方面在于:近台推拉力臂短,远推强拉欠力敲。"近台推拉力臂短",由于身体退位不够,使得迎面飞来的球与自己接球的乒乓球拍的距离短,结果是:回球角度大的话,回球时或是回球太高,容易被对手扣杀,或是出界;回球角度小的话,直接下网。"远推强拉欠力敲",就是远距离推球、拉球的力量不够,回球质量不高。这一点,不知她自己是否知道?

［6］友谊第一,比赛第二,这是体育的精神。同时,只要保持顽强的斗志,伊藤妹妹的体育水平是会不断提高的。

6. 水车助秋分跑马[1]

2021年9月15日

秋分时节跑马行,
汗透鞋袜步伐沉。[2]
累得不行心气短,
前行一步都难撑。[3]
难行之时水车到,
微风喷雾来降温。[4]
倍感关怀迈快步,
一鼓作气冠垂青。[5]

[注释]

[1]秋分时节,本人奔跑在"马拉松"的路程上,在南方,热浪奔袭,汗流浃背,在奔跑中有感而发。

[2]由于热的缘故,大汗淋漓,跑马的运动衣和运动鞋等都被淋湿了。所以,步伐低沉,跑不快。

[3]闷热,呼吸也不顺畅,跑一步都感到有点困难。

[4]在最艰难的时候,水车来了。水车的喷雾随着微风喷洒在跑马者的身上,降温,好舒爽。

[5]得到水车喷雾的帮助,步伐又开始有力向前。一鼓作气,跑完最后的路程,每一个人都达到自己最好的境界,取得了属于自己的最好成绩。

十八、体育境界

7. 与跑友晨练相遇
2020年元旦

迎面快步一跑手,[1]
汗水径直往下流。[2]
你看我来我看你,
同登赛场几春秋。[3]
清晨路上人稀少,
步伐轻盈步伐稠。[4]
一年四季多赛事,
跑马路上互加油。[5]

[注释]

[1]马拉松跑手每天在公路上练习跑步时,经常会遇到赛站上的跑友。

[2]跑马练习都要跑一两个小时,因此,在跑步过程中,汗流浃背。

[3]由于与跑友的跑向正好相反,所以,彼此是迎面跑来。由于平时训练都不在一起,大家不是很熟悉,但是,从跑步的姿态来说,就会认出相互之间曾经同道跑马好多次了。

［4］清晨道路上来往的人员稀少,所以,跑手的步伐较大、步伐轻盈、步伐较密。

［5］这是我的想法,也是跑手们的想法。

十八、体育境界

8.南歌子·篮球比赛[1]
2017 年 11 月

哨子一声响,跳球空中抢。[2]
后卫控球观四方。[3]
环左右、闯空当、投篮筐。[4]

两分或三分,入筐分数涨。[5]
犯规五次罚出场。[6]
比球技、增友谊、身心爽。[7]

[注释]
[1]这是篮球比赛的规则与特点。
[2]比赛的哨子声响起,比赛双方在中线跳球,计时开始比赛。
[3]后卫球员运球、控球当中,眼观整个比赛场地,决定是否分球、如何分球。
[4]关键是要传球给处在空位的队员,上篮投球,取得分数。
[5]三分线内进球的,得两分;三分线外进球的,得三分。分数累计向上。
[6]队员犯规五次,就被罚下场,之后,就不能上场参加本场比赛了。因此,要避免无谓的犯规。

[7]篮球比赛达到什么效果？当然,比赛的分数是重要的。除了这个之外,还有三个,即通过比赛提高球技、增强双方的友谊、通过比赛运动锻炼舒爽身心。

9. 棋逢对手之境界

2016年8月

赢球难,输球难。[1]
对手在,心舒坦。[2]
赛场争,技精湛。[3]
大结局,功圆满。[4]

[注释]

[1]这是赛场上真正的对手。技术差得太多,那就不是对手了。

[2]能够与自己水平相当的对手比赛,真是一生的幸事。为什么？因为,它激发自己的斗志,提高自己的水平,传播体育的友谊。

[3]赛场上,水平相当的话,对手们才能发挥自己的最佳技术水平。

[4]不论结局如何,大家都是满意的。

10. 跑马的神气

2019年12月

清晨雾大风骚冷,[1]跑马道路热气腾。[2]
发令枪声伴歌舞,[3]三万跑手向前奔。[4]
专业跑手做装点,沿途领跑活力神。[5]
业余身影遍龙身,万众步伐起喧声。[6]
快慢瞬变常态化,不利速度与身心。[7]
步伐大小看个人,匀速前进效果增。[8]
眼观前方人奋进,环顾左右来鼓劲。[9]
一览全程好风景,身心舒爽赛大圣。[10]

[注释]

[1]南宁的马拉松比赛是在每年12月上旬进行,此时属于冬季。比赛是在早上的7—10点进行,清晨雾气比较大,低温寒冷。

[2]与自然环境的寒冷截然相反的是跑马路上,几万跑手聚集、奔跑,热气腾腾。

[3]发令枪响起,比赛就开始了。此时有歌舞伴奏。

[4]伴随着发令枪的响声,三万跑手一起出发奔跑,向着比赛的终点线飞奔。

[5]每次比赛,都邀请了一些专业跑手特别是国际跑手来领

跑,装点一下,说明我们的比赛是国际大赛。这些专业选手确实跑得比业余的快,他们步伐快,大步,步伐轻松。

[6]马拉松队形如同一条长龙,跑手们就是龙身上的小龙。参加比赛的绝大多数都是南宁市的业余跑手。业余跑手尽管步伐较慢,但是步伐健硕、均匀,起哄声。

[7]马拉松赛事一般主要强调均匀向前,不主张频繁快慢交替。频繁快慢交替不利于跑手跑步行进中的身心。

[8]步伐大小看个人。个子高的,步伐大些;个子矮的,步伐小些。匀速前进有利于提高跑步的速度和效果。

[9]看前面,好多人都跑在你的前面,催促你奋力向前。环视左右,好多跑手与我在同一水平线上,大家相互鼓劲,坚持就是胜利。

[10]跑马路上几万人一起向前奔跑,整个跑道宛如一条巨大的长龙,活力无限;沿途观众加油声、擂鼓声不断,信心十足;沿途彩旗飘扬、风景如画,心情舒爽。跑马是辛苦的!但是,跑马路上的这些氛围,都给跑马选手以无穷的快乐。孙大圣的一个筋斗云十万八千里,岂不快哉!跑马人呢,马拉松也是舒爽的!爽比大圣!

11.秋登高山[1]

2022年11月13日

人来人往一条路。[2]
尘土飞扬迈健步。[3]
青山不负登山者,[4]
险峰之处仙境出。[5]
近赏峭壁风树宴,[6]
远望群山纵横舞。[7]
一路前行汗流水,[8]
身心舒坦在旅途。[9]

[注释]

[1]2022年11月13日,疫情好转了许多,就与好几个朋友去登山。当天,登山的人真多,大概是好久没有登山了,大家非常高兴。

[2]上山主要的就是一条路,而且是泥路。其余道路都尚未成功开发。

[3]泥山路段,人来人往,尘土飞扬。

[4]有好风景等待登山者,不负此行。

[5]特别是在险峰之处,仙境迭出,美不胜收。

[6]在峭壁之处,陡峭本身就是好风景,除此而外,树多树大招风,这里犹如风、云、树的盛宴。毛泽东同志的"无限风光在险峰"就有现实意义。

[7]往远处看,群山多式多样,错落有致,特别是山脉纵横在前方。

[8]一路上,汗水下流湿透了衣服。

[9]但是,自己感觉很舒服,身体感到很轻松。好像减轻了好多负担一样,轻松愉快。

12. 鹧鸪天·心系跑马

2022年11月7日

封马三年心痒痒。[1]
蓄势待发战马场。[2]
红叶飞飞北马开。[3]
重启南马在路上。[4]

找感觉,磨脚掌。[5]
迎风洒汗气血长。[6]
匀速向前你我追。[7]
一鼓作气身心爽。[8]

[注释]

[1]2020年新冠疫情爆发之后,三年都没有任何马拉松赛事。作为跑马的跑手来说,心里是痒痒的,期盼马拉松的开跑。

[2]这几年,也都在练习,等待着跑马重开。

[3]2022年11月6日,北京首开封闭三年之后的马拉松比赛。这时,正是香山红叶飞飞的季节。

[4]重开南宁马拉松赛应该也不远了。

[5]几年没有真正跑马了,现在要准备,练练筋骨,特别是脚掌

脚力。

[6]迎着风浪前行,汗水飘洒在空气中,气血通畅,活力无限。

[7]步伐匀速,你我在跑道上互相追赶,交替领跑。

[8]贵在不停留休息,一鼓作气。如果中途过多停留,跑起来难度就大了。

1. 十六字令三首·喝酒的三境界

2019年2月

酒,日常餐桌来润喉。三成内,滴滴香醇厚![1]

酒,朋友相聚开心口。浓情在,杯杯爽心头。[2]

酒,显示酒量胡乱吼。放胆喝,醉酒万事休。[3]

[注释]

[1]日常在家喝酒,酒只是润喉、保健作用,三成酒,每一滴都香醇香甜,对人体有益处。

[2]朋友相聚,情义深厚,就是喝上千杯都爽在心里头。

[3]不论在任何场合,放狂言狂喝酒,肯定会醉,醉的结果就把自己的形象毁掉,往后的事业就难说了。

2.十六字令三首·酒的三功用

2019年2月

酒,尊天敬地摆案头。伴贡品,清香飘九州。[1]
酒,成就事业餐桌走。杯连杯,杯杯有情由。[2]
酒,养护身体胃中留。常量饮,年胜年益寿。[3]

[注释]

[1]第一功用,就是敬天敬地敬祖宗,所以,香飘万里。

[2]第二功用,就是为了事业,创造氛围的,一杯连着一杯,喝个不停,每一杯都能够找喝酒的理由。

[3]第三功用,养护身体,常喝常量,可以起到养胃、健脾、舒筋活络,最终达到延年益寿的作用。

3. 渡江云·酒文化

2019年2月

无酒不成宴,过量伤身,酒事让人馋。[1]
红黄黑白酒,浓香各异,芬芳各场面。[2]
喝多喝少,传情达意最优先。[3]
酒杯净,言行清醒,事业随人愿。[4]

白酒,历史悠久,宴会常选。[5]
端起小酒杯,和风细雨话友谊,句句甘甜。[6]
酒宴相聚为心事,酒满三成意正圆。[7]
醉举杯,胡言盖过欢颜![8]

[注释]

[1]酒是宴会的必备之物,适量的酒对人体有好处,但是,酒过量会伤身,这是人所共知的。所以,酒事让人不好把握。不喝不行,喝多了更不行。喝酒讲究适量,讲起来太容易,做起来难。

[2]以酒的颜色来说,酒类就很多,红酒、黄酒、黑酒、白酒、绿酒等,每一种颜色的酒又有颜色深浅、度数、种类、品牌等不同,呈现出各种各样的酒类。所以,酒的种类太多了,数不胜数。当然,人们会根据需要,选取适合相关场合的酒,让酒就在相关场合展示

自己的品味。

[3]作为喝酒的人,我们根据自己的酒量来喝酒,一般达到情义、不伤感情是最好的。

[4]总得原则要求是:酒杯干净,不浪费;言论清晰,行为文明。这样,我们喝的酒才有意义,它就会促进事业的进展。反之,如果喝酒过量,胡言乱语,就会把本来的好事搞砸。

[5]在中华文明的历史上,白酒应该是最悠久的。所以,在各种正式宴会的场合,白酒是必不可少的酒类。

[6]白酒杯有各种杯子。喝高度酒时,主要是小酒杯。一两酒有5—6杯左右,一斤酒有50—60杯左右。以小酒杯适量喝酒,犹如和风细雨,边喝酒边交流感情。这样,每一句话都表达心意,心情舒畅。

[7]宴会喝酒,一般是为了某一件关切的事情,因此,喝到自己酒量的三成就好了。喝多了,把控不好的话,事与愿违,因此,喝酒时,不宜过多。

[8]喝酒超过酒量,就会胡言乱语,扰乱酒会的氛围,欢颜不在,丑态迭出,有失身份。

4. 踏莎行·喝早茶

2016年7月

贵客晨访。
茶庄叙话。[1]
茶妹笑欢六国语。[2]
微风欢歌祖国颂,
四壁装点诗书画。[3]

茶类种多,
先泡绿茶。[4]
茶桌茶凳树根雕。[5]
茶具鲜水青山下,
茶香四溢到晚霞。[6]

[注释]

[1]一位远方的朋友来南宁,我们在南宁一家早茶店喝早茶。谈天说地,好不愉快。

[2]招呼我们的服务员,用普通话和相关东盟语言等六种语言

介绍他们店的茶叶情况。这使我很惊奇。

［3］茶庄内播放歌颂祖国方面的歌曲,微风吹来,悦耳动听。茶庄的四墙壁上挂有好多名贵的诗书画,大饱眼福。

［4］茶庄内的茶叶有几十种,随顾客挑选。最先我们就选龙井茶。

［5］茶庄内茶桌、凳子都是老树根雕制成的,不是水泥等材料仿制的。

［6］茶具和煮茶水来自青山脚下,是南宁本地自己产的。我们不知不觉一直喝到下午,直到朋友奔赴外地办事为止。

5. 迎风闻茶

2021 年 12 月

紫荆树下茶芳菲,[1]
风飘树枝花瓣飞。[2]
晨工繁忙茶前过,[3]
迎风闻茶也陶醉。[4]

[注释]

[1]冬季,紫荆树下茶壶烹茶热气腾腾,芳香四溢。

[2]此时正直紫荆花盛开的季节,花叶特别是花朵在微风中飘洒,未成熟的花瓣随着树枝在空中飘扬,成熟的花瓣随风散落地上,形成一道美丽的风景线。

[3]年终,事业繁忙,早间,赶早路的人们奔走在紫荆花茂盛的道路上,自然也就无暇坐下来品茶了。

[4]不过,走过紫荆花道路时,茶的芳香随着微风迎面吹来,茶香会自动地呼吸到身体内,即闻上一闻茶的香味,身心都感到很愉快。

6.满庭芳·年夜饭菜谱[1]

2023年1月

猪脚扣肉,土生土鸡,[2]巧配鲜鱼牛肉。
山珍海味,干爽在案头。[3]
青菜萝卜豆腐,刚出阁,水嫩逗眼球。[4]
厨房里,盘盘年味,见闻口水流。[5]

烹饪讲格局,传统图新,新法恋旧。[6]
炖排骨猪脚,温火焖扣。[7]
清蒸鱼炒牛肉,白切鸡,香蒜浓稠。[8]
饭桌上,生干素菜,火锅里畅游。[9]

[注释]

[1]大年三十的年夜饭的菜谱和烹饪之法。上阕是菜谱,下阕是烹饪之法。

[2]土生土鸡:生长于自己家乡的并且是家里自己养的土鸡。

[3]菇类、木耳、竹笋、灵芝等山珍都是晒干的干货。鱿鱼、沙虫等海味,离海边太远,只能买干货。

[4]这些都是自己家做的,新鲜。

[5]还有好多年货,放在厨房里,香气袭人,香味诱人。

[6]怎样煮？传统做法和时尚做法结合。传统的要创新,烹饪出新的风味;新法要传承传统的做法,要显示出腊味。

[7]这几样是传统做法,加些新的调味料。

[8]这几种是新做法,保留了白切成分。

[9]火锅是新时尚做法。冬天冷,部分食材可以用火锅来保持烫热的温度。

7. 捣练子·清纯鱼[1]

2020年12月

清纯鱼,普通鱼。[2]
调理三旬鱼上鱼。[3]
水煮一刻香醇脆,
一勺入口常回味。[4]

[注释]

[1]清纯鱼是用科学的喂养方法将自然界的普通鱼进行调养而成,并非自然界中有什么清纯鱼。

[2]清纯鱼,由于是一种很普通鱼类经过调养而成,因此,任何一种鱼都可以培养成清纯鱼。

[3]精要之处就在于用科学方法调理,即把普通的鱼拿来喂养1—3个月之后,就成了,至少一个月以上。

[4]只用清水来煮,不用放任何油类,就能煮出清纯的味道来,清香可口,味道甜美。只要吃上一口,就回味无穷。

8. 渔歌子·茯苓面[1]

2023年1月

茯苓合面够劲抖,
原料来自野山丘。[2]
煮不烂,顺滑溜,
风味清香爽心口。[3]

[注释]

[1]这是通过科学方法把大山里的茯苓与面粉合成的一种特色面条。

[2]茯苓来自大山深处,属于自然生态茯苓。麦面来自黑土地的山坡草地,自然生态良好。

[3]这面条经得起煮,煮熟之后,不黏稠。只要闻到清香的茯苓面,就会马上内生食欲,催促自己赶快美食,爽心爽口。

二十、魅力广西

1. 红水河[1]

2019年6月5日

红水河畔,百万青山,[2]
屹立挺拔入云端。
江面河床春秀锦,
河流激荡水天蓝。[3]
巨龙蜿蜒数千里,
湾左湾右化险滩。[4]
红棉翠竹绣河道,
一路环行一路伴。[5]
青山峡谷招风雨,
润泽山川艳两岸。[6]
车飞悬崖腰间过,
分秒风光不同天。[7]
嬉戏鸟声颂吉庆,
声声悦耳处处鲜。[8]
大河壮景天地秀,
艳阳天下展新篇。[9]

[注释]

[1]红水河可以说是广西的母亲河。2019年6月,从天峨—宜州—都安—大化,返回南宁,一路上欣赏红水河的风光,写下了这首反映红水河风光的诗词。

[2]红水河的两岸,被百万青山护卫着,风景宜人。

[3]两岸青山高入云端,江面、河床都焕发春天的景色,河水激流翻滚,江面与蓝天共一色,清澈透底。

[4]红水河犹如上千公里的巨龙环绕在崇山峻岭之间,时而向左,时而向右盘旋,化解前行路上的各种险滩。

[5]在河的岸边,有各种翠竹护佑;在河的两岸上,有红棉陪伴;河水、翠竹和木棉连成一体。

[6]青山绿树成荫,峡谷聚气凝神,容易引来风风雨雨。借助阳光的作用,丰富的雨水润泽红水河两岸的万物生灵,进而造就红水河春夏秋冬花草艳丽,四季如春。

[7]车子飞驰在河床两边高山的"悬崖"路上,好不自在!传统上,十里不同天都是难得的,但是在红水河两岸大山上,车子的飞速,山川的美景更是分秒各异,美不胜收,所有的旅途困倦都被两岸美好风光感化,兴奋无比。

[8]在车子飞速行驶的路上,时常听到美丽悦耳的群鸟嬉戏的歌声,应当说,这是山间群鸟在用美丽的歌声歌颂伟大祖国的繁荣昌盛。不仅如此,这吉庆的歌声随着山川地貌的不同而有所差异,说明群鸟是按照地域风景进行分布的。"鲜"指新鲜之感以及各有特色之意。

[9]红水河上的壮丽景色是自然生成,是上天造化的。但是,

自红水河形成以来,它所发挥的作用是不同的。在伟大的社会主义时代,经过新中国七十多年的奋进努力,红水河在造福两岸人民、两岸生灵方面,功勋卓著。今天,一路上的车水马龙显示了红水河激荡的旋律、强劲的动力和芬芳的魅力达到了一个崭新的历史高度,这些变化适合红水河本身的生态发展,所以,红水河这条巨龙心旷神怡,欢悦无比,真正展现了"艳阳"天下展新篇的美好境界!

2. 放飞广西[1]

2020年10月

桂林山水秀,
南宁物候春。
东西南北神仙村,
风雨日滋润,
代代百岁人。[2]

山歌春江水,
丝绸海上行。
灵渠水流向大海,
一路放歌声,
声声传友情。[3]

[注释]

[1]上阕写自然景色,下阕写人文历史。

[2]通过南北特色来写自然景色,展示广西风景独特,胜似仙境。

[3]通过山歌传情传播民族文化,展示广西的人文历史变迁,值得回味与弘扬。

3. 鹧鸪天·放歌广西[1]

2020年10月

春季木棉花万里,
秋风吹来桂花香。[2]
冬雪漫山冰霜艳,
夏日河流水激荡。[3]

山水秀,人文强,
红水河流日月长。[4]
南海航道连世界,
三姐歌声美名扬。[5]

[注释]

[1]本词主要是广西民歌的风情展示。

[2]春天歌唱木棉,木棉传情;秋天传唱桂花,桂花香飘千万里。

[3]冬季桂西、桂北冰雪漫山遍野,很值得游客前往欣赏;夏天大江大河的洪水巨浪滔天,也是漫步赏景的好去处。

[4]上阕主要叙述自然风光。下阕叙说人文方面。广西红水河,往东流去,汇入大海,红水河沿岸风土人情浓郁,很值得人们去

品味。

[5]丝绸之路海上始发港,连通东南亚各国,人文资源丰富,历史悠久,功底雄厚;壮乡歌星刘三姐歌声遍及南粤,千年不断,名扬天下。

4. 梦幻广西

2020 年 10 月

桂林山水甲天下,海上丝路放光芒。[1]
寿乡巴马水风清,龙脊梯田千景象。
天坑山谷险峰峻,三门海窗绣天光。[2]
西山佛堂聚香客,跨国瀑布翻瀑浪。
红水河畔水流急,风吹木棉护河床。
海豚戏水海景秀,金滩银滩沙透亮。[3]
风生水起北部湾,航船码头日夜忙。
岭南风情走世界,东博会展新桥梁。[4]
天然灵气漫乡村,逍遥自在福寿长。[5]

[注释]

[1]广西风景独特。呈现出一南一北的特点。北边以桂林山水为代表,南边以大海波浪为标志。两边的风水人文各有其特点。

[2]"绣天光":天窗往上看天空,随着位移、角度的不同,天空会呈现出不同的景色。

[3]在两大代表性风景之间,通过好多美丽的风景连接起来。诸如寿乡巴马、龙脊梯田、乐业天坑、三门海窗、大新德天瀑布、红水河木棉风光、桂平西山佛堂、钦州海豚、北海金银沙滩等,美丽风

景遍及广西。这些都是历史上形成的,是天然的风景区。

[4]在社会主义新时代,广西梦幻美景借着每一年的中国东盟博览会,大踏步走向世界,东博会因此也变成广西的一张新名片,是走向东盟的新桥梁。

[5]这梦幻般美景,富含氧离子,灵气稠密,弥漫乡村。良好的生态环境使得这里的人们逍遥自在,福寿延年。

5. 浪淘沙·游青秀山[1]

2016 年 10 月 2 日

秋高游青山,
思绪万千。
兰园菩道拜佛仙,
长廊古泉访圣贤。[2]
一路欢颜!

天蓝林为伞,
沿路盘旋。[3]
湖光山色赏溪水,
棕榈苏铁恋桃园。[4]
步步流连![5]

[注释]

[1]在南宁读书、工作的年份里,几乎每一年都到青秀山赏风景。过去没有写诗词的习惯,所以没有留下诗作。这些年,写诗词的热情高涨,决心为青秀山写一些诗词,表达赞美之情。2016 年国庆节,本人和家人到清秀山游玩,先从北门上山,沿着各种道路到达山顶,然后经过山腰,最后从南门出站。游玩之后,写下两首词

牌名都是"浪淘沙"的有关青秀山的词,即《浪淘沙·青秀山》(已经刊发)和本词,概括了青秀山的风景。《浪淘沙·青秀山》这首词已经刊发在《春风化雨 滋润心田——大学思想教育的诗词情怀》(上海财经大学出版社,2021年12月),特此说明。

[2]通过兰园菩道"拜"佛仙,到长廊古泉"访"圣贤,向他们请教学习。从青秀山北门而上,先看到一个大花圃,再往上,是一个兰花园,从兰花园经菩提路往上走,就到达佛庙堂,在此,可以烧香拜佛。这是很多香客上山的路径。在青秀山中部清流小溪边,古代圣贤孔子、李白、苏轼等的励志故事都镌刻在其雕像旁边的石板上。优美的传说故事激励人们向上向善向前,万千游客无不感慨。

[3]那天太阳高照,很热。青秀山的树林就是太阳伞,给我们提供阴凉的道路和阴凉的歇息场所。我们游览是一路盘旋向前,不是走直路。

[4]湖光山色的旁边有小溪,因此,我们漫步在美丽的湖光山色道路上,欣赏着山间流水的小溪。我们环绕在"棕榈苏铁"古树荣光的周围,思绪恋眺着王母娘娘蟠桃园的美丽倩影。在青秀山,蟠桃园与棕榈苏铁由于布局的原因,它们不在一块。所以,看不见,只能想。

游客是这样,青秀山公园的安排导致自然景观之间也是这样。从湖光山色与小溪来讲,两者就是一体的,所以,湖光山色时时欣赏它旁边的小溪。"棕榈苏铁"与蟠桃园的桃树呢?它们都是上亿年的古树,是同时代的朋友,由于它们处在不同的地方,看不见,只能思绪、恋想和眺望。恋是恋得到的,因为"心"相印;望就不一定了,因为被好多景色挡住了、景点隔开了。

[5]这里的美景留人,每走一处,有时甚至是一步,都会回头再看一下刚欣赏过的风景。

6.忆秦娥·南疆一脉

2021年7月

大明山,
天然一脉系岭南。[1]
系岭南,
壮阔骏美,
生意盎然。[2]

林波荡漾千万里,
龙湖烟云岭上旋。[3]
岭上旋,
生态茶水,
金黄香远。[4]

[注释]

[1]大明山是位于岭南区域的大型山脉,山体从西北走向东南,鸟瞰平面长100多公里,宽25公里。一般海拔1 200米左右,主峰龙头山在山体中部之武鸣与上林两县交界处,海拔1 760多米,相对海拔1 563米,是广西中南部地势最高的山峰。据说,大明山是中国几大天柱山之一,位于祖国的南大门,也可以叫南柱山。

[2]大明山主山脉长 68 公里,最宽处 23 公里。山川秀丽,雄伟挺拔,峰峦层叠,郁郁葱葱。气候温暖潮湿,年均气温为 15.1℃,其中月均气温最高月 7 月份平均气温为 21.9℃,月均气温最低月 1 月平均气温为 5.8℃,夏日清凉、冬有冰雪。因此,大明山热量充足,雨量充沛,优越的自然环境,塑造了大明山一年四季郁郁葱葱、百花争艳的自然景观。

[3]大明山山顶湿度大、云雾多,孕育了丰富的自然资源,是一座天然的物种森林资源库,连绵上百里。同时,大明山灵气稠密,时常具有佛光等罕见的气候景象。龙湖烟云是大明山独特的天然景色,从山腰部盘旋向上,最后在大明山上形成云雾。

[4]大明山原生态植物保存完好,树根层面有论尺深的落叶,净化水源,所以,水体呈黄色,是天然生态茶水,清香悠远。

7. 三江村庄[1]

2017年8月

三江江上村,[2]
村庄木屋屯。[3]
屯设百家宴,[4]
宴请天下人。

[注释]

[1]2017年8月,大学同学毕业30年三江聚会。初到三江,对三江的初步印象用三首诗,即本诗及后面的《八角寨歌》《江桥情结——三江风雨桥》表达出来。

[2]江上村:三江的很多村子就是建在江河旁边的山上。

[3]风雨桥、钟鼓楼、八角楼等,都属于木屋,木屋到处都是。

[4]"百家宴"指风雨桥的歌宴、八角寨的舞宴、午餐的百家宴、鸟巢的"坐妹三江"的民族风情宴和民歌广场的民族歌舞宴,这些宴会在三江相关的地方都会看见。只要到三江,都可以欣赏和领略到这些民俗风情文化。

8. 八角寨歌

2017 年 8 月

漫步八角寨,[1]
寨寨有关怀。[2]
脚踏石板路,[3]
油茶扑面来。[4]

[注释]

[1]三江县还有一批著名的民族文化风情旅游胜地,那就是八角寨。

[2]无论你到哪个八角寨,热情度都是一样的。

[3]在村庄上,特别是老村庄,基本都是石板路。

[4]侗族地区的居民好客,并常用油茶招待宾客。所以,你还未到寨子,但寨子的茶香已经随风过来了,闻风品茶是一道靓丽的风景线。

9. 江桥情结——三江风雨桥[1]

2017年8月

江风江雨江雾绕,
桥栏桥梁桥柱傲。[2]
江风雨雾自天成,
桥栏梁柱人精雕。[3]
江水湍急漩涡秀,
桥横南北解浪潮。[4]
江桥浑然成一体,
三江风雨桥上娇。[5]

[注释]

[1]2017年8月到三江参加同学聚会的时候,住在县城大河旁边的江景宾馆。从住处观察河流,水深,水流湍急,且不时看见湍急的河水形成极大的漩涡。晚上和早上,江岸微风徐徐,江面雾气盘旋上升,很浓。下午下起小雨。联想到三江的各种风雨桥,创作素材油然而生。本诗展示的是"江面"与"风雨桥"各自特点而合成一体的诗。

[2]江面上,江风江雨江雾交织在一起,夏天,不时吹来徐徐凉风,不时下起了大雨,不时有大雾缭绕,很有特点。风雨桥的栏杆、

桥梁和桥柱粗壮、均匀、笔直,显示风雨桥的挺拔、俊俏。

[3]江上的风、雨、雾都是自然形成的,很有特点;不过,桥上的木头、花纹等都是人工精雕作的,更显魅力。

[4]大江水流急,并形成巨大的漩涡,因此,给人们往来大江两岸造成巨大的困难。在湍急的河面上,怎么过河?有了桥,过河的问题就迎刃而解了。正所谓"桥横南北解浪潮"。

[5]风雨桥与大江浑然一体,别具一格。三江除了自然风景美丽之外,三江风雨桥更是人世间手工桥梁建设的一杆旗,独树一帜,风景独特,令人流连忘返。

10. 公园风雨后

2020 年 10 月

环湖蘑菇云,朵朵四季青。[1]
风雨阳光后,最是好风景。[2]
湖中鱼翻滚,波浪聚人影。[3]
云上多彩球,飘荡显风情。[4]
童声伴歌舞,欢笑带掌声。[5]
漫步童真殿,身心都年轻。[6]

[注释]

[1]这是南宁人民公园的秋季景色。蘑菇云:湖边一颗颗的榕树,看起来这些树状或似灵芝,或蘑菇云。榕树四季青绿,没有太多的变化。

[2]风雨阳光过后,环湖的景色尤其是榕树的景色是最好的。

[3]在湖水当中,鲤鱼等多种鱼类来回翻滚游动,在鱼翻滚引发的大波浪附近,聚集大量的游客,特别是小朋友聚集观看。

[4]在榕树上方的天空,每隔二三十米的天空挂着一个巨大的彩色气球,彩气球在风中来回飘荡,显示出公园的独特的风情。

[5]在公园里,每一处特色风景下,小朋友们欢快唱歌跳舞声

音带来观众的阵阵掌声,弥漫在整个公园。

[6]漫步在童真世界里,每一个人都感觉自己的身心都轻松自如,年轻了许多。

11. 游览药用植物园[1]

2021年5月1日

古人迎客在门口,[2]
长卷抒意话神州。[3]
牡丹秀色聚人气,
不动声色显风流。[4]
风车添景童真笑,[5]
仙境托伞美人留。[6]
花草树木创格调,[7]
古藤新貌话春秋。[8]

[注释]

[1]由于好多年没有到植物园参观了,本来熟悉的光景换了一副模样,新奇得很。里面的花草、树木、古藤药材等与过去的不太一样了,这些格调展示了新时代的特点。

[2]南宁市药用植物园的大门口塑造了一批古神医的高大雕像,每隔五米一尊。

[3]在东面的门口东面,树立了一块高十米、宽五十米的巨大宣传牌。上面印有好多有关古代医书的内容。

[4]门口两旁,各自摆设了两排的牡丹花,风姿妖艳,美丽动

人。

[5]门内道路上两边都横摆着彩色风雨伞,伞脚向外,左右每一边大概有五六层之多。道路头顶上三米高倒挂着一层风雨伞,伞挨伞。这伞路形成一道美丽的风景线。在道路两旁,还有好多新花圃,在花圃上,插满了手工制作的小小风车。由于摆设得很有特色,也是一道风景线。小朋友们一进园内,马上高兴地游玩起来,这个园内充满了童真的笑声。

[6]仙境托伞美人留。这些装设估计会随着实践主题的变化会有所改变,但是,今天的这些人工铸造仙境会留在人们的照片之中。

[7]按照规划,对植物园里的药草等进行布局。与原始的格局不完全相同。

[8]古藤还在,但是古藤呈现出新的面貌。从古藤的历史变迁,可以窥探出植物园的变迁历史。

12. 鹧鸪天·寿乡盛景[1]

2022年春节

半山仙亭群鸟飞,

左右天坑河面垂。[2]

万寿谷上天窗笑,[3]

三门海潮大浪推。[4]

仙境地,在人为,[5]

自然环境生娇贵。[6]

风物放氧聚人气,[7]

寿源仙风万里吹。[8]

[注释]

[1]2022年大年初三,到三门海—万寿谷游览。旅游到万寿谷山腰之时,遇到几个仙女亭,在仙女亭四周,好多鸟类群集飞翔。甚为欣慰,故写下本词。

[2]在三门海到万寿谷的半山之处,有几处亭子,就是仙女亭,仙女亭四周,群鸟纷飞,好一派舒爽的景象。仙女亭的左右,都有天坑作伴。这里的天坑又叫天窗!怎么理解?从仙女亭上往下看,就是天坑;从天坑底部的水面往上看,就是天窗。天坑好像是

由山体作为柱子,垂直悬挂在河面之上。

[3]从仙女亭向山顶看,各自山顶上都有巨大的天窗。天窗张口欢笑,欢迎四方宾客。

[4]天坑的河面上不时掀起波浪海潮,这海潮是由江河的大浪掀起的。

[5]在现代化建设加快步伐的新时代,人为因素开发自然环境,让大自然的本来面目为人类赏识,大自然的生态氛围发挥它对人类延年益寿的作用,这是现实的必然选择。

[6]随着人为改造自然的能力的加强,自然环境的脆弱和娇贵就暴露无遗,因此,在日后人为参与改造自然之时,就要在保持生态自然生长的基础上,按照生态美学、天然景区革命历史文化精神保护的要求等,爱护景区、珍爱景区,使得娇贵的景区生态永续,让万寿谷—三门海世界地质公园名符其实,让万寿谷—三门海天然景区为当地经济社会发展作出贡献,为人类生态资源保护利用作出贡献。

[7]树木茂盛,物种繁多,光合作用强烈。释放的氧气增多。氧气充足,适合各种生物的生长。呼吸新鲜空气,人的身体和人的精神舒爽。

[8]万寿谷、三门海是世界地质公园。所以,就有美名万里吹的资格,名扬世界。

13. 美丽南方[1]

2021年4月14日

美丽南方,时代新乡。[2]
土改得名,开放名扬。[3]
抬眼望去,百万村庄。
乡间交通,环形通畅。[4]
布局耕作,合乎时尚。
花卉瓜果,逗眼芬芳。
屋塔灯饰,古色古香。
名人雅聚,文化长廊。
街边小吃,风味专场。[5]
瓜果采摘,自有主张。[6]
鸳鸯戏水,放飞梦想。[7]
微风吹拂,身心舒爽。[8]
休闲娱乐,别忘南方。[9]

[注释]

[1]"美丽南方"始建于2005年,位于南宁市西乡塘区的石埠邕江边,是一个集生态农业、旅游观光农业、传统文化传承的示范园,是一个现代观光美丽景区。

[2]综观美丽南方,是一个现代化的新型乡村示范园。

[3]美丽南方的名字源自一部小说《美丽的南方》,该小说取材于20世纪50年代该区域的土地改革。由于小说的缘故,就把这一带地方统称为这个响亮的名字——美丽南方。它的出名是在改革开放之后,特别是2005年建立示范园之后。

[4]整个村庄的面积有上百万亩,呈环形岛状,交通非常方便。

[5]园区内的规划科学,布局合理,主要有花卉园区、小吃区、瓜果区、古今建筑区、湿地草坪、荷塘区等等。

[6]园区的瓜果,采取自己采摘的方式,进行买卖交易。方便顾客。

[7]在荷塘区等水塘内,一对对鸳鸯戏水,增添乐趣。

[8]由于园区位于大江边,常常吹来徐徐凉风,舒爽人心。

[9]休闲娱乐之时,好多地方都可以去,但是,美丽南方也是选择和考虑的旅游胜地之一。

14. 姑婆山
2023 年 8 月

姑婆山青漫天情,[1]
处处温馨处处新。[2]
小桥流水水欢笑,[3]
河床石景艳照人。[4]
观景亭台风景秀,[5]
瀑布散花水风清。
花飞粉尘蜂蝶舞,
云雾蒸腾酒味纯。[6]

[注释]

[1]漫天情:有点名气,否则,大家怎么会来到这里旅游、观光呢?

[2]每一处都似乎熟悉,温馨无比,但是实际上与往常不尽相同,很有新鲜之感。

[3]小桥流水:乡村出来的我们,非常熟悉这一情景。

[4]河里的石头,各式各样,大小不一,厚实厚重,俊俏,端庄,它们层叠、耸立、镶嵌、堆积,铺在河床上,任水冲刷,形成一道靓丽的风景线。

[5]观景亭台很多,风景秀丽,很有特色,每一处的景色都不一样。

[6]姑婆山花草树木繁多、独特,花开四季,蜜蜂采蜜往来不断,与这一区域的雾气一起,形成美丽的风景线。在姑婆山脚下,曾经拍过电视片《酒是故乡纯》。品尝姑婆山的酒,别有一番风味。

二十一、相思湖畔

1. 天仙子·相思湖名称来历
2016 年 3 月

众人竞名相思湖，
并未知其从何处？[1]
湖中倒影相思树。[2]
内外湖，系大江，
湖水源头天水库。[3]

美化湖为感上苍，
嘱托诗仙把名著。[4]
名湖两岸育才露。[5]
相思水，天天饮，
饮水思源好绘图。[6]

[注释]

[1]现在,西乡塘区域,"相思湖"这个招牌被广泛使用,到底哪里才是真正的相思湖？这要从相思湖的来历说起。

[2]相思湖的四周肯定有相思树,这是不言而喻的,否则,就不叫相思湖了。相思树产红豆,红豆才相思的,否则怎么能叫做相思湖？必须强调的是,"相思湖"不是有一两颗相思树就行,而是很多

很多的相思树分布在湖的周围。就是在整个湖的倒影中,就有相思树的倒影!

[3]相思湖分为内湖和外湖,两个湖是连通在一起的,湖水的源头来自天雹水库。这个水库是大跃进年代建造的,是上天赐予的。所以,叫做天雹水库。

[4]得到上天赐予的水的滋养,湖的四周才逐渐变得越来越美丽。在这种情况下,上天就嘱托当代"诗仙"——谢觉哉,给这个湖起名字。所以,这个湖不是天然的,是1958年建造的。

[5]这个湖四周水主要是用来培养栋梁之才的。

[6]饮水不忘挖井人。天天饮用相思湖源头的水,因此,我们要有饮水思源的品格才行,有了这种品格,我们的人生才有前途。

2. 水龙吟·相思湖内涵

2016年3月

相思湖风景画,湖坡辉映甲天下。[1]

湖形卧龙,湖面潋滟,湖鱼潇洒。[2]

热带雨林,百鸟欢歌,亭桥增艳。[3]

览环湖景色,中华本色,欧美格、东南亚。[4]

方寸现万千势,民族论、团结为本。[5]

同一世界,同一梦想,和谐为魂。[6]

厚德博学,和而不同,花样年华。[7]

感领袖垂情,边疆繁荣,责任重大![8]

[注释]

[1]相思湖与四周坡面相辉映,在高校校园格局中,独树一帜。

[2]相思湖形如一条巨大卧龙卧在西乡塘可利江畔,湖面波光涟涟,湖里还养有好多种鱼。走在岸边,常看见鱼飞跃水面的情况。

[3]湖边有各式各样的景色,特别是宽阔的热带雨林在高校中很少见了。由于林子较大,鸟类繁多,鸟声悦耳。湖边有亭子点缀,有特色桥梁装扮,为相思湖增色不少。

[4]整个相思湖的景色以中国元素为主,辅之以欧美、东南亚等国外的风景及建筑元素。

[5]总的来讲,相思湖不大,但是,它包含了多种含义。其中,民族平等、民族团结是最根本的。

[6]来自不同区域、不同国家的同学们在这里学习生活,都要秉承和谐的思想,和睦共处,共同进步。

[7]"厚德博学,和而不同"是校训。秉承校训的理念,学子们就会创造自己美丽的人生。

[8]1958年1月,毛泽东同志在南宁人民公园接见广西民族学院的学生代表;之后,几代中央领导集体都不时亲临学校,检查和指导工作。这些事实都表明:党和国家几代领导人都对民族院校在人才培养、民族团结、建设边疆、繁荣边疆等方面寄予厚望。民族区域的高等学校责任重大,使命光荣!

3. 蝶恋花·相思湖魅力[1]

2016年3月

谁道湖情都会书?
湖畔跟前,
不知从何处![2]
望远凝思无词意,
湖影波动相思湖。[3]

湖形卧龙鱼翔急,
湖面潋滟,
林海花草绿。[4]
亭桥错落鸟点缀,
眼前湖光破题出。[5]

[注释]

[1]写另外一座湖泊的美景而难以动笔之时,想起相思湖,反衬托相思湖的魅力所在。

[2]站在一个初次游览的美丽湖泊跟前,想描写它、赞美它,但是不知道从何处下手。

[3]远望沉思好久,都没有想到任何能够用于表达眼前的景象

的词句和词牌。忽然,在微风拂面之下,湖面泛起波浪,一下子拨动了自己心中的相思湖。

[4]这是相思湖的美丽景象。相思湖就如同一条巨大的卧龙,蜿蜒在校园里。湖里,各种鱼类在湖中来回游离、上下飞翔,湖面波浪潋滟,湖边花草树木繁茂地环绕着。

[5]人文景观方面,四周有各种亭子和各种民间特色桥装点,供师生使用。想到这些,眼前这里的湖光山色就跃然纸上。

4. 蝶恋花·相思湖岸边景色

2016 年 3 月

满眼林海百竹深,

晨雾蒙蒙,

鸟啼散云开。[1]

竹护湖岸传竹情,

红豆心中有竹怀。[2]

红棉领衔百花开,

花香扑鼻,

喜报春天来。[3]

紫荆花瓣芳飞艳,

卧龙四周春常在。[4]

[注释]

[1]从作者居住的地方,观察整个相思湖,是比较理想的。湖的四周,原始森林、人工林和竹林环绕,茂盛翠绿。黎明时刻,各种鸟类风声齐鸣,把浓厚的晨雾吹散了。

[2]竹林护卫着整个相思湖,也把自己意志坚定、矢志不移的情怀传给相思湖畔四周的红豆(师生们),所以,相思湖畔师生们心

中非常具有竹子的情怀。

[3]每一年春天,湖边的红棉花先开放,然后,引领湖边百花竞放,花香扑鼻,那就是春天要到来了。

[4]湖的四周,紫金花一年四季都绽放着花朵,所以,相思湖四周四季如春,美不胜收。

5. 踏莎行·心系相思湖[1]

2016年6月

五四同窗,相思湖畔。[2]
百年首叙八月半。[3]
四年磕碰塑身心,
错落展形花烂漫。[4]

名湖成长,社会挑选。[5]
前辈德行人点赞。[6]
创业向前行大道,
行规遵循天地宽。[7]

[注释]

[1]2016年6月,是2002级法学1班同学毕业十周年的日子。大家重聚相思湖。本人为他们的聚会写了几首诗词。

[2]五四表示:一是青年时期在相思湖畔学习,属于风华正茂年轻的时期;二是班上恰好就有五十四位同学,一起学习。

[3]人生就是百年光景。五十四位同学首次聚会是在入学后的第一个中秋节。八月半就是中秋节。

[4]四年的学习,肯定发生了一些磕磕绊绊的事情,这是难免

的。但是，经过大家的帮助，每个人都在自己特色领域取得成就。

[5]名湖指的是相思湖。挑选：就是要在社会中学习成长，奉献自己。

[6]相思湖畔的前辈们的德行都得到社会的点赞。

[7]2002级法学1班的同学要怎样做呢？这两句话就是老师对大家的期望。

6. 赞乔木——赠2002级法学1班同学[1]

2016年6月

入道是幼芽,[2]出道枝条华。[3]

眼观八方路,雄心创天下。[4]

冬挺傲霜雪,春绿育奇葩。

夏展花簇景,秋果飘万家。[5]

[注释]

[1]本诗用高大的乔木生长来比喻同学们成长成才。

[2]2002年9月初期,来民族大学报到读书时,他们就是一颗乔木的幼芽一般。

[3]四年毕业之时,这颗乔木已经长成参天大树了,已经是具备社会栋梁之才的素质了。

[4]下一步就要走出校园,在社会中展现自己啦,怎样做呢?要"眼观八方路,雄心闯天下",立志做出一番事业才行。就好像乔木一样,要向四周伸展,占领空间,吸取阳光,成长自己。

[5]一年的春夏秋冬各季节,我们要适应它,要像乔木一样,冬季傲霜雪、春季育芽培芽、夏季展花簇美景、秋天果实飘香等,在各环节发展成长。

7. 重聚相思湖[1]

2016年8月13日

晨光升起赶路忙,
清风拂面精神爽。
毕业十年重相聚,
风华少年美模样。[2]
人气袭来增灵气,
相思湖畔喜雨降。[3]
华灯初上吐衷情,
同窗情谊泪汪汪。[4]

[注释]

[1]为2002级法学1班相聚而作。这是描述当天参加聚会的情景。从早晨赶路、相思湖见面、专题讨论、晚间文艺晚会等各环节的情景。

[2]毕业十周年,他们不仅都是风华少年,而且比大学读书的时候,还更具有活力。

[3]大家相聚在相思湖畔,仿佛给这里增添了无穷的灵气,因此,当天下午,相思湖下起了毛毛细雨,这既是欢迎大家的喜雨,更

是大家聚集在相思湖给这里带来的灵气使然。

［4］在讨论会上，大家相互吐露心情，感慨万千，表达多年来大家的关怀和帮助，好多同学都留下了激动的眼泪。

8. 畅酒论千秋
2016年8月

毕业十年童心在,[1]
同窗相聚放眼开。[2]
杯杯醇酒穿肠过,
大汗淋漓真痛快。[3]
良言警句千杯酒,
洗去污渍与尘埃。[4]
逐梦青春酒中行,
千杯不倒论未来。[5]

[注释]

[1]为学生班级毕业十周年相聚而作。毕业十年,大家都有了一定的工作经历和经验了,但是,大家童心依旧,干事的冲劲十足,要闯一番事业的壮志雄心正浓。

[2]来参与聚会的,个个心情舒畅,欢乐开怀。过去生活阅历不足,好多事情把握不准,说话、做事都处于学习阶段。今天就不同了,有了十年基层打磨、锻炼,生活、工作、处事等都有了一定的经验,今天畅所欲言进行交流。大胆说、认真听、以理辩,目的就是一个,交流思想,增加智慧,为明天的发展服务。

〔3〕见面就开怀畅饮,千杯美酒下肚,大汗淋漓,很是痛快。前面的话语都是谈论"酒"的。后面的几句有酒的味道,更有要在浓厚的职场氛围中,千杯不倒!

〔4〕边喝酒,边谈论创业的成效与艰辛。大家畅所欲言,积极捕捉酒桌上的话语,好的话语要铭记在心,特别是对自己事业有帮助的言语,为此,就是喝下千杯都不为过。这些良言警句和美酒可以帮助我们辨明工作中的是非、查找自己工作中的不足、洗去身上存在的尘埃、排除身体内存在的病毒。

〔5〕在人生事业中,酒氛围肯定是不可缺少的。我们该怎样办呢?我们要做酒的主人,利用酒的氛围,成就事业。要有千杯不倒的酒量,树立千杯不倒的气概!在千杯不倒的氛围中,辨明方向,分清是非,把握主动,展示人生。

二十二 同窗情谊

二十二、同窗情谊

1. 广西农学院农学八三级相遇四十年聚会有感

2023 年 8 月

天子朝堂聚门生,[1]

碧云湖畔育粮臣。[2]

往来南北观天象,

健步东西断苗情。[3]

冬春雪雨润新貌,[4]

夏秋穗浪报国恩。[5]

四十年后再聚首,

一路风尘泪欢欣。[6]

[注释]

[1]天子朝堂:全国统一组织的高考;门生:参加高考的考生都是国家的栋梁,是传统上的天子门生。

[2]我们是农学专业的学生,在碧云湖畔就读,当作未来的农业专家尤其是粮食专家来培养的。

[3]农业科学家从事农业生产,看天象,断苗青,以此来采取相应措施,增加产量。

[4]经过风风雨雨,大家经受了考验,身体硬朗,精神饱满,精力充沛。我们的人生是很有意义的。

[5]夏秋收获季节,麦稻穗浪飘起来,收成满满的,这是对国家的最好报答。

[6]1983年9月作为新同学相见、一起学习,已经过去了四十年,今天风尘仆仆从西面八方赶过来,聚集在一起,回想同窗情谊,交流各方面的经验,心里高兴,倍感亲切。一路风尘:两种意思,上面讲的当天的情况是一种。另一种就是几十年的一路风尘,尽管辛苦,但是硕果累累,也是泪欢欣。

2. 忆秦娥·同学聚会话语亲[1]

2023年8月

岁月新,
同学聚会话语亲,
话语亲,
拉手问候,
笑脸相迎。

六六大顺展歌喉,
杯杯欢庆同窗情。
同窗情,
举起酒杯,
先干为敬。

[注释]

[1]本词也是2023年8月大学同学相遇四十周年时作的。

3. 鹧鸪天·高中同学聚会

2017年8月

当年别离无暇论，
今朝相逢心挂问。[1]
三十四年一眨眼，
兄弟姐妹可安心？[2]

南边走、北方行，
求学创业皆有声。[3]
万里河山来回步，
梦里常回凤凰城。[4]

[注释]

[1]这里的同学是高中的同班同学，是1983年高中毕业的。当年毕业之时，各奔前程，没有时间和机会在一起讨论相关问题。三十四年后的今天聚会，当年以及毕业之后的发展情况是见面的主话题之一。本词及本栏目后面4—7几首诗词都是毕业34周年聚会时所作。

[2]毕业了三十四年了，大家过得怎样？

[3]大家都走南闯北，成绩都是辉煌的。

[4]我的情况是这样的:我走南闯北,到处奔走,但是梦里面常常回到当年求学的凤凰山下,回想起大家在一起读书的日子里的趣闻趣事。

4. 聚会情谊浓

2017 年 8 月

高速路上树林深,[1]
户外田野禾茂盛。[2]
同窗情谊今再现,
风尘仆仆见真情。[3]

[注释]

[1]高速路两旁各有一排路树陪伴本人前往凤山参加高中同学聚会。本人心情很高兴。

[2]车窗外的景色,除了路树之外,田地里禾苗正处于抽穗拔节期,微风吹来,掀起禾浪,彰显禾田茂盛与稻花清香。

[3]三十四年后的今天,再与同学们相聚,心里可谓很急切。急切中显真情。

5. 同学见面互猜[1]

2017年8月

三十四年没见面，

见面之时相互点。[2]

点对点错都好说，

点点情谊在心间。[3]

[注释]

[1]毕业34年后首次聚会见面情景描绘。

[2]34年没见面，大家的相貌发生了好多变化，有的已经认不出来了。见面之时第一个节目，就是大家相互认识，即"点一点"，看点对几个。

[3]点对、点错，都没有关系。同学情谊是最重要的。

6. 离别后期待

2017年8月

相聚返程情未落,[1]
风情雨景留欢歌。[2]
同学少年春常在,[3]
来年再秀春风波。[4]

[注释]

[1]聚会结束了,但是聚会时欢快的情谊还在。

[2]相聚两天均刮风、下雨、出太阳交替进行。

[3]"同学少年"借用毛泽东同志诗词《沁园春·长沙》中的词语,"恰同学少年"。

[4]期待着下一次的聚会,畅谈人生事业等重大问题。

7. 回首相聚

2017 年 8 月

相册如歌,同学雕琢。[1]
同呼三载,心热嘴拙。
聚焦科学,心中欢乐。[2]
当年别离,忙于奔波。[3]
今日相聚,大胆点拨。
心直口快,不嫌啰嗦。[4]
来日重逢,欢呼雀跃。
真情无瑕,同龄几个?[5]

[注释]

[1]同学的纪念相册,都是记录同学们学习、聚会的照片,是大家共同努力的结果。

[2]高中阶段,同学之间,特别是男女同学交流很少的。但是,这并不代表内心不喜欢交流。大家主要学习科学知识,聚精会神,三年过得很愉快。

[3]当年别离,各自都忙于为自己的学业、事业奔波,没来得及聚会讨论、思考太多相关的问题。

[4]开开心心交流,互相谈论创业的艰辛与欢乐,论人生事业

成败等心直口快,不嫌啰嗦。

[5]这次聚会,给我的感觉是:同学情谊是真情无暇的,没有任何造作的成分。其他的同龄人中是否都是这样?

8. 闯市场[1]

2015年12月

昔闯针织场,
今创葡萄庄。[2]
嘉客千万里,
尽列状元榜。[3]

[注释]

[1]本诗及本栏目后面的几首诗词是特为我的一位高中同学所作。我读大学时,她在棉纺厂工作,后来又自己下海,创办针织业。新世纪后,又在"美丽南方"创建"无为谷"葡萄园。受她的邀请,2015年冬天参观了葡萄园。葡萄园的兴旺景象令我赞叹。我本科是农学专业的,我都没有太多农业方面的发展成绩,而原来不学农学的同学竟然有这样的成绩,这确实令我感到高兴。想起同学的创业经历和成就,写下几首诗词,表示祝贺和敬佩!

[2]她原先是在国营纺织企业工作,后来,先是离开原来的国营纺织企业,自己创办纺织方面公司。近几年,在美丽南方创办"无为谷"葡萄园。

[3]"无为谷"葡萄园的葡萄可以说属于最优质的葡萄之一,果

实清香,味道醇美。品种优质,种植方法科学合理。"嘉客千万里"是指全国各地和东南亚等地的客人慕名而来,络绎不绝。"尽列状元榜"指来采摘果实的嘉客都是各行业状元级别的人物。

9. 无为谷葡萄园[1]

2015 年 12 月

美丽南方葡萄园,
玫瑰牡丹艳两边。[2]
南面清水大江流,
北面亭阁聚群贤。[3]
谋划大业园中走,
硕果芬芳开新篇。[4]
闲暇时节茶庄叙,
言语舒心美少年。[5]

[注释]

[1]这是当年无为谷葡萄园坐落的实况。

[2]葡萄园长方形,坐北朝南。东西是长边,南北是宽边。东西之外的两边是两个大花园,一边种植玫瑰,另一边种植牡丹。两边的花交相辉映,盛景耀眼。

[3]南边是邕江,北面建有房子,用于居住、会客、洽谈业务等等。这是原先的安排。这几年做了一些调整。

[4]要想成功创业的朋友们,不妨到葡萄园中与她交流,取取真经,当你看到硕果芬芳的葡萄时,你的创业思路就会明晰了。

[5]闲暇时节(节假日、生日等),到无为谷这个大的"茶庄"叙话,共论人生意义,对自己身心是有好处的。这大茶庄叙话内容丰富,或是到葡萄园放松放松,呼气负氧离子;或是茶庄里喝茶,边享受美丽的葡萄美景,边抒发情感;或是自己走进葡萄园,采摘葡萄,等等。无论哪一种,都是利于身心健康的。

10. 水稻与水果[1]

2015 年 12 月

稻穗飘香看金黄,
水果采摘待芬芳。[2]
优化美化弥新颖,
服务众生餐桌上。[3]
脱壳蒸煮盛碗里,
水清尘埃果盘装。[4]
农事历经千万年,
惠泽人间美名扬。[5]

[注释]

[1]对比两种农作物,表达对农业等的相关情感。在本诗里,我把我同学的名字写在里面。

[2]水稻等谷物成熟的主要标志之一就是谷物是否呈现金黄的颜色。谷子颜色黄了,谷子就成熟了。对于水果来说,颜色变化固然是成熟的标志之一。但是,更为主要的是要看果实的香味,果实发出芬芳香味表明果实处于最佳采摘时期。

[3]无论是稻米,还是水果,我们都要选取新鲜成熟的,那样才是味道最纯正的,最佳的。谷物和水果需要经过一些必要程序,才

能来到餐桌上,供人们享用。

　　[4]谷物要脱壳、蒸煮,并盛放在碗里,供人们食用;水果就是清洗干净,装在水果盘中,供大家享用。

　　[5]人类有史以来,农业都是第一产业,是不可或缺的产业;没有农业就没有人类生存发展。因此,千百万年来,农业产业不断地提供了人类所需的维持生命活动的物质产品,农业的美名诸如谷子、水果的美名永留人间。

11. 减字木兰花·无为谷葡萄园新印象[1]
2021年5月31日

无为谷中,盛夏时节吹凉风。[2]
风吹新芽,爬楼爬屋爬宝塔。[3]
葡萄架下,串串垂悬串串花。[4]
果色果香,润喉舒胃逗眼光。[5]

[注释]

[1]好几年没来无为谷葡萄园了,2021年5月31日再次光临时,感觉变化很大,很多种植方法已经颠覆了传统的种植方法。写下本词,表示祝贺!表示敬佩!

[2]无为谷葡萄园,采用多样化的种植方式,使得在盛夏之时,凉风徐徐。特别是在"金字塔"葡萄架内,凉风不断,舒爽无比。葡萄架是用钢板、钢筋做成的六边形的金子塔架。共有四层,第一层的塔基两边有5米左右。

[3]"金字塔"四周的葡萄藤,沿着塔柱往上爬,各节上的葡萄芽,纷纷开花结果,布满整个金字塔。金字塔各层级的柱子、台阶和梁柱上,都被葡萄藤裹着,葡萄叶、成熟的葡萄、未成熟的葡萄和葡萄花朵互相衬托,艳丽多姿。整个金字塔的塔底和各层级的塔楼都阴凉舒爽。

［4］各种样式栽培的葡萄架下,都挂满了串串的葡萄和葡萄花,它们垂悬于葡萄藤的枝节处,在微风吹拂下,左右晃动。

［5］既然来到这葡萄园,并在葡萄架下观赏,果色果香的葡萄美景,使得自己急不可待地按照规定,动手采摘,甜嘴、润喉、舒胃、惠眼等各环节都常留在心,回味无穷。

二十三 民间风情

二十三、民间风情

1. 游览滕王阁

2020 年 1 月

对岸远眺滕王阁,

鳞栉楼市难显色。[1]

环塔漫步全景象,

不愧千年帝王阁。[2]

领袖群楼洒阔气,

秋水长天大雁乐。[3]

历史远行千万年,

王者霸气永放歌。[4]

[注释]

[1]2020 年 1 月,出差到南昌,就住在滕王阁对面河岸宾馆。从对面河岸宾馆看滕王阁,滕王阁不显眼。因为它的周围高楼林立。它在这些高楼大厦面前,显得矮小。

[2]但是,当我漫步滕王阁之后,发现滕王阁不一般。尽管从楼的高度、现代华丽来说,滕王阁不算什么,但是,从它的构造、气势、威严、霸气,再加上它的名气来看,滕王阁不愧为千年的帝王阁楼。

[3]从楼上方观四周,滕王阁的阔气、神气就自然而然显露出

来。前面的大江秋水清澈、天空碧蓝,大雁盘旋于滕王阁前大江水面之上,展现出一幅美丽的画卷。

[4]随着历史的向前发展,也许四周现代大楼可能会不断地被人改造,但是,滕王阁作为皇家气派之格调,将永远傲存于南昌的天地之间,为人们所向往、欣赏和赞美。

2. 更漏子·三月三

2018年4月

三月三,多意宴,
歌圩春游祭典。[1]
南粤片,民族圈,
山歌最眷恋。[2]

盛春里,万花鲜,
诗词歌舞春弦。[3]
烧高香,祭祖先,
一拜拜轩辕。[4]

[注释]

[1]三月三是很重要的日子。其一,三月三是轩辕黄帝的诞辰纪念日;其二,三月三既是岭南各民族祭奠祖先的日子,又是歌会的日子,素有三月三民歌节之称;其三,三月三又是青年外出踏青,谈情约会的美好时节。本词正是基于这一历史和现实意义来叙说三月三的。

[2]山歌对于岭南民族更具现实意义,以歌会友,以歌传情,以歌赏春体现了岭南民族的民俗风格。

[3]春弦:多指青年男女踏青约会,享受春天的旋律。

[4]烧高香,首先祭拜中华民族共同的祖先——轩辕黄帝。

3. 三月三民歌潮

2018年4月

三月三里放歌喉,
民歌湖畔几千秋。[1]
生产生活主线条,
民族风情情中秀。
匡扶正义传千古,
积善行德血脉留。[2]
山歌海洋歌潮涌,
三姐歌声好风流。[3]

[注释]

[1]三月三是岭南民族进行歌会的好日子。这一传承有几千年的历史。

[2]歌会的主题是什么？生产生活、民族风情、匡扶正义、驱除邪恶、积善行德等是歌会期间歌唱的主题。

[3]山歌海洋当中,哪个歌曲唱得最好？刘三姐式的歌声和曲调是最好听的。

4. 壮行天下阔

2019年4月

清明花鲜活,[1]
三月三放歌。[2]
花朵与歌声,
竞相飘洒脱。[3]
遥祝天上人,
越过越红火。[4]
人间新时代,
壮行天下阔。[5]

[注释]

[1]当天是三月三,清明节后不久,正值春天之时,花朵盛开,花艳、花香,敬颂祖宗最为合适的时节。

[2]三月三也是岭南民族放歌的季节。

[3]花朵与歌声,都是节日里,最为耀眼的。

[4]这些花朵和歌声,其实,就是祝福祖先的。

[5]在社会主义新时代,鲜花与歌声更是表达人间新时代喜悦情怀的。

5.醉太平·婚姻之约[1]

2020 年 12 月

父母之命,
媒妁之言。
洞房花烛开宴,
热血结良缘。[2]

自主婚姻,
千挑万选。
牵手婚姻殿堂,
开启新一天。[3]

[注释]

[1]本词的另一种格律也列在此处。词的意思相同,注释的意思是一样的。

父母之命,媒妁之言,人间几千年。

洞房花烛掀盖头,热血结良缘,相守一百年。[2]

时代新貌,自主婚姻,千万中挑选。

倾心牵手拜庙堂,开启新一天,身心到永远。[3]

[2]上阕主要叙述中国几千年婚姻规矩问题。"父母之命,媒

妁之言",这是中国几千年婚姻的规矩。夫妻双方在婚前很多是互不认识的,只有在洞房花烛之夜,掀了盖头之后,才展示真颜容。结婚就是要相守一辈子的事情。

[3]下阕叙说的是新时代,中国婚姻关系显示的新特点。主要在于自主婚姻,不再是父母之命和媒妁之言了。自己的对象都是自己千挑万选选出来的。

6. 菩萨蛮·婚宴

2019 年 12 月

婚曲唱响抱双拳,
祝福新人福无边。[1]
千万里挑一,
天赐好姻缘。

百年路上走,
相悦心里甜。
人心多壮志,
婚姻永相伴。[2]

[注释]

[1]宾客参加婚礼,在婚曲响起来的时候,大家纷纷抱起双拳向新人祝福!

[2]后六句是参加婚宴的宾客对新婚夫妇祝福和评价的主要内容。

7. 春光好·魅力东方[1]

2019 年 11 月

晨雾清,晚风凉,夜明亮。
春夏秋冬各舒张,身心爽。[2]

花红叶绿彩装,麦稻顺风掀浪。
瓜果四季万里香,赛天堂。[3]

[注释]

[1]这是对东方世界的概括和表达。

[2]东方的舒适环境。一日当中的昼夜,一年当中的春夏秋冬,都是非常适合生物生长的。

[3]一年四季,青山绿水、麦稻掀浪,瓜果飘香,物产丰富,赛过天堂。

8. 飞机飞行

2016 年 3 月

鲨鱼天上飞,腹中鱼陶醉。[1]
天然两相斗,人间别有味。[2]
航程一路顺,内因来调配。[3]
狂风热浪袭,鳞翅做护卫。[4]
内外鱼水情,平安永相随。[5]
仿生世界里,动物好作为。[6]

[注释]

[1]飞机外形上很像大海中的鲨鱼。鲨鱼把鱼吃到肚里,鱼就成为鲨鱼的生理营养,鱼是不高兴的。人借着飞机,才能到达自己的目的地,所以,人走进飞机机舱,那是高兴的。

[2]自然界中,鲨鱼是海中顶尖捕猎手,鱼是鲨鱼捕捉的对象。在人类社会中,就有所不同。人类社会中,人们借助于鲨鱼的形象,制作成能够承载人天上行走的飞机(鲨鱼),人就在这个仿真运输工具中翱翔于天空。自然界自身鱼鲨矛盾,是解决不了的。但是,在人类社会中的"人""机"矛盾得到很好的解决,人创造机器,机器服务人。

[3]航程顺不顺,由飞机本身的内在因素决定,其中包括飞机

的性能和质量、驾驶技术熟练程度、驾驶员心理稳定与否。

[4]在飞行中,遇到狂风热浪来袭,会产生晃动情况,在这时,两边的两个翅膀就起到平衡作用。

[5]内因:飞机(鲨鱼);外因:旅客(鱼类)。旅客和飞机及机组人员互相配合,遵守规定,平安是肯定的。

[6]通过仿生学,动物的好多形象都给予人们好多启迪。这真是好事。仿生学大有可为。

9. 飞行历程[1]

2016年5月23日

轰隆速滑半分钟,腾空跃起九霄重。[2]
地面起伏挡视线,云层之上览苍穹。[3]
世间万物入眼帘,雪山雪海最显荣。[4]
肉眼直视千万里,胸怀宇宙更从容。[5]
一览无垠云航道,稳健运行赛悟空。[6]
气流来袭身晃动,心惊肉跳在初衷。[7]
航空运行循规律,明理遵纪人人恭。[8]
彩虹架起天地桥,迎接队伍遍地龙。[9]

[注释]

[1]2016年4月底至5月在北京国家教育行政学院学习。5月23日学习结束乘飞机回南宁。在飞机上觉得学习结束了,无事一身轻。看到窗外白云构造的雪山雪海,感到十分惬意和高兴。所以就构思写下了这首诗。

[2]飞机在跑道上,快速滑动半分钟后,迅速起飞,跃上万米高空。

[3]在地面滑行、起飞过程中,由于地面起伏以及受到周围建筑物等遮挡,所能看到的视线有限。但是,在万米的高空,就一览

无遗了。

[4]高空之上,一望无际,所有的东西都在自己的视线内。在这当中,由白云构造的雪山雪海最为显著和吸引人。

[5]在这万米的高空之上,肉眼都能直视千万里,整个宇宙都仿佛在我的心中一样,很是自信和荣耀。

[6]在万米高空的航道上,飞机平稳运行,甚至比孙悟空腾云驾雾还要平稳和安全。

[7]当然,偶尔也会出现气流来袭的现象,产生颠簸晃动,在开始的时候,心惊肉跳的,之后,即使再遇到这种情况,也看似平常,没有什么了不起的。

[8]只有人人都遵循乘飞机的相关规定,礼貌待人,旅行就是愉快的。

[9]飞机到南宁上空时,还未收笔,因为不知道该怎样表达才能达到完善。恰巧,此时天空飞出一道彩虹,机场外围有无数迎接客机的队伍。就想起了这两句,"彩虹架起天地桥,迎接队伍遍地龙",圆了这首诗。

10. 好事近·劳动改变命运

2019年5月1日

劳动最自然,劳动节不寻常![1]
五一普天同庆,劳动者欢畅。[2]

翻阅历史长画卷,血泪一桩桩。[3]
而今命运在手,劳动铸辉煌![4]

[注释]

[1]5月1日那天,好友在一起,讨论劳动节庆相关问题。劳动是最自然的,但是,劳动节的设立,就不是自然而然就设立的,是工人阶级长期与资本家斗争才取得的。所以,劳动节更是值得人们倍加珍惜的。

[2]五一节是普天下劳动者的节庆纪念日,劳动者心情欢畅。

[3]在新中国成立之前,人民处在社会最底层,受尽了折磨,血泪一桩桩。这是资本统治国家的普遍现象。

[4]在人民当家做主的时代,五一节普天同庆,我们通过劳动创造了辉煌。大家心里高兴。

11. 长相思·五一话劳动

2019 年 5 月 1 日

劳动节,品劳动。[1]
诚实劳动最有用,
诚实义万重。[2]

你劳动,我劳动。
人民劳动最出众,
劳动创繁荣。[3]

[注释]

[1]五一节不能光休息,要考虑一些事情才行。比如思考劳动问题。这是当年我思考的结果。

[2]诚实劳动创造财富,创造美,因此,诚实劳动最光荣。这是从劳动的态度看的。

[3]劳动当中,广大劳动者是劳动的主体,所有的繁荣创造都离不开广大劳动者的劳动。

12. 结善缘

2016年10月2日

菩提引生至佛前,[1]
佛祖保佑声满园。[2]
临抱佛脚固然好,
更需处处结善缘。[3]

[注释]

[1]南宁市青秀山有一寺庙,庙里供奉有佛祖像。由青秀山北门而上,由菩提路引领可到寺庙。菩提路两边栽种有许多菩提树。许多香客都是走菩提路来觐见佛祖的。

[2]在佛像前,大家都念诵"阿弥陀佛""菩萨保佑",这些声音响彻青秀山。

[3]这种念诵的方式是好的,尽管有些是临时抱佛脚的。当然,如果这些临时抱佛脚的,能够改变一下,变成长期行善积德,那就更好了。这样,他们在佛像前念诵"阿弥陀佛"的时候,就更有底气了。

13. 五台山行[1]

2016年8月

佛国三千里,
晴空云雾稀。[2]
清溪笑怀情,
引宏觐尊师。[3]

[注释]

[1]2016年8月,利用暑期到山西五台山参观文殊菩萨的道场。文殊菩萨在佛界是主管文教工作的,作为从事教育工作的我,拜访文殊菩萨是自然的了。本次五台山之行,写了两首诗词,表达对五台山的向往!表达对文殊菩萨的敬仰。

[2]8月的天空万里无云。

[3]五台山自然景观保存完好,山间溪流到处都是。当我来到五台山时,这些哗哗的溪涧流水似乎是来迎接我,拜见文殊菩萨的。

14. 五台山颂

2016年8月

万佛灵地五台山,
千峰翠绿映天蓝。[1]
群溪汇流欢笑语,
喜迎香客千百万。[2]
百座庙宇布掌中,
阿弥陀佛声满园。[3]
佛堂礼佛心虔诚,
芸芸众生俱欢颜。[4]

[注释]

[1]五台山的佛寺很多,俗称万佛之地。这里植被完好,整个山峰树木翠绿青嫩,天空蔚蓝一片。

[2]五台山溪流很多,水质清澈见底,水流声欢快动听,每一天成千成万的香客来到五台山,参观这里的名胜古迹,拜访文殊菩萨等佛界的高僧。

[3]据统计,整个五台山有一百多所寺庙,所以,当你踏进五台山神仙宝地之时,"阿弥陀佛"的声音传遍整个山谷,普渡之举到处可见。

[4]到佛堂礼佛的芸芸众生们都是虔诚礼佛的,因为从他们的笑容上感到他们礼佛得到了佛祖的保佑,他们礼佛之行取得了他们需要的成果。

15. 喜迁莺·俯瞰南海[1]

2020年8月

海风吹,海水笑。
海浪掀波涛。
汹涌澎湃向岛礁,
一路显风骚。[2]

心欢悦,身手巧。
冲浪欢乐滔滔。
一飞冲天瞰南海,
海疆万里遥。[3]

[注释]

[1]2020年8月,在合浦县山口红树林风景区观看红树林时,写下的。据传,那里曾经是美人鱼出没的地方。

[2]海风海浪掀起的波涛,从大海深处向着海岛岛礁涌来,一路上风骚无比。

[3]海边的人呢?看到海风海浪和波涛汹涌的海涛,心里高兴。那些水手们在干什么?他们在海浪中冲浪,场面使人激动。作为最优秀选手之一的我,一飞冲天,达到南海的上空。俯瞰南海,一望无际,中国的海疆真有万里之遥。

二十四 东北印象

二十四、东北印象

1. 鹧鸪天·八月玉米禾床相

2019 年 8 月

放眼窗外掀禾浪,
浪浪风来味道香。[1]
眼际景色催人醒,
行车千里秒时长。[2]

雌蕊艳,雄蕊黄,
叶色整齐着绿装。[3]
横看竖看一条线,
风和日丽心舒爽。[4]

[注释]

[1]2019 年 8 月中下旬,与几位同事、朋友一起,跟随旅游团,到东北走了一圈。有感于东北大地的美丽风景,随手写下了十首诗词,表达对东北的赞美。开车行驶在东北的道路上,窗外禾浪掀起,阵阵风来将禾苗的清香送到人心,沁入心脾。

[2]本来都很有睡意的,但是窗外的禾苗精神把睡意抛到九霄云外去了。尽管行程上千里,但给人的感觉就是几十秒钟的时间。上阕写总的印象。下阕具体写田间禾苗的形象。

［3］从玉米的株型上看,玉米等8月正处于抽穗传粉时节,雌雄蕊诱人。雌蕊很艳丽,红帽为主,辅之以白帽、紫色帽等;雄蕊基本是黄色。叶色基本是绿色的,生长很整齐、叶色一致。

［4］从宏观角度一块一块禾苗,它们的形象是这样的:横看、竖看禾苗,它们都在一条线上,似乎是阅兵场上的队伍一般。这样的风景在光照和微风的伴随之下,给人以舒爽的感觉。

二十四、东北印象

2. 浣溪沙·玉米芳香
2019 年 8 月

八月芳香北大仓，
千万玉米忙灌浆，
游客慕名来观赏。[1]

风掀蕊浪洒芳香，
横竖对齐着绿装，
回望令人心荡漾。[2]

[注释]

[1]8月的东北,玉米正处于抽穗灌浆时期,千万公顷禾苗长相引来无数专家、学者、游客的光顾。

[2]这是千万公顷玉米禾苗给游客们无穷回味的美好景色,即"风掀蕊浪洒芳香,横竖对齐着绿装"！不光是现场令人激动,就是回味起来,也激动不已,真是"回望令人心荡漾"！

3. 玉米雄蕊

2019年8月

蕊色金黄立肩上，
五分尺长粉飘香。[1]
零星难显清香美，
茫茫蕊浪醉人赏。[2]

[注释]

[1]玉米是雌雄蕊同株的，雌蕊在腰部，雄蕊立在肩部。雌蕊在腰部，难以为人们所观赏。雄蕊是黄色的，在顶部，很容易让人看见。当人们走到田间，最先看到的，大多是包含花粉的金黄色雄蕊。

[2]零星的单株固然诱人，不过，数量少的原因，难以吸引大众的。但是，如果是成片成片的玉米，那就根本不同了。茫茫蕊浪引发的芳香如磁石一般，吸引天下的游客，观赏玉米，感受玉米的芳香。

4.北大荒变北大仓[1]

2019年8月

东北立秋掀禾浪,
回放画卷北大荒。[2]
肥沃千里无人问,
手捧金碗泪汪汪。[3]
时代变迁人奋进,
垦荒垦地垦河床。
无穷视野无穷劲,
北大荒变北大仓。[4]

[注释]

[1]这是叙述北大荒的历史变迁。

[2]东北立秋了,千万公顷"粮仓"给人爽心的感觉。同时,也使人不得不想起北大荒的历史画卷。

[3]东北解放以前,北大荒就是荒芜一片,它的作用没能发挥出来。为什么?一方面是外敌入侵,造成人们四处逃难;另一方面是千万公顷的金土地没人认识,良好的土地无人规划、种植,不少人吃不饱。正所谓:手捧金碗泪汪汪。

[4]新中国成立之后,党和政府科学规划北大荒,北大荒发生翻天覆地的变化。荒山荒地河床都纳入规划、科学管理、科学种植,人们有使不完的劲,北大荒变成了北大仓。

5. 黑土地

2019 年 8 月

黑土耕层论米深，
颗颗土粒根留痕。[1]
耕层湿润不见水，
地表万物水灵灵。[2]

[注释]

[1]从土壤的剖面结构看，东北黑土地的耕作层有一米深左右。土壤属于壤土，土壤颗粒状很耀眼，每一颗土粒上都留有作物根系的痕迹。

[2]耕层湿润，但不积水，水肥气热适合作物的生长。所以，地面的种植物水灵灵地生长。

6. 东北大平原

2019年8月

天空一片蓝,平原盖绿毯。[1]
方圆百万里,滋润长白山。[2]
禾苗壮美纯,四季香如愿。[3]
田园诗如画,森林茂无边。[4]
光照卯时起,酉时夜光环。[5]
原野掀风浪,风流无时限。[6]
江河平流顺,水清蜜蜜甜。[7]
人间豪爽气,风闻千万年。[8]

[注释]

[1]8月的东北大地上,田地里,玉米正处于抽穗扬花时节,其他的作物都处于快速生长期;森林那就跟不用说了,翠绿一片。所以,8月的东北,宛如盖上了一个大型绿色地毯一般。

[2]百万里的绿毯,滋润着长白山上植被,促使它们健康生长。同时,对长白山山体起着涵养作用。

[3]田地里的禾苗,健硕、俊美,作物品种纯正,一年四季都给人们以清爽丰厚的回报。

[4]分两部分观察东北地区的话,田园如诗如画,森林茂盛青

绿,对人的身心健康所起的作用是无穷的。

[5]东北光照充足。早上三点就阳光灿烂,晚六点还是太阳高照。

[6]东北大平原风浪大,氧气充足。

[7]东北的地势比较平坦,江河陡度不大,水流基本都是平顺、平缓。

[8]东北人一般豪爽,健硕,开放,厚道,为人喜爱和亲近。

7. 水草伴鹤

2019年8月

放飞仙鹤一瞬间,
引来游客千上千。[1]
时辰未到忙秀景,
群鹤飞起急望眼。[2]
蜿蜒盘旋多神态,
悦耳情声逗人美。[3]
仙鹤为何常新美?
芦苇荡里水草鲜![4]

[注释]

[1]黑龙江齐齐哈尔丹顶鹤自然保护区放飞仙鹤的时间有限。每一天放飞一两次而已。下午两点钟放飞仙鹤,那时,游客最多,更是最为激动的时刻。很多游客就是冲着这一景色而来的。

[2]放飞时刻未到之时,游客们各自在景区内晒姿态、赏美景、观水草;当飞鹤一起飞起的时候,每个人都急着朝仙鹤飞起的方向望去,并随着仙鹤的飞翔移动自己的视线。

[3]仙鹤在天空来回盘旋飞翔,神态多姿多彩,并发出悦耳的声音。真是:姿态美不胜收,声音悦耳动听。面对这一景色,谁不

动情呢!

[4]这里的仙鹤为什么常新美?主要是这里的芦苇荡里水草鲜美诱人!

8. 白桦姑娘
2019年8月

青冠白袍新姑娘,
娉婷玉立嫦娥相。[1]
单颗秀林银光柱,
茫茫林海洒月光。[2]

[注释]

[1]白桦树树干均匀、白色、直立高挑,树冠长满枝叶,看似一个"青冠白袍"的新娘一般。这新娘看起来很像月宫的嫦娥。

[2]单棵分散的白桦树看起来像是一根银光柱一般,在森林中散发银光。如果是茫茫一片的白桦树,就仿佛是月亮在森林中散发银光,无处不在,魅力无穷。

9. 上天垂幸镜泊湖[1]

2019 年 8 月

两面青山两重天,构建镜湖全景观。[2]
水面蓝天相对映,青山对坐互观瞻。[3]
风起湖面千重浪,白云凌空朵朵艳。[4]
南北景观百里长,两岸青山千米宽。[5]
青山蜿蜒作系带,天地弥合风景线。[6]
山峰喜连天际水,底座多姿浮水面。[7]
南水金沙北水青,前段清澈后段甜。[8]
古来仙境多沉睡,伟岸风光启新篇。[9]

[注释]

[1]2019 年 8 月,游览了镜泊湖堰塞湖,被它的俊美所吸引,写下本诗。

[2]镜泊湖两岸是连绵不断的两排青山一直陪伴,湖水青如镜子。往天上看是蓝天,往湖里看,也是蓝天。这就是镜泊湖的境况。在镜泊湖上游玩,就是在青山与蓝天游玩,山外的东西无法进入人的眼帘。

[3]镜泊湖上,水面与蓝天对映,两排青山对坐互相观瞻、对话与欣赏。

[4]湖面风浪较大,天空的白云朵朵飘荡,构成艳丽的图画。

[5]镜泊湖40—50公里长,就是近百里长;宽度在1—2公里,是一座狭长的堰塞湖。

[6]两排青山绵延不断,仿佛是一条狭长的系带,将镜泊湖与蓝天连在一起,在弥合的进程中,形成了一条美丽的风景线。

[7]山峰似乎是承接天上雨水一般,山的底座多姿多彩,似乎是悬浮坐在湖面上的。

[8]从北向南走向看,湖水的含砂量逐渐增多,即南段的湖水含砂量较多,北段的水含砂较少。味道呢?北段的清澈度高,当然就好喝些。

[9]镜泊湖矗立在此处已经几十亿年了,但是它并未被人们所认识。只有新中国成立之后,镜泊湖作为水利设施、旅游资源进行开发、保护以来,镜泊湖的美态才逐渐被人们所认识。特别是北带青山上,有一尊看似伟人身形的青山被发现后,镜泊湖又增添了好多神秘的色彩!来镜泊湖旅游的游客逐年增多。

10. 长白山天池

2019 年 8 月

云开雾散见天池,[1]
群山环绕一天星。[2]
东西跨度三千米,
南北纵深十里情。[3]
岸边四周花草艳,
湖面雾稠鸟欢心。[4]
王母常开长白宴,
放眼天下有缘人。[5]

[注释]

[1]长白山上雾大,风大,所以,一年四季,天池基本笼罩在大雾中。云开雾散才能看见天池。

[2]长白山天池就仿佛天上的一颗星星镶嵌在长白山的山顶上,四周群山环绕。

[3]天池类似长方形,东西跨度三千米,南北长度近十里。

[4]天池边上,都长满了嫩绿的花草;湖面上雾气缭绕,群鸟来回追逐,构筑了一幅美丽的画卷。

[5]据说,与长白山天池无缘的人,即使你到了天池旁边了,但

是大雾笼罩,你也是见不到天池的。只有那些与天池有缘的人,你一到,大雾散去,天池就在有缘人的眼前。我们不妨这样想想:天池是王母娘娘开宴会的地方。当王母娘娘在长白山开长白宴会,款待有缘人之时,大雾才散去,天池才展示它本来的面目。

二十五、梦幻太空

1. 太空游[1]

2018 年 8 月

掀开云雾帘,一片新蓝天。
星星点点亮,月亮亮一片。
光亮一点者,离我太遥远。[2]
明月三十八,星星亿万千。[3]
近日得宽余,太空游一圈。
遨游升太空,月亮当踏板。[4]
跃出太阳系,就在几瞬间。[5]

银河星际游,黑白三五遍。[6]
飞越银河界,星系边界转。[7]
星空巨无霸,好些非光源。[8]
光强星滚烫,作揖礼上前。
念好避火诀,奥妙火中探。[9]

遇见弱光体,外围先浏览。
借光着星体,冰冷与昏暗。[10]
漫步地上走,地势不平坦。
逗留时间短,详细了解难。[11]

星光糅合体,云游舒适感。
山峦有起伏,树草满山峦。
大海哪里寻?蔚蓝块块连。
平地披绿装,一眼望无边。
时常雨中情,骚动在视线。

外星存生命,并非是虚言。
繁花仙境秀,未来好家园。[12]
浩瀚宇宙行,天星数无限。
旅途能否遇,天规常优先。[13]
挥手别星体,有情就有缘。[14]

[注释]

[1]2018年8月上旬的一天晚上8点多,写作之余,我站在我家的露台上,遥望天空。那时天空覆盖了一层云雾,当时心里想,假如今晚天空没有云雾该有多好!念想之后,也没在意。过了一阵子后,天空果然一片晴朗,展现在面前的是一片新蓝天。皓月当空,漫天星空。猛然想起一个念头,现在是暑期,自己安排的时间较为充裕,何不花几天到天空遨游一番,看看宇宙是什么样的?这首五言诗是穿越太阳系到银河系、再跨越银河系到更广阔的太空遨游的记录和体会。在遨游过程中,遇到两类星星,光源体的星星(这类星体一般都是星体巨无霸的恒星)和非光源体星星(这类星体自身不发光,是围绕星系的中心运行的行星,它们自己在运行中进行自转)。非光源体星星按照距离光源体的远近来描述,星体上

的光线呈现出由强到弱的境况,太遥远的光线几乎为零。探寻众多星体中,以三种星体作为描述对象。三种星体分别为光源体星体、昏暗的星体和与地球相似的柔和星体。

[2]天上的星星看起来,就是亮一点。月亮看起来就是照亮天空一大片。光亮一点的,是因为离地球太遥远之故。月亮亮一片是由于离地球近之故。

[3]明月离我有三十八万公里。星星离地球都是在亿万公里以上。

[4]遨游太空,是以月亮作为踏板,就好像跳远一样,有一个腾飞的踏板。踏板时间就是 0.001 秒左右,就是说,一秒的速度就是 38 000 万公里。以这样的速度太空游。

[5]飞跃太阳系,就不到半天时间。

[6]在银河系里,与各种星体往来,花了 3—5 天时间。

[7]然后又飞到银河系的边界上看了看。

[8]星体的体量太大,特别是银河系的星体,大多是巨无霸。不过,大多数没有光源。

[9]遇到光强的星体,要作揖表示尊敬,然后,念好避火诀,就到星体上,探索星体上的奥秘。

[10]弱光星体就是自己能够发光的星体,只是星体较小,发的光较暗弱,不够强大。遇到弱光星体,就在外面打量一番,然后借着光线慢慢着陆。这些弱光体,它的表面就是昏暗、冰凉。当然,有些星体既没有接受其他强光星体的光线,自己也不发光,这些星体太黑,太冷,根本就不能着陆,当然就不登陆它们了。

[11]然后就在星体上慢慢走,大致了解一下星体的情况。只

觉得地势不平坦，凹凸不平。时间短，奥秘太多，要详细了解是不可能的。

[12]有些星光比较柔和的，与地球光线相似，自己不发光，它只是吸收别个星球发来的光线照亮自己。在这样的星球上游览，感到很舒适。在那上面有山峦、森林、草原、湖泊、大海等，一望无边。雨水比较多，尽管视线比较模糊，但是，在视线当中，经常感到有动物之类在游动。外星球存在着生命，这是确定无疑的。这样的环境，就是未来人类的好家园。

[13]浩渺的宇宙，星体数不胜数。在天体的游玩中，是否遇到相关天体，这是由天体运行规律决定的。有时，你想游玩某个星体，但是机会不好的话，也是不可能见到它的。

[14]游玩了一段时间后，就返回地球了。下次再次游览星体的时候，是否能遇到这次遇到的老朋友，那就要看机会了。当然，本人坚信，有了这次的经验，下一次一定会交好运的。既会老朋友，又会新朋友，看到的东西会更多的。

二十五、梦幻太空

2. 梦幻瑶池[1]

2021年5月15日

王母瑶池殿,梦幻天堂园。[2]
水清竹林深,青山有心情,共影水画面。[3]
仙桥江上架,处处仙景像,方便人悠闲。[4]
池林多树种,香果片连片,疏果心里甜。[5]
苔藓与水草,布满青石滩,净化水资源。[6]
水穿石缝笑,知了来伴奏,群鸟歌舞宴。[7]
汛期水流激,漩涡浪滔天,激荡奔向前。[8]
亭台招风雨,风吹气流顺,滋养万花鲜。[9]
楼阁端庄秀,传习活经典,虔诚生灵念。[10]
四周山脚下,块块茶树园,味香景耀眼。[11]
王母摆香茶,招待有缘人,众仙围两边。[12]
谈天地轮回,论善恶美丑,叙修身养颜。[13]
感念专场宴,宏口书诗篇,祝福首当先。[14]
一圈走下来,益寿千万年。[15]

[注释]

[1]2021年5月15日,本人在郊外游玩,突然听闻中国天问一

号的祝融号探测器正在登陆火星,给国人很是振奋。正当高兴之时,心思,我不是航天员,去不了火星。但是,我何不利用今天休息日的机会,到天上游览一番。去哪里？瑶池不错,就去瑶池吧。正在想的时候,不知不觉真的就来到"瑶池"的大门口了。由于瑶池的景色和魅力,只顾得游玩了,而忘记了要写诗词记录下这神仙美景了。还好,在游玩到瑶池中央,天庭传信,王母娘娘要为我的到来举办专场招待宴会。高兴之余,写诗词的灵感又来了。这首诗词就是灵感的产物。

[2]瑶池是王母娘娘举行宴会的地方,是天堂园。至于瑶池真正是什么格局,我所看到的详细描绘的不多。因此,本次到瑶池,认真体验一番。

[3]这是瑶池四周的环境画面,由山水、树木、竹林等构成美丽的画卷。这是初步的感觉。

[4]往里面走,几座桥梁横挂在湖面上,不时看见好多仙人在桥上交谈,休闲自在。

[5]瑶池园里,池子一个连着一个。池子岸上,树种很多,果树连成一片一片的。遵循规定,征得同意,亲自动手采摘果实,品尝果实,更是一番风味。

[6]苔藓与水草,布满在青石头和沙滩上,起到净化水资源的效果。

[7]在瑶池,还有巨大河流贯穿其中,将池塘等连接起来。河中有好多巨大的石头,激流的水轰击在石头上,发出轰隆的笑声,仿佛擂鼓一般。岸边树上的知了,唱着美丽的歌声。巨大的水撞击石头声、知了的声音仿佛是作为伴奏,参加各种鸟类举行的歌舞

宴会。

［8］汛期时节，水浪滔天，卷起巨大的漩涡，冲击着河水勇往直前。

［9］在瑶池内，还设置了好多亭台，作为祭天之地，呼风唤雨，给瑶池带来风调雨顺，滋润着神仙福地春意盎然。

［10］园中的阁楼，是传经修养之地，端庄气派，吸引着芸芸众生前来传习各种经典。当然，这必须是要有虔诚之心才会取得效果。不虔诚的行为，不可能有好成绩的。

［11］四周青山脚下，遍地是茶园，生产茶叶，供宴会使用。茶树芳香，茶园景色诱人。

［12］游到即将结束之时，受王母派来的仙人指引，赶来参加王母的招待宴会，款待从人间来瑶池的我。主人与客人对坐，两边是各路神仙。

［13］边喝茶，边谈大家所关心的问题。主要是"天地轮回、善恶美丑、修身养颜"等。

［14］有感王母的专场茶宴会，本人随口以诗篇来表达谢意，开口就祝福王母鸿福齐天！

［15］这是梦幻后的总结语，也是感悟的语言。

3. 地球和月亮

2020年9月

月亮挂天空,
大地做堂中。[1]
相隔千万里,
行进共殊荣。[2]

[注释]

[1]月球围绕地球转动,地球就处在中轴的位置上,所以就叫"堂中"。

[2]地球带着月球在太阳系中围绕太阳按照固定的轨道运行。只有运行才能显示出它们这种共同体的魅力和生机,就是人们常说的"天行健"的真正含义。如果引申到中国与世界的关系,人类命运共同体等,意义就更加非凡了。

4. 日月运动

2018 年 10 月

一星升空万星歇,[1]
大千世界齐欢悦。[2]
舒展筋骨润心喉,
采光纳热催新切。[3]
物换星移天地情,[4]
日行月随心和谐。[5]
皓月当空星星亮,
明谢太阳光和热。[6]

[注释]

[1]太阳一升空,其他星体就慢慢进入"休眠"的歇息状态。处于休眠时期的各种星体,并非真正歇息,而是处于接收太阳的光和热的状态。

[2]地球上的万事万物就欢悦无比,因为,新的一天开始了。

[3]早上起来伸伸腰、踢踢腿,舒展筋骨,喝点水润润喉,准备新一天的工作,即进行采光纳热及相应的转化工作。

[4]物换星移是天体运动的规律,是天地的情怀。

[5]在太阳系中,日行月随,这是日月运行的规律,即太阳绕银

河系转动,地球绕太阳转动,月亮绕地球转动。这里的"心和谐"的"心"是指按照天体运行规律,各走各的轨道。"心和谐"就是这种运行不冲突,又相互作用,和谐共进。这里的"心"通"新",太阳、地球、月亮等在空间的区域以及物候等每时每刻都不完全一样,都是"新"的,都有新因素的产生,即便如此,"新"的到来也不会改变天体的运行规律,它们仍然和谐运行。

[6]每当一天工作完成之后,迎来皓月当空,星星闪亮,主要是月亮与星星等用光亮鸣谢太阳给自己成长提供的帮助。当然,在这鸣谢的过程中,也把它们的关怀带到地球上。

5. 漫步苍穹[1]

2018年1月27日

万米高空是云海,
一片洁白到天外。
云上漫步不寂寞,
结伴云朵千百态。[2]
文明演进千万年,
腾云驾雾在当代。[3]
地球村庄练筋骨,[4]
直插苍穹展胸怀。[5]

[注释]

[1]2018年1月27日,在从北京返回南宁的飞机上所作。南方的南宁,温度下降为3—5℃,飘着小雨,北京是零下14℃至零下7℃,这当中都夹杂着寒冷的北风。南北都寒冷。但是,整个天空一片洁白,窗外,阳光灿烂。云彩呈现出千姿百态,由此,激发创作热情,有感而发。飞机着陆南宁时,构思完成。

[2]万米高空上,阳光灿烂。入眼的是一望无际的云海。云朵千姿百态,煞是好看,激发人们美好的遐思。

[3]从甲骨文开始,人类文明历史,已经有六千年以上。但是,

真正能够遨游苍穹是在现代化时代。随着科技的发展,人类才有序登上太空的。

[4]人类在地球上,学习科学知识,研究天体万物。这些都为翱翔太空打好基础。

[5]借助各种航天器具,一飞千里,直插苍穹,遨游太空,展示人间探索宇宙的胸怀。

6. 一 天

2017年7月

一天怎样算？地球转一圈。[1]

白天太阳照,夜晚星高悬。[2]

万物白天忙,悠闲在夜间。[3]

黎明太阳升,开启新一天。[4]

[注释]

[1]地球自转一圈,就是一天。

[2]白天太阳高照,晚上太阳"歇息"。其他星星刚好相反,它们高悬闪烁于太空中。

[3]地球上的万物呢？白天,大地万物根据自身特点,开展活动。夜间大多休息。当然也有例外的。

[4]黎明时刻,太阳从地平线上升起,又开启新的一天了。

7. 乡间问月

2020 年 8 月

月半走乡间,[1]
月亮在跟前。[2]
举手相问候,[3]
欢心亿万年。[4]

[注释]

[1]"月半",月光明亮的日子。一般是每月的十至十六。特指的话,就是农历七月半,即农历七月初十至十六。

[2]月光明亮的时候,晚上,月光就在我们的前面,在脚底下。

[3]月亮照着我们,其实就相当于向我们打招呼。我们在月光下行走,不时观看月亮,也是在向月光打招呼。

[4]月亮和人之间,互相照应,月亮开心,人也开心,大家开心。这样的历史,已经有几十亿年的历史了。

二十六 大千世界

1. 台风"山竹"礼物[1]

2018 年 9 月 17 日

呼啸狂风卷泥沙,[2]
尘泥掀浪雨哗哗。[3]
大楼摇晃心蹦跳,[4]
路树排排连根拔。[5]
三分肆虐江河堵,
水漫金山泪眼花。[6]
同诚献瑞润心肺,[7]
紫气东来照万家。[8]

[注释]

[1]山竹:台风之王。山竹 2018 年 9 月 17 日"造访"北部湾沿海等地,造成巨大的破坏。本诗是台风登岸之后,根据它登岸的作为所写的,当晚完成。不过,经历"山竹"台风之后,感觉台风并非不可战胜,只要同心协力、做好准备,台风所造成的损失是可以减小到最低限度的,台风是能够战胜的。

[2]台风登岸之时,户外狂风卷着巨大的浪沙,狂奔而来,并发出"呼呼"的巨大声响。

[3]地上的表土层面,被狂风卷起,掀起更大的泥尘巨浪,紧接

着大雨倾盆而下。

[4]大楼摇晃振动,好像准备倒塌一样,人在大楼里,心惊肉跳。

[5]道路两旁的路树被连根拔起,大的倒下,小的翻转飞奔在空中。

[6]这次山竹的到来,据说,风力减少了,只有最大时的三成。尽管只是三成,但是,巨大的雨量和狂风对河堤等的破坏,大江大河都被堵起来了。犹如当年水漫金山一般。

[7]"诚"通"城",献瑞:大家互相帮助,特别是党和政府的关怀,渡过难关。自然无情人有情。同城的人们齐心协力,互相帮助,奋力抗灾,把狂风危害减少到最低限度,其间,感天动地的事情比比皆是。

[8]狂风过后,太阳从东方升起,照耀着千家万户,温暖无比,人们的心情非常愉悦。为什么？有党和政府的关怀和指导,有左邻右舍居民的共同努力,有我们积累的抗灾的经验,所以,未来,我们一定能够战胜前进当中的任何困难。

2. 更漏子·浦东机场夜景[1]

2016 年 10 月 1 日

桥面宽,车流畅,
航站台礼让忙。[2]
日光管,撑天窗,
候宫心明亮。[3]

机场上,银河床,
星闪烁亮堂堂。[4]
航道里,排队长,
起降循规章。[5]

[注释]

[1]"更漏子"是唐代诗人创立的词牌名。盛唐以来,"更漏"的意思是"夜晚"。2016 年 10 月 1 日晚间首次从浦东机场飞回南宁,对浦东机场的宏大场面印象非常深刻。这是从航站台前面一直到飞机起飞时的整个画面。本人就以"更漏子"这个词牌名为表达方式,述论浦东机场夜景。

[2]航站台前面,道路宽敞,车流量大,在站台工作的同志们,繁忙而富有礼仪,真正履行了岗位职责。

［3］从航站台往里走，给人的印象是里面的一排排房子是由无数排列规则的日光管撑起来的，非常明亮。

［4］从候机厅向外看，浦东机场就像天上的银河床一般。机场内的灯柱之间间隔合理，排列有序，灯火通明。

［5］在飞机起飞的航道上，繁华、繁忙更是另一番景象，一是飞机起降频繁，犹如市内的公交车一般，尽管等候的飞机一排排，但是秩序井然；二是尽管过往人员稠密，但均按道快速行走、待人礼貌。往后，大家到浦东机场的话，可以检验一下是否如本词所描述。如果它改建了，那就从本画面中想起当年的繁华景象吧。

3. 浣溪沙·城市快速环道的夜景[1]

2019年1月8日

天地对称两条龙,
平行向前展雄风,
夜间闪烁更从容。[2]

火龙贴地红彤彤,
白龙悬空照夜空,
双龙夜话话繁荣。[3]

[注释]

[1]快速环道上,往来的大车道各有5—6个小车道。大车道两边每隔30米就有一盏高10米左右的路灯,夜间灯火通明,仿佛一条巨龙。车道内车辆密集,辆辆紧跟,车灯尤其是后车灯红光闪烁,更像是一条长龙。夜景就是由路灯和车灯交相辉映而成。晚七点至十点,车辆高峰时段,尤为明显。

[2]上阕:道路特别是快速环道的地面和上空,有两条龙对应着。它们平行向前延伸,展示自己的雄伟形象。白天,由于太阳光强的原因,不很明显,但是,在夜间,灯光闪烁,露出真容,从容不迫。

[3]下阕:城市道路的夜间两条龙的现实具体位列情况。火龙贴地,形成一条长龙,即沿着道路有序排列的大小车辆由于车灯闪烁的缘故,形成一条红色的长龙,这在交通拥挤时最为明显。道路两旁每隔 30 米左右安装有高约 10 米的路灯——白炽灯。白炽灯夜间通明,宛如一条长龙,与道路地面上火龙相对应。两条龙在夜间相对应,相互讨论、叙话,其主题就是信息时代世间的繁荣。

4. 王者风范——狮子
2021年3月14日

霸气威威草原生,[1]
一声号令天下行。[2]
东西南北巡回走,[3]
纵横一世展豪情。[4]

[注释]

[1]狮子是草原之王,万兽之王,是王中王。出生之时,就显得霸气十足,凶狠无比。

[2]雄狮一声吼,声音传播8公里之外。草原动物听到雄狮的吼声,就自觉安分的生活,不能越出自己的范围。

[3]雄狮一生不断地巡视自己的领地,东南西北从不间断,护卫家园。

[4]威威霸气纵横一生,显示出草原王者风范。

5. 捣练子·中国虎
2022年春节

东北虎,华南虎。[1]
护卫家国爽心屋。[2]
域外豺狼有歹行,
斩寇头颅不含糊。[3]

[注释]

[1]中国北方有东北虎,南方有华南虎。这是中国固有的两大虎种。

[2]这两大虎的基本职责就是保驾护航,护卫家国。

[3]面对域外国家的豺狼猎豹的任何入侵歹行或其他歹行,护卫家国的要义在于挥洒神拳,斩断来犯者的头颅,这是没有任何含糊的。

二十六、大千世界

6. 狮子与鬣狗
2016 年 5 月

雄狮雄踞大草原,
护卫家园天下先。[1]
偶得感冒身子弱,
鬣狗逞凶到跟前。[2]
狮挥利掌鬣肠断,
残身逃脱把血舔。[3]
丛林世界谁做主?
狮掌撑起一片天。[4]

[注释]

[1]按照大自然的规律,雄狮是草原的王者,护卫草原安定和谐是它的责任。

[2]当然,任何动物也有感冒生病的时候,此时,它的战斗力就会降低。在雄狮感冒之时,草原二哥鬣狗认为机会来了,行凶到雄狮跟前,挑衅雄狮的地位。

[3]王者就是王者! 雄狮挥动利掌,斩断鬣狗的肝肠,鬣狗只能乖乖捂着伤口逃窜,并不时用舌头舔干伤口的血迹。

[4]丛林世界谁是王者？谁能够撑起草原王国这片天地？鬣狗吗？显然不是！只有雄狮的利掌才撑得起草原王国这一片天地！

7. 蜻　蜓

2022 年 9 月

平平展展快慢飞,[1]
赏风捕食点点水。[2]
暴风雨前迎风浪,[3]
太阳光下晒光辉![4]

[注释]

[1]蜻蜓一般是平平展翅,向前飞翔的。在飞行当中,寻找食物、展示魅力、嬉戏玩游、寻找水源等,时而慢、时而快,根据需要而调节。"慢"是寻找食物、展示魅力、嘻戏玩游等的姿态,"快"是捕食之需,点水之需。

[2]飞行当中,根据飞行环境中的气味,寻找捕食对象和点水水源。看准捕食对象了,就迅速捕食;找准水源了,就点水产卵等。点点水是最具特色的、独一无二的。

[3]暴风雨来临之前,蜻蜓一齐出动,展翅劲飞,迎接暴雨的到来。

[4]太阳光之下,蜻蜓仍然展翅飞翔在阳光之下,展示自己的光辉形象。这是很不简单的。

二十七、生态篇章

1. 大雾追思

2020年2月

大雾漫山岗，
人在云雾中。[1]
渡化有缘人，
学道玉虚宫。[2]
风云千万里，
一览万山容。[3]
山川灵气秀，
代代聚群雄。[4]

[注释]

[1]春雨时节，大雾弥漫在整个乡村。人在山间居住、行走等，就好像在云雾中一样。这种情况，大山里的一年四季是常见的。

[2]今年立春之后，山乡的雾气就更为加重。昆仑山是龙脉发源之地，饱含智慧之根，天地灵气弥漫昆仑山。山乡的灵气稠密，意味着山村与昆仑山是联系在一起的。借着这稠密的灵气，有缘人就可以到昆仑山的玉虚宫，给天地神灵诸如元始天尊等敬节日的礼仪之道，向他们求取真经，保佑山村的平安繁荣幸福，成就事业。

［3］我们借着这厚厚的灵气,腾云驾雾前往玉虚宫礼拜、取经,无疑跨越了千山万水,大千世界的真容、气势、博大、雄伟无不在我们心里打下深深的烙印。

［4］俗话说,山川资俊杰。山乡的人们很自信,得到昆仑灵气的护佑,山川大地人才辈出是可以预见的。

2. 阮郎归·人类的走向

2021 年 12 月

大千世界本无人,
山川水风清。[1]
一夜风雨化人影,
从此不安宁。[2]

苍天啊,是何故?
人太过聪明。[3]
聪明反被聪明误,
天地不容情。[4]

[注释]

[1]人是经过千万年从猿到人进化过来的。人之前的大千世界风清水秀,没有污染,没有战争。按照生物链规则,物种间的取食,虽然存在捕食者与被捕食者之间的对抗,同一种物种为了领地、食物之间经常打斗,也存在着打斗,但是,争斗、打斗与人类的战争是根本没法比的。它们只能消极适应环境,它们不能改变自然环境。那时,山川秀丽,风水纯清!

[2]经过长期进化,人来到这个世界。但是人与其他生物不

同。其他生物维持生命所需的只是阳光同化的光合产物，不会对地球资源、地球结构、生态环境造成根本性的伤害。当然，在这过程中，环境变化会导致某些物种不适应，它们就会被淘汰。但地球的结构、矿物资源、生态环境等改变不大。人作为地球的物种之一，为了自己利益，相互争夺，战争不可避免。这与丛林法则有相似之处。但这种争夺在资本主义社会发展之前的时期，主要停留在对光合产物的争夺上，而且是区域性的，局部性的，小范围的，因此，对地球的伤害是很有限的。但是自资本主义发展之后，或者工业革命开启之后，技术的进步，对地球产生了不利的影响。一方面是人类人口数量的增长迅猛，维持人类基本生理生活需要的物质增多，地球被全部瓜分占用。另一方面是维持人类非基本生活需要的领域又不断拓展出来，这样就必然表现为对地球资源的快速消耗。这些非生理需要的实现主要就是通过开发地球资源诸如矿物资源、石油资源、煤炭资源、天然气等等来实现。地球这些资源的有限性、不可再利用性的特点，必然导致地球资源的锐减。同时，地球资源的占用是按照国家来实现的，因此，就不可能建立一个机构，来科学规划地球资源综合利用，从而达到减少地球资源的争夺问题、耗费过快问题、浪费问题。并且，随着时间的推进，这些问题恶化趋向日趋明显。因此，人来到世界上，地球就不安宁。

[3]为什么？关键是人太过聪明的原因。人处于两难境地：一是大千世界物质资源是有限的，满足不了人类增长的需要，不发展当然是不可能的；另一方面是，由于人性欲望无限的特点，加上自私自利时常在作怪，为了自己国土、海疆、权益等的利益，人类的国家内部特别是国家之间经常发生战争、杀戮，直接或间接对地球造

成伤害。这种无休止的争夺不仅对人类不利,更是对地球运行规律的破坏。

　　[4]人类是很聪明的,但是,人类是否能够解决这一根本性问题? 作为命运共同体,人类朝着自由人联合体方向迈进才有可能,但自由人联合体的创建是非常艰难的工作。要从道德、行为等方面进行约束,从制度、体制机制来规范,从科学技术和管理职能方面加以疏导,就有可能解决。人类社会要能够统一管理自己的聪明才智才行。否则,人类会被自己的聪明所阻碍,最终会伤害人类自身。因为,天地有自己的运行规律,一旦打破了这种规律,就会受到自然界的惩罚。

3.爱生物就是爱自己

2020年2月

万物和谐,自然初衷。[1]
进化脱胎,人类称雄。[2]
取食自然,驯化物种。[3]
亿万年来,相处合缝。[4]
天人合一,古来顺从。
一片江山,天下为公。
万物并育,受益无穷。
不遵规矩,代价沉重。[5]
非典疫情,有了初痛。
冠状病毒,再敲警钟。[6]
野生动物,捕捉害虫。
漫布乡间,为美添容。
人类朋友,你我之中。[7]
有幸遇见,作揖鞠躬。
表达谢意,珍重相逢。[8]
爱护生灵,内心内拥。
思想教育,普及大众。
人人监督,互联互通。[9]

偷吃禁物,没有躲洞。

立法护卫,利剑铁铜。[10]

真言真语,谁不认同?[11]

[注释]

[1]按照自然规律,人与自然和谐相处才符合自然规律发展。

[2]在自然界中,万事万物都在进化发展的。人类在进化过程中,进化为万物的灵长。

[3]人类的生存发展,必须按照人类自身的需要,取食自然,驯化物种。

[4]工业革命之前,人与自然和谐相处,工业革命之后,负面的变化就越来越多了。

[5]工业革命之后,资本统治世界,人过度取用自然,导致人与自然的关系遭受破坏。

[6]就21世纪而言,2003年底非典疫情,是新世纪世界的初痛;18年后的2020年底新冠疫情,给人类再次敲响了警钟。

[7]野生动物,是人类的朋友,它们漫飞、漫走乡间,美化绿化净化生态环境,是人类珍贵的朋友。

[8]有幸遇见这些朋友,我们要作揖鞠躬,表达谢意!要手放胸前,表达祝福!

[9]要在人们的思想意识中,灌输爱护生物、爱护环境、爱护大自然的理念,让人与自然和谐相处的理念深入人心。

[10]要通过立法执法,坚决打击狩猎和采挖野生动植物的违法行为,用法制的利剑斩断狩猎和采挖野生动植物的黑手。利剑

出鞘,必生威严。

[11]这些初步想法,应该是保护生态环境的有效见解,算是真言真语,应该得到大家的认同。

4. 卜算子·生境在无为

2019年5月2日

清晨湖边走,
白鹭轰然飞。[1]
群鸟顺势离人去,
鱼儿献情眉。[2]

情景恍如梦,
草木泪风吹。[3]
自然运行有规律,
生境在无为。[4]

[注释]

[1]清晨7点多钟,我到湖边散步,没想到打扰了在湖边觅食的白鹭,所以,白鹭听到我的脚步声,就轰然飞起。

[2]白鹭飞走之后,其他的鸟类也立刻飞走了。当时,我并没有什么感觉,等到我看见很多鱼露出头来,朝向我,我才明白过来。原来白鹭及鸟类是到湖边取食鱼类的。白鹭为首的群鸟飞走了,鱼保住了生命。所以鱼露出头来向我表达谢意。

[3]这情景恍如梦幻一般。在我的耳边,晨风爽爽吹起,露水

在晨风的作用之下,掉落下来。我在反思,我来湖边是否干扰了清晨湖边本来的生活规律？鱼是"感谢"我了,但是,我惊动了白鹭和群鸟捕食,白鹭和群鸟是否对我有所记恨呢？

[4]自然界有它的规律,人们不要过多干涉。

5. 感念种树人

2020 年 7 月

三伏天下热浪滚,
户外行走热难撑。
凉风拂面树荫下,
起手感念种树人。[1]

[注释]

[1]外出办事,三伏热浪袭来,好生难受。好在不远处有一排路树,马上移步树下,躲在阴处,感受凉风。俗话说,前人栽树,后人乘凉。在这热浪的三伏时节,能够在树下乘凉、休闲、欣赏凉风,作为受益者,双手合掌于胸前,感念种树人。

6.鹧鸪天·保洁身影令人赞[1]

2021年10月3日

黎明庭院沙沙响,[2]
风吹落叶各归仓。[3]
益人身者生态美,
循环奔走遍城乡。[4]

枯枝叶,向何方？
发酵过后到田庄。[5]
望远千里无尘路,
保洁身影入眼眶。[6]

[注释]

[1]10月3日,还处在国庆假期,早上五点半,我就起来跑步,看见保洁员早已经在道路上清扫垃圾,保洁车辆繁忙地搬运垃圾,洒水车在道路上来回洒水,整个环境空气新鲜,感慨万千,写下这首词,对保洁工作表示赞美和肯定。平时也都有早起跑步锻炼的习惯,不过今早特别有感触。因为国庆假期,大家还在熟睡之时,环卫工作早已开始,这确实值得赞美。之前也是一样,我早上五点半起来跑步之时,保洁工作早已经开始,曾多次有过要为他们写一

些诗词,表达感谢和敬意,但是,一直没写成。今天的感触特别深,所以就用心写了几句,尽管不是很完美!我们对积极开展保洁工作的员工们表达敬意!谢谢你们!

[2]庭院:一个城市就是一个大庭院。

[3]这里的落叶包括自然植物的落叶,也包括塑料袋之类的化工产品,它们各自归仓。

[4]益人身者:对人身有好处的,就是良好的自然环境。这环境怎样来的?那就要把垃圾归仓处理,枯枝落叶通过发酵回归土壤。能够再利用的瓶子、废铁、电器和家具等,通过科学方法处理,多次使用,它们多次循环奔走在城乡之中。"循环奔走遍城乡"就表达这样的意思。等到不能再利用的时候,也按照科学处理,回归土壤或者到它们该到的地方去发挥作用。

[5]从枯枝落叶来说,就是经过发酵,回归土壤,增加有机质,培肥地力。

[6]眼前无尘的千里清洁道路,是怎样得到的?自然令我想起保洁员工的工作了。

7. 顶蛳山上游乐园[1]

2022 年 1 月

顶蛳山,田园山。
群山层层显光环。
风光风四季,
天然游乐园。[2]

小朋友,好可爱。
顶蛳山峦飘彩带。
歌舞拍连拍,
言语笑开怀。[3]

[注释]

[1]2022 年 1 月中旬,好多天细雨绵绵之后,迎来了阳光明媚的日子。受到广外同事们的邀请,到顶蛳山风景区游玩,深感这里的风光秀丽,更感到小朋友们纯真可爱,写下了这首词,表示祝福!

[2]顶蛳山是在原野上隆起的、形如螺蛳的山,比较矮小,但是,山多,山山相连。这些地方适合种养,是人类早期耕作的地方,所以,也可以叫做田园山。在邕宁蒲庙镇的原野上,都是这样的顶蛳山,层层环绕,形成独特的田园风光。这些地方温度适宜,雨量

充沛,很早就有人类在这一带生活、狩猎和养殖。这里存有很多这样的遗址。可以肯定,贝丘遗址只是其中的一部分。

[3]现在,以贝丘遗址为文化纽带,开发了顶蛳山田园风光,作为南宁园博园的一部分。每年四季都有家长带着小朋友来到这里,欣赏这一带的田园风光。小朋友们来到这里之后,嗨劲十足。爬山的、跳舞的、唱歌的、爬人工绳网梯的、荡秋千的、做节目的(如老鹰抓小鸡的)、走绳索的、玩泥土(搭房子的、捏泥人的等)、溜滑板车的、斗嘴的、参与烧烤的等,喧闹声不断,给人带来喜悦。

8.巨龙盘山断穷根

2019年4月

乡村古来风水清,
益身养颜好风声。
远隔都市路难行,
锁在深山难见生。[1]
奋斗一梦日千里,
展示魅力断穷根。[2]
巨龙盘山绕山村,
激活寿源好风景。
旅游名片扬天下,
九州喜悦心连心。[3]

[注释]

[1]乡村山清水秀,是延年益寿的天然氧吧。这是上天赐予的,天下谁都知道。但是,这些天然的氧吧难以为人们所利用,主要原因在于没有道路通达。在大山之中,很难见到生人,人员难以往来,故没有发挥它应有的作用。这里以老家风景作为背景,写中国山村风景魅力、美丽和历史变化。

[2]在新时代精准扶贫工作指引下,拓展和硬化道路是扶贫的

首要任务,见效显著。一直以来,为道路开通这个梦想进行了艰苦的努力,在今天特别有成就,达到一日千里的效果。道路的开通,彻底切断了导致贫困的穷根!

[3]为什么这样说? 一方面,大山与外面世界联系日趋紧密,人员往来、货物往来日趋频繁,创业机会增多,富裕的路子和方法增多,只要勤劳奋进,富裕就是眼前的事;另一方面,乡村美丽的画卷成为延年益寿的名片,为世人认识,美好生活得以实现。道路宛如一条条巨龙盘山前行,乡村的美丽风景这张名片逐渐为世人们认识,到大山里休闲、旅游、度假,"心连着心"成为常态。城乡融合发展正是多年的追求,现已初具模样,乡村的未来是可期的。

9. 仲夏雷雨[1]

2022年6月

风雨雷电一时辰,
户外水流半腰深。[2]
并非上天多眷顾,
仲夏时节自然生![3]
青山盼雨解干渴,
草原静候雷雨声。
哭诉热浪有时日,
天恩一开雨纷纷。[4]

[注释]

[1]本诗所描述的是:盛夏季节,热浪滚滚,高温难耐,加上缺水严重,河流干涸,大家纷纷烧香拜佛,祈求上天降雨,解决大旱所产生的各种问题。老天一开恩,雨点就争分夺秒,纷纷落下。雨量增长很快。一个时辰,就达到半腰深。此诗是倒序,先有结论,后讲起因。

[2]仲夏时节,多雨是自然规律。但是,这次雨量过大,一个时辰的雨量,达到人的半腰之处。这就不能完全归结为自然规律,人为因素对环境所造成的影响也是主要原因之一。

［3］自然情况下，盛夏时节，下大雨是常事，不足为怪的。但是，由于生态环境的变化，这种常事变得不寻常了。不仅一年雨量的区域分布不均匀，而且雨量的各时节分配不均，盛夏雨量过大，结果就是大旱一片，涝灾一片。这给老百姓的生产生活带来各种不利影响。

［4］在酷热的夏天，由于好久没有下雨，青山干渴，正盼望下雨；草原也在热切静候雷雨的声音；干旱区域的人们烧香拜佛，哭诉热浪的危害，祈求上苍下雨，解决水的问题。好就好在，今天老天终于开恩了。天恩一开，雨点争分夺秒，滋润大地。不足之处，就是下得太猛了一点。

10.青山换来风水清
2022年6月下旬

上天布雨欠公平，
一边久旱一边霖。[1]
枯田旱坡缺嫩绿，
望眼山川挂泪痕。[2]
河坝决堤浪涛天，
一片汪洋倒万村。[3]
挑衅自然无益处，
青山换来风水清。[4]

[注释]

[1]五月天，南边洪涝灾害，北边旱情严重。这就是布雨不公平的表现。于此，写下这首词。

[2]旱情严重。由于缺水，大地上，缺少嫩绿。挂泪痕：一是大众眼眶挂泪痕。因为树木稀少，田野干涸，禾苗枯死，所以落泪。这是主要的。二是原本翠绿的青山，现在稀少的树木，就像泪痕挂着山上，点点滴滴。可见，保护自然、爱护自然是多么重要。

[3]洪涝危害巨大。下雨的地方怎样？雨水过大，造成巨大的危害。

[4]人类挑衅自然,破坏环境,最终伤害的是人类自己。人类尊重自然,爱护自然,保持自然的绿水青山,这样,上天的布雨就会公平,哪里需要哪里布雨。

11. 澄江水妖娆

2021年5月15日

一江清水娇,
皆因花与草。[1]
水草顺水流,
花在水上漂。[2]
花草香四季,
喜迎老青少。[3]
水笑花艳丽,
花笑水逍遥。[4]

[注释]

[1]这里的澄江是广西都安县的澄江。澄江的清水为世人所认识,显得娇贵,某种意义上讲是由于澄江的海菜花和水草。

[2]水草在水下,繁茂顺水流动;海菜花漂浮在澄江江面之上,装点着澄江的清爽和优雅。

[3]海菜花和水下的水草,四季如春,迎接老青少的光临。

[4]水哗哗地流动,滋润着花草的艳丽。花草顺水流动,美化净化河水,清洁河水就更显得逍遥自在、轻松快活。

12. 澄江水鲜花

2021 年 5 月 15 日

澄江花开放,
并非荷花香。[1]
原生水世界,
四季花向阳。[2]
一朵难显色,
千万放光芒。[3]
江水逗人影,
花催人回想。[4]

[注释]

[1]澄江里开放的花朵不是荷花,而是海菜花。荷花是草本植物,长在水中,株形较大,所开的花挂在茎干顶部,花朵呈红色或微红色。而海菜花是藤本植物,其根部扎在河床,所开的花漂浮在水面上,呈白色。

[2]没有污染的澄江里,花朵四季向阳开放。阳光充足之时,绽放艳丽。水体受到污染之后,海菜花是不生长的。由此可以鉴定河水的清洁情况。

[3]如果只是观看一朵,可能看不出它的美丽,但是,一片大江

水面都绽放着花朵,犹如天空繁星点点,那就美不胜收了。

[4]每一天,来澄江观看海菜花的人络绎不绝,纷纷在澄江两岸风景处摆开自己美丽身姿,借着澄江海菜花耀眼的姿态,留下自己的身影。往后回看,会想起澄江纯净的水、美丽的海菜花和自己曾经美丽的岁月。

二十八、对联之窗

1. 诗旅对白[1]

2017年2月

破题轻轻松松,收官严严实实,意境怀文显风流。[2]

出发周周密密,归来点点滴滴,英姿托景韵神秀。[3]

[注释]

[1]这里把"写诗"与"旅游"放在一起来写,是因为二者的开头、结尾的要求刚好相反。这是很有意思的。

[2]诗词的开头越轻松、越通俗就越好。收官要严实,高度概括,这样的诗词才是好诗词。

[3]旅游刚好相反。出发的时候,规划得非常周密,越到后面越简洁。旅游结束之后,只留几张照片,供人欣赏。

2. 风声对话[1]

2018年1月

雪风带来春风,春风伴随雨风,雨风促进民丰,风丰相随![2]
歌声带来掌声,掌声伴随笑声,笑声衬托人生,声生相映![3]

[注释]
[1]主题是"风""声"相对,办法是通过展示各自的特点进行。
[2]上联是"风""丰"相应,相互促成。
[3]下联是"声""生"相应,相互照应。

3. 江流云灿

2019年1月

望江楼,望江流,望江楼上望江流,江楼千古,江流千古。[1]
白云观,白云灿,白云观旁白云灿,云观万代,云灿万代。[2]

[注释]

[1]据查,上联是清乾隆年间出的,好多人都按照自己胆识填了,但是很好的对子好像不多。

[2]下联是2019年1月,我到北京白云观参观,想起来上联,因此,就以白云观为主题,合盘托出,作为下联。如与之前的有雷同的,那纯属巧合。

4. 寿景同源[1]

2017年8月

三门海顶水天窗,窗窗贴面,面面欢颜。[2]

万寿谷挂冰雪帘,帘帘同源,源源娇艳。[3]

[注释]

[1]2017年8月,游览三门海和万寿谷后,感到大自然的美妙,有感而发。

[2]从三门海往天空看,坑口就是天窗,共几个天窗。三门海似乎是"顶"着天窗的。每一个天窗与天空似乎是贴近的,即是面贴面的。每一个天窗上的天空就是一个面,这些天面各个展现出欢快高兴的神态。

[3]万寿谷内很多地方呈现出瀑布的状态,高挂在洞中,就是冰雪帘。每一冰雪帘源头和冰雪帘连成一体,所有的冰雪帘颜色和景象都相似。多个冰雪瀑布布满万寿谷,展现出万寿谷的魅力和特色。

5.虎牛畅春

2022年春节

牛气冲天练牛劲,劲头十足送春归![1]
虎虎生威迎新春,春意盎然谢春晖![2]

[注释]

[1]2021年是牛年,牛年练牛劲,事业兴旺,牛劲十足把春天送回来。

[2]2022年是虎年,虎虎生威迎接春天的到来,春天到来了,春意盎然。这美丽的春天是春雷催春雨带来的。所以,要感谢春晖的关怀。

6.年关别恋[1]

2023年1月

团糍粑,炖猪脚,焖扣肉,火腊千千秋![2]
饮清露,品茗茶,喝白酒,香醇万古流![3]

[注释]

[1]别恋:不同的想法、思考。

[2]火腊从古到今,直至永远,不断香火的。糍粑一年打一次,给丈母娘家拜年之用。炖猪脚、焖扣肉也不常做,过年那是一定要做的。火腊:这几样年货,哪一样都离不开炭火烘烤,然后,发出香香的腊味。

[3]清露:大年初一零点之时,或者公鸡叫头遍之时,取来的无根之水,或者水井的新鲜水,取名头鸡水。饮了头鸡水,一年中各项事业就会顺顺利利。香醇万古流:香醇从古到今,直至永远,万古流芳的。